中国侦探小说
实力派作家丛书

张蓉 著

中国人民公安大学出版社·北京

图书在版编目（CIP）数据

莫高探案组／张蓉著．—北京：中国人民公安大学出版社，2020．10

ISBN 978-7-5653-4099-4

Ⅰ．①莫…　Ⅱ．①张…　Ⅲ．①推理小说—小说集—中国—当代

Ⅳ．①I247．7

中国版本图书馆 CIP 数据核字（2020）第 206365 号

莫高探案组

张　蓉　著

出版发行：中国人民公安大学出版社

地　　址：北京市西城区木樨地南里

邮政编码：100038

经　　销：新华书店

印　　刷：涿州市新华印刷有限公司

版　　次：2020 年 11 月第 1 版

印　　次：2020 年 11 月第 1 次

印　　张：9．875

开　　本：880 毫米×1230 毫米　1/32

字　　数：238 千字

书　　号：ISBN 978-7-5653-4099-4

定　　价：39．00 元

网　　址：www．cppsup．com．cn　www．porclub．com．cn

电子邮箱：zbs@ cppsup．com　zbs@ cppsu．edu．cn

营销中心电话：010-83903991

读者服务部电话（门市）：010-83903257

警官读者俱乐部电话（网购、邮购）：010-83901775

文艺分社电话：010-83901350

目　录

要命的房子 / 1

另外一个"午夜撒旦" / 31

卡萨布兰卡 / 56

海归医生的献身 / 88

华丽的热带鱼缸 / 113

连冠家的另一个女孩儿 / 134

砌墙的老男人 / 192

老洋房里的男裁缝 / 214

白首不分离 / 245

关键看这个愿望够不够强烈（代后记） / 311

要命的房子

一

猛地抬头，莫高差点儿把挂在岩壁上的那些人当成了天边南飞的大雁。

梅一辰说："拜托，师傅，人家这是在玩儿攀岩呢，没我们什么事。还是继续弯下您的老腰，看现场吧。"

是保险公司报的案，说这个名叫崔晓华的女人骗保。

崔晓华和丈夫王大为跟团出去玩儿，王大为在给崔晓华拍照的时候，退着退着就退到悬崖下面去了。人被找到的时候，已经散成了几段。夫妻两个人都买了旅游意外险，意外身故可以赔到一百万元。

保险公司的理由有两个，一个是同团的游客恰好以他们夫妻为背景拍到一张照片。照片像素很高，放大后可以很清楚地看到，虽然崔晓华和王大为两个人相距有六七米，不可能有身体上的接触，但是崔晓华的口型是在说"退"，说明她希望或者放任丈夫掉下去。另外一个理由，也是最重要的理由，是崔晓华在事发前十天订了一套房子，房价七百万元，已经交了十万元订金。房地产公司要求一个月内交清30%的首付，两个月交清全款。他们家只有一百万元存款，根本就没有这个支付能力。而且，没有证据表明王大为知道预订房子这件事情。

看完报案笔录，梅一辰当时就嘴巴一撇："拜托，想象力也真够丰富的！人家这女的就不兴正在说'茄子'？'退'和'茄子'不都是两个嘴角朝后咧吗？一百万，一百万有什么用？加上他们自家的一百万，房子的首付还差了十万。真的能换一个大活人吗？手里拿锤子的人，看什么都像钉子——可笑！您说是吗？"

莫高未语，而是目光越过台子上堆得像小山一样的那堆卷宗，看了梅一辰一眼。

这一眼让梅一辰顿时噤了声。她合上笔录，乖乖下了楼，发动好车子，等在下面。

现场就在几十公里以外那个著名的深坑旁。深坑其实是个废弃的采石场，当年日军侵华时，为了修碉堡，找到远离市区的这个地方取石材，挖了有七八十米深，像在无辜的躯体上剜出一块巨大的伤疤。后来，这个深坑被圈进了风景区。据说，某著名集团要在这里建一个超五星级的负海拔酒店。

出事的地方，已经立起了警示标志。山崖边刚刚换上的几截铁链，反着刺目的强光，显得邻近的旧链子木笃笃的，像弃妇似的。

莫高和梅一辰模拟着照片中王大为、崔晓华二人的位置。如果拍到对面一个山头，确实需要站在悬崖边上。

站在崔晓华的位置上看，地面有起伏，并不能看到王大为是不是已经到了悬崖边。

梅一辰打电话问了问王大为和崔晓华两个人的身高。问出来之后，她和莫高又模拟了他们的身高，再次比画，结果还是一样。

莫高低下头，想抽支烟，转头看到景区的禁烟标志，手又停住了。

他一本正经地问梅一辰："小梅同志，你说被拍的人有没有可能对拍照的人说'退'？"

梅一辰歪着脑袋想了想，说："有这个可能。如果被拍的人比较懂摄影，就会指挥给他拍照的人，让对方站在某个位置。"

法医告诉莫高，尸块基本上找全了。上面除了被山岩和树枝、藤类植物擦伤或者剐伤的痕迹，还有落地时撞击留下的痕迹，未发现其他伤痕。经过化验，胃内容物未发现异常。技侦人员在尸体周围几十米的范围内找到了铁链的残骸，接着又找到了一些手机碎片，还在死者的裤袋里找到了一张旅游线路图。用肉眼看，铁链的两端锈蚀严重，应该是锈蚀后不敌外力，跟人一起掉落到山崖下面的。

车窗外，零零散散地走着十几个被户外装备武装起来的人，给初冬枯黄的旷野带来了活力。

梅一辰一边开车，一边说："师傅，看来保险公司在拿我们警察当枪使，不打算赔钱给人家客户，所以才叫嚷着报案。您说是吗？回去我就写结案报告！"

莫高眯着眼看着窗外，沉默了片刻，说："至少得去了解一下这个崔晓华是不是懂摄影。"

二

这对夫妻，莫高有印象。年轻的时候，他在他们所在的这个地区当过户籍警。

这个地方靠近淮海路，有一片花园洋房，建造于二十世纪三十年代。在这里，各种风格的房子都有，都是上海的优秀历史建筑。新中国成立的时候，一幢房子分给很多户人家，亭子间、保姆间或者汽车间都有可能住一户人家。

王大为的祖父是苏北人，新中国成立前来上海拉黄包车。后来，公私合营了，他便进了一家很有名的自行车厂。他属于工人阶级，所以分到了底层的一间二十平方米的汽车间，算是很好的了。

祖父退休的时候，父亲顶替了他，也进了这家自行车厂。父亲比祖父头脑灵活，很快就当上了车间主任。1990 年，时兴办联营厂。用祖父的话说，都是那个该千刀万剐的女人逼的，堂堂正正的国营大厂车间主任不做，要去什么鬼嘉兴，结果连命都送掉了。

王大为的父亲要联营的是一家乡镇企业，在一百公里以外的嘉兴。一开始红红火火，但毕竟是联营厂，质量上怎么说也有差距。消费者不好糊弄，买这个著名品牌的自行车时，一定要问是原厂生产的还是联营厂生产的。时间长了，自行车开始滞销了，欠人家的钱还不上，债主追上门来。

没有办法，王大为的父亲只好跳了黄浦江，一了百了。

在莫高的印象里，没过多久，王大为的母亲也因交通事故而身亡了。好端端的一家人，短短的几年就家破人亡了，只留下一老一小两个光棍儿。

偏偏孙子不争气，读中学的时候帮人打架，进了少管所，出来以后就待业了。

开始，爷爷还指望孙子继续顶替，怕他学坏，把他关在家里写毛笔字。后来，时代变了，顶替没希望了，老人的退休金也不够两个人开销了。怎么办？

爷爷想到了自己的手艺，闷头把自家的房子分出一小半，开了一家自行车修理铺。修理铺开张后，王大为倒还安分，也肯吃苦，爷孙俩的日子这才渐渐好起来。

莫高当民警的时候，王大为已经娶了崔晓华。

崔晓华是外来妹，苏北盐城地区东台县人，高中毕业后考到上海读师专，户口是莫高给她办的。

据说，祖父很中意这个孙媳妇，因为她是老家那个地方的人，吃饭能吃到一起，说话的腔调也一样，谁也不笑话谁，嘴巴瘪瘪地把“盐城”读作“姨城”。不像那个该千刀万剐的上海女人，不过是闸北的棚户区“滚地龙”出身，却看不起苏北人，嘴里总是说：“人家男人有能耐，家里买了电视机、电冰箱、摩托车，每个月都带女人、小孩儿去红房子吃西餐。你们盐城人就是这副样子，只配受穷，逼着儿子去联营，到头来连命都没了。”还有一个原因，那就是这个孙媳妇读过大学。他从来不说“大专”，大专也是大学好吗？如果有人较真的话……脑子好，可以改良他家的基因。上海小姑娘如果读书这么好，卖相这么好，肯嫁给自家孙子吗？所以，找这个孙媳妇是顶顶实惠的。

看材料的时候，给莫高留下深刻印象的有两件事。

一是这个女孩子不一般，受过高等教育，卖相也好。她肯为了上海户口嫁给比自己学历低又吃过官司的男孩子，至少说明她为了一些东西肯牺牲另外一些东西。二是王大为这个吃过官司的待业青年，却写了一手好字。

现如今，这个昔日的盐城妹子、顶顶实惠的孙媳妇被保险公司控告杀夫骗保。有这个可能吗？

上了两次门，莫高和梅一辰都吃了闭门羹。

后面一次，他们要离开时，在弄堂口遇到了原先也住在这幢房子里的宝亮嫂。

没等莫高开口，宝亮嫂便迎了上来，一团鬓发横跨前额和侧脸，打理得像乌云一样精致：“哎呀，这不是当年的户籍警小莫同志吗？有二十年不见了吧？侬真是越老卖相越好！”

她把翘翘的下巴往梅一辰那边一甩，继续说：“哎呀，还领导了这么漂亮的一个小姑娘！老俊男、小靓女搭配，干活儿更加不觉得累！”

莫高难得露齿笑笑，说：“阿嫂，你不是住大房子了吗？哪儿还有时间回老地方？”

宝亮嫂说：“哎呀，房子再大，也是乡下啊！老话讲，故土难离。从我妈年轻的时候，我家就住在这里。怎么说你阿嫂也是带篱笆墙的洋房里出来的呀！”

几乎没有任何过渡，宝亮嫂就压低了声音，乌云一样的鬓发几乎触到了莫高的肩头：“我晓得你们为什么事情来。这个姓崔的女人，别看是外地人，到底是读过大学，比我们很多上海人都有脑子，三个她老公也比不上她。哎呀，我现在住的房子，一百三十多平方米，当时买才三十几万。就是她说要买，我才跟着买的。这个我得感谢她！要是当时不买，我们一家的骨头敲碎了也买不起。其实，当时他们家的钞票比我们家多。她婆婆，你还记得吗？出车祸死掉了，是蔬菜公司的运输车轧死的，赔了二十几万。稍微借点儿钞票或者贷点儿款就能买啊！但是……哎呀，这桩事情你应该晓得哦！当时，她公公被人从黄浦江里捞出来，面孔大得吓死人。我记得很清楚，她老公的爷爷把她老公的手打得像面包一样，叫他记住自己老爸的教训，不管怎么样，都不能借人家一分钱。这话他记牢了，说什么也要等钱存够了再买房，坚决不借钱，也不贷款。女人说多了，就挨揍，儿子跟她一起挨揍。他常年修脚踏车，手劲儿大得很，母子俩吃尽了苦头。十年前，一套房子值一百万时，这个女人又吵着要买，这个‘死脑筋’当然还是不同意买。哎呀，想想也是，三十几万的时候没买，一百万的时候再买，你说这脑子是不是被枪打过？这个女人犟头倔脑，又被老公打了，脸上、身上都是伤，班也上不了，作孽呀！回过头去看看，一百万的时候想想办法，兴许还够得到。现在好了，房子快要上千万了，想想都叫人绝望。”

说罢，宝亮嫂甩了甩她那乌云一样的鬓发，十分同情地看了看自行车修理铺那扇紧闭的大门。

信息量好大，莫高看了一眼梅一辰。

几十万、一百万时，王大为都不允许贷款买房子，这次七百万了，崔晓华一意孤行把订金交了，还要贷四五百万，这个矛盾太突出了。

梅一辰知道师傅看她是什么意思，撇了撇嘴，小声说：“拜托，师傅，别这样看人家好吧！报告不是还没写吗？”

三

第三次，莫高和梅一辰选择了下班时间去。

初冬时节，白天越来越短。刚刚六点，天就已经黑了。可是，自行车修理铺那边还是没有动静。

两个人只好坐在车上等了。莫高掏出一支香烟，刚想点，却听见梅一辰吸溜着鼻子，喉咙里发出了细微的吭吭声。他本想打开车窗，可一想外面已经寒冷刺骨了，便又作罢。

正在这时，一阵高跟鞋触地的噔噔声由远而近。

莫高眼尖，借着街灯的微光，看出走过来的正是他们要找的人，马上推门下了车。

崔晓华也认出了他，竟很自然地停下脚步，十分老套地叫了声“莫同志”，全然听不出嘴巴瘪瘪的“姨城”口音。

莫高不禁感叹，世间再无二三十年前那个粗糙的东台妹子了。眼前这个女人，已经淘沥得比上海女人还上海女人了。她老是老了，但脸上的妆不浓不淡，短发齐肩，穿了件束腰风衣，肩膀上挂了个半月形的大牌包包，腿上是深色丝袜，脚上是现在很少有人穿的高跟鞋。

这身打扮和身后那间自行车修理铺，看上去是那么地不协调。

莫高和梅一辰互相看了一眼，跟在她后面进了门。

进门后，莫高才发现这户人家的住房条件十分窘迫。只有一间房，前后隔开。前面的小半间，是了无生机的自行车修理铺。后面的半间稍微大一点儿，但是一张床几乎占去了一半面积。矮矮的天花板，意味着上面已经被隔出来当阁楼了。极陡峭的梯子，一头搭在床尾，一头通往楼上。梯子的下方，以床为底，靠着墙，有一组斜坡形的衣柜。床上的被子叠得很奇特，是卷起来的，就像古代书生案几上的卷轴，有粗有细，但长短一致，整齐地贴在斜坡形衣柜对面的墙上，极为节省空间。一张八仙桌，一面靠窗，一面靠床，上面摆着王大为的灵位。桌旁，只有对着窗户的一边可以正经坐人。第二个人坐下去，直接影响进出。第三个人要坐的话，只能坐在床上。

三个人就这么坐定了。

崔晓华从月牙形包包里摸出一包粉色盒子的香烟，充满歉意地笑了笑，对莫高说："不好意思，女人家抽的烟，就不让莫同志了。"

说着，她兀自点起一根烟来，深深地吸了一口。吸的时候，她的眼角皱起了折扇一样的纹路。把烟吐出来，她才仿佛想起了什么，把烟盒推到梅一辰面前，意思是"请便"。

梅一辰吸溜着鼻子，看了一眼烟盒，认出是台湾产的香烟，然后看向别处，不去理会。

莫高也想抽烟，但是手刚伸进口袋，却又停住了。

梅一辰看了一眼师傅，然后对崔晓华说："首先，你家先生意外过世，我们表示哀悼。"

崔晓华谁也不看，对着指间袅袅升起的烟雾说："人各有命，强求不得。"

梅一辰继续说："其次，我们想了解一下事情的经过。麻烦你尽量说得详细点儿！"

"事情的经过？眨眼间发生的事情，根本就想不到。"崔晓华说。

我指的是整个过程，比如这次去旅游是谁提议的、旅游意外保险是怎么回事、怎么会想到在这个地方拍照，等等。梅一辰噼里啪啦地连续问了几个问题，莫高却四下张望着。

他注意到了这个男人的遗照，无论是构图还是身体的姿势，都能看出来是从一张两个人的合影上剪下来的，而且是在非常年轻的时候拍的。

崔晓华说："我说这是我家男人提议的，你们肯定不相信，但恰恰就是。有一天，他拿出一张广告图给我看，说结婚三十周年了，应该到当年新婚旅游的地方去走走。旅游意外险是在网上预定出行路线时，在合同里直接勾选的，保单是分别签字的。至于为什么在这个地方拍照，是因为当年旅行结婚的时候，我们就在这个地方拍过照。三十年后，我们打算再留个纪念。"

梅一辰说："想不到你家先生还挺浪漫啊！"

崔晓华呵呵了两声，说："浪漫不浪漫，都已经不属于这个世界了。他去世之后，我居然找不出一张他的照片。看，这张遗像就是我从当年那张合影上裁下来的。"

说着，崔晓华朝遗像的方向努了努嘴。说到最后几个字时，她的声音有些哽咽。一瞬间，空气变得沉闷起来。

这个时候，一直保持沉默的莫高说话了："七百万元一套的房子，如果你家先生不发生意外，你打算怎么支付给开发商这笔钱？"

也许是没有想到警察会直接问这个问题，崔晓华吸了一口烟，才回答说："存款有一百万。这间房子正在卖，即使急着卖，也可以卖到一百五十万。其余的四百五十万，打算贷款。儿子年纪轻，可以贷三十年。我们夫妻两个人接力贷，每个月差不多要还一万五。我家男人修自行车，有时候帮车行装配电瓶车，多的时候，一天能赚七八百元。我和儿子的薪水，你们可以去调查。"

说到这里，女人咳嗽了两声。停顿了一会儿，她接着说："说不定，你们已经调查过了。另外，新房子是精装修的现房，交了钱就可以搬进去。把这个旧房子租出去，可以补贴每个月的按揭贷款。"

莫高说："问题是，你丈夫同意吗？据我所知，他根本就不知道你买了这套房子。"

崔晓华说："他会同意的。"

莫高反问道："那就是他还没有同意了？"

崔晓华说："只是时间问题。"

莫高说："时间问题？十几年来一直都没有同意的事情，会在一个月之内同意？"

崔晓华沉默了一阵子，然后说："我相信，你们了解的事情比这还要多。不过，十几年来一直都没有同意的事情，不一定就不会在一个月之内同意。他会在权衡之后作出正确的决定，我比你们更了解他。"

莫高又说："如果我没记错的话，你说过，要卖掉旧房子凑首付。可是，你后来又说，要把它租出去补贴按揭贷款。问题是，它如果已经被卖掉了，还怎么租出去？"

崔晓华又吸了一口烟："这只是计划，具体要看银行怎么批贷。"

她又续上了一根烟，不紧不慢地说："我知道你们怀疑我们家骗保，可是这骗回来的钱也不够付房款啊！"

莫高忍住烟瘾，吞了一口唾沫。既然对方这么直接，他也就不必再迂回了。关于这件事情，虽然宝亮嫂已经说了很多，但是他必须弄清她本人的看法，这很重要。

于是，他问：“有一件事情，我们必须知道，请你理解。你们夫妻关系如何？”

崔晓华反问道：“你这样问我，不怕我说假话？”

梅一辰见师傅连落三局，沉不住气了，抢过话头，对崔晓华说：“警察提问，不可以反问……”

说话间，外屋有了动静。紧接着，一个身材高大的男孩子出现了。他阳光帅气，一身户外的装束，背着一个高过头顶的大背包，快要碰到天花板了。看眉眼，应该是她的儿子。和母亲一样，他也和这个家极不般配。看到有客人，他未动声色，转身就要走。

梅一辰站起身来，喊住了他：“我是警察！请你等一下，我有问题要问你！”

可是，男孩子毫无反应，继续往外走。

女人说话了：“抱歉，我儿子不会讲话。”

四

从崔晓华家出来，梅一辰说：“师傅，他家儿子不会讲话？什么意思？是不善于讲话，还是不能讲话？”

莫高说：“我来问问那个‘哎呀’。”

梅一辰一愣，马上就回过神儿来：“拜托，师傅，您现在还有心思搞笑？不过，他家儿子的那套装备，您注意到了吗？很专业的，少说也得上万！还有崔晓华抽的烟，是台湾的牌子！母亲抽着香烟，儿子去远足，父亲却埋头修自行车，好南辕北辙的一家人啊！您说是吗？”

说话间，莫高摸出手机，打给了宝亮嫂。

果然，宝亮嫂一开腔就“哎呀”，然后才说：“作孽呀！这件事情我也有责任。小孩子两三岁的时候，我介绍他娘去了一家台资公司。那可是外企啊，很有面子！他爹忙着修自行车，小孩子自己玩，摔了一跤，一根辐条从下巴戳了进去，血流了一地。当时，我在家，和他爹一起把小孩子送到了医院。人救过来了，但是从此不会讲话了。他爹要强，自己在家教小孩子学书法，想让他有个不用开口的手艺，结果还真学出来了。”

莫高又问宝亮嫂：“你知不知道这户人家订了一套七百万的房子？”

宝亮嫂说：“哎呀，这个倒不晓得！但是，他家肯定得买。他家的哑巴儿子找了个女朋友，把人家女孩子的肚子都搞大了。女朋友的妈带着女儿上门那天，我正好回来做头发。先是闹分手，女朋友的妈说自己女儿‘不缺胳膊，不少腿’，鬼迷心窍了，找了个不会说话的哑巴。谁知，女儿铁了心要嫁给哑巴。女朋友的妈谅他家没有实力，赌气说必须买房子。买三室两厅的大房子，还得把她女儿的名字写上，才准结婚。其实是将他家的军！哎呀，这个女人居然答应了。狠吗？”

宝亮嫂又说：“你想想看，为了攒这点儿钱，男人得低下头修成百上千年自行车，作孽啊！哎呀，人家宝罗……那个宝罗，你们听说过吗？也是修自行车的！人家怎么就成了大富豪？”

宝罗的故事，莫高当然听说过。那可是上海滩的传奇人物！他的第一桶金是在马路上摆自行车摊挣来的。后来，他修过摩托车，修过汽车，还开过饭店。饭店是修摩托车的时候开的，从一张台子到三张台子，再到一幢洋房里的上下三层，专做老派本帮菜。

莫高在宝罗的酒楼里请过外地来的朋友。土耳其挂毯、落地自鸣钟、雕花木椅、旋转楼梯、水晶灯、老式唱机、“月份牌”美女画报，还有周璇的《天涯歌女》、白光的《如果没有你》，样样都有老上海的味道。

江湖上关于宝罗的传说，有两个版本：一个说宝罗身价上亿，有三条弄堂的洋房都是他的；一个说宝罗穿布鞋，用老式手机，连厕纸都要一段一段地算清楚。天壤之别的两个版本，不晓得哪个是真，哪个是假。

梅一辰说：“拜托，师傅，这两个版本并不矛盾呀！一个人既可以身价上亿，又可以算计厕纸。英雄是自己造的，也是时势造的。不过，可以肯定的是，一个人的传奇可以从修自行车开始，但是永远修自行车显然不会成为传奇，至少不会成为财富传奇。您说是吗?”

莫高说：“传奇不传奇，先不用去管。你说，靠修自行车能买得起房子吗?”

梅一辰说：“那要看怎么买了。我看，是他爷爷定的家法害了王大为，害了他们一家人。宝亮嫂不是说过了嘛，王大为他娘死的时候，买三十几万块钱的房子，除了蔬菜运输公司赔他们家的二十几万块钱，再借个十来万就行了。后来，房子卖一百万的时候，借个几十万就能买。到现在，房子值六七百万了，就得借四五百万……买房子，靠存下来的钱永远不行，肯定得贷款。存钱的速度哪里跟得上房价上涨的速度啊！您说是吗?”

五

隔天，莫高带着梅一辰到旅游公司去调查了一番。

旅游公司的门店开在淮海路上，离当事人家不远。从当时签字的合同来看，王大为、崔晓华夫妇的人身意外险是以他们本人的名义买的，被保险人也是本人，受益人是配偶和直系亲属。虽然要求本人签字，但是这种小额的合同也没有那么严格。旅游公司的人想不起来当时是两个人来签的，还是一个人代替另外一个人签的了。当然，也有可能是他们签好了拿过来的。

王大为虽然文化程度不高，但是小时候练过书法，字的确比崔晓华写得好。肉眼看不出笔迹上有什么问题，得让技术部门做进一步鉴定。

梅一辰问起广告图的事情，旅游公司的人回忆说，那条线路的广告图送到过他们住的这个地区，但是不是一家一家都送到了，很难说。

他们拿了一份广告图的样本，回到队里后，和当时在王大为裤子口袋里找到的一对比，一模一样。技术人员说，签字的笔迹符合两个人各自的书写习惯，并无可疑之处。

到目前为止，尽管有“同意还是不同意买房子”这个矛盾点在，但是没有有力的证据证明王大为死于谋杀。

梅一辰又嚷嚷着要写结案报告，莫高想了想堆在办公桌上那些等着他们侦办的各类案件的卷宗，差一点儿就点头了。

就在犹豫着点头还是不点头的时候，他想起来一件早就应该了解的事情，那就是崔晓华到底懂不懂摄影。

崔晓华很忙，有好几次，已经很晚了，自行车修理铺都没有亮灯。于是，莫高和梅一辰决定去公司找。

他们正要离开，一个快递小哥过来了，递过来一封信函，叫他们签收。显然，快递小哥把他们误认为是这家的人了。收信人是崔晓华，落款是另外一家保险公司。

“什么情况？”梅一辰歪着脑袋，看着师傅。

莫高没有说话，一直拿着信封看，好像能看出一朵花来。

崔晓华的公司是一家台资企业，办公的地方在八号桥创意产业园区，离李鸿章创办的那个江南制造总局的旧址不远。小马路两边的银杏树叶已经所剩无几了，但还能看得出上一场西风之前的风致。老厂房变身写字楼，红褐色的砖砌外墙、黑色的铁艺窗框，还有拱顶上镶嵌的彩色玻璃，弄得很有情调。

在公司对面的一家“星巴克”咖啡厅里，他们坐在窗边的座位上进行着观察。

下午四点，崔晓华出现在楼顶的平台上，靠着栏杆抽起烟来。

天气渐渐地转冷了，在室外至少得套件大衣。不一会儿，一个在衬衣外面套了件西装马甲的男人出现了。

他走过去，递给她一支香烟。两个人面对面地抽起烟来，话不多，却相当默契。

男人灰白的头发梳向一边，溜光水滑。抽烟的时候，他的手指上有件东西在阳光下一闪一闪的，应该是戒指。

崔晓华很晚才从公司的大楼里出来。等在外面的梅一辰迎上去，把她请到了喝咖啡的地方。

莫高给她要了杯咖啡，等她坐定，便把保险公司的快件递了过去，要她当面打开看。

崔晓华一直没有说话，直到打开快件，才轻轻地“哦”了一声，瞬间睁大了眼睛，连眼角折扇般的皱纹都惊得平展了许多。

是王大为给自己买的人身意外险！购买人、被保险人都是王大为，出险赔偿金额是四百万元。

崔晓华脸上惊愕的表情说明，她对这份新的保险并不知情。如果真是这样的话，崔晓华的嫌疑就小了很多。

其实，莫高也感到很惊讶。王大为是预见到了自己会出事，还是有意造成意外坠崖的假象，好得到这四百万元，以此来弥补家里买房的巨大缺口？难道崔晓华为他购买的旅游意外险，仅仅是在搂草的过程中意外打到的一只还算肥硕的兔子？可是，他并不知道崔晓华订了房子啊！不过，不管他知不知道，买房子的巨大资金缺口一直都在那里。

莫高皱着眉头，抽出一支香烟，刚拿出打火机，就发现墙上贴着禁烟标志，只好不甘心地放了回去。

如果王大为的确死于意外，那么前面的一百万元和后面的四百万元赔偿金就都能拿到。这样的话，他们家买房的钱就差不多凑够了。这对他们家来说，无疑是实现了利益最大化。

如果他死于自杀，就两笔钱都拿不到，落得一场空。这不是他愿意被认定的，也不是崔晓华愿意被认定的。也就是说，当事人肯定会尽最大努力去避免被认定是自杀。

只要前面那个保险是王大为买的，那么即使王大为死于谋杀，也同样能拿到一百万元的保险金，因为他的死在他的意料之外。但是，如果保险是崔晓华假借他的名义买的，人也是崔晓华杀的，那么不用说，保险公司是不会赔付的。至于他自己买的那份保险，只要他不是死于自杀，就能拿到四百万元的保险金。

对王大为来说，不考虑主观意愿，虽然没有达到利益最大化，但是也算没有白死。对崔晓华来说，如果没有王大为另外买的这份保险，又被警察证实是凶手，那么就更是鸡飞蛋打了。如今，她知道了这四百万元的存在，心态很有可能发生变化。

厘清这些有点儿烧脑的法律关系之后，莫高又开始考虑时间节点。

他把几个时间节点在脑子里过了一遍。购买这份新保险的时间是 10 月 5 日，保险期限是一年。那套七百万元的房子，预订的时间是 10 月 20 日。他们夫妻俩购买旅游意外险的时间是 10 月 25 日。现在需要知道那个怀孕的女孩子被母亲带着找上门来闹的时间。这样，就可以根据时间的先后顺序来判断其中的因果关系了。

莫高发微信请宝亮嫂回忆，宝亮嫂回复了长长的一段语音。

莫高看了一眼坐在对面的崔晓华，往手机上插了耳机，准备听一下这段语音。

宝亮嫂说："哎呀，我记得很清楚！中秋节那天，儿媳妇带着孙女去迪士尼玩，我到老房子附近去做头发，碰到了女孩子的亲戚们来兴师问罪。"

在日历上一查，刚刚过去的这个中秋节是 10 月 3 日。可以这样说，经过了两天的思量，在女孩子的家人上门后的第三天，即在 10 月 5 日，王大为闷声不响地去给自己买了人身意外险。在第十七天，也就是 10 月 20 日，崔晓华去预订了一套符合儿子未来丈母娘要求的房子。在第二十二天，也就是 10 月 25 日，夫妻二人购买了旅游意外险。又过了五天，王大为坠崖身亡。

时间的先后，在一定程度上说明了夫妻二人内心的纠结，以及纠结之后作出的决定。

莫高拿起先前放在桌子上的那根香烟，凑到鼻子底下闻了闻，接着问崔晓华："你丈夫给自己买保险这件事，你怎么看？"

崔晓华说："他买了保险，人也走了，这是改变不了的事实。"

莫高说："如果我说你们夫妻关系不好，你会反驳吗？"

崔晓华说："我们夫妻关系好不好，不需要外人评价。"

莫高说："如果夫妻两个人中的一个极力要做某件事，另外一个极力阻止，甚至不惜使用暴力，而这个使用暴力的人又突然死了，那么这件事情不仅外人要评价，我这个当警察的也要管。"

崔晓华说："我知道，你想要的结论是，我为了钱而谋杀亲夫。

不过，就算我真的谋杀了亲夫，他自己买的那份保额是四百万元的保险，也是必须理赔的。哈哈，天不绝我家儿子!”

莫高和梅一辰暗暗惊叹，她竟然对保险条款如此熟悉。看来，这个对手没那么简单。

正在这时，手机响了一下，有微信进来。打开一看，是技术人员发来的一张照片。照片上，崔晓华戴着墨镜，头上裹着丝巾，和一个男人相对而坐。那个男人把手放在她的手上，手上的戒指明晃晃的。

再看侧脸和发型，正是和她一起在露台上抽烟的那名男子。

技术人员在微信上说：“照片拍摄于三年前，是从死者手机的相册里找出来的。”

莫高对崔晓华说：“为了钱，或者为了情。”

说着，他让崔晓华看了看这张照片。

看了照片，崔晓华脸色大变：“我不管这张照片是从哪里弄来的……事情不是你们想象的那样。”

莫高说：“不是我们想象的那样，是什么样?”

崔晓华说：“这位是我们公司的老板。我家男人对我实施家暴后，我没办法上班，就给老板打电话请假。老板来我家看我，还安慰了我。你们如果认为我和老板有私情，要谋杀亲夫，那就错了。”

崔晓华虽然处于劣势，但是说话好像从来都不服软。

莫高反问道：“你说这是错的，那什么是对的呢?”

崔晓华不再说话，低下头去，端起那杯已经冷了的咖啡，一饮而尽。然后，她呆呆地看着窗外的一棵银杏树。

六

在沪闵路上的一个攀岩俱乐部的休息室里，他们和台湾老板见了面。

台湾老板祖籍上海，未婚。他的母亲在上海出生，长到七八岁时随他的外祖父、外祖母乘太平轮去了台湾。1970 年出生的台湾老板在母亲的影响下，极有上海情结。二十世纪九十年代初，他来沪经商。从照片上看，他长得还算标致，头发梳得溜光水滑，只是有点儿女里女气的。

莫高和梅一辰要约这位老板见面，他一直推说没空，直到被堵在这间休息室里。

他们说明来意后，老板翘着兰花指说："没错，崔女士是我们公司的员工。她很优秀，已经是部门主管了。巧了，她家住的这幢房子正是我家的老房子。刚回上海那年，我拿着母亲给我的地址和老照片去找老房子时，发现路名已经变了。就在我没头没脑地乱撞的时候，一个正在晒太阳的老太太问我要找哪户人家。我说了原委之后，老太太激动地拉住我，叫我'小少爷'，说她是大小姐的娘姨，还问我：'大小姐现在身体还好吧？'我听出来了，这位老太太是我母亲小时候的保姆。这么多年来，我母亲一直寄钱给她。接着，屋内有人喊我'少爷'，说：'哎呀，原来是贵人上门！多亏了你母亲，我们才没有被赶到乡下去。'我不解地看着她。这位阿嫂接着说：'当时，你妈妈每个季度都寄钱给我们，有专门送外汇的干部给送上门来。后来，街道上有人来勒令我们离开上海，去乡下，正好碰到送外汇的干部来送钱。后来，我们就莫名其妙地不用去乡下了。十几年后，我们才知道，外汇部门要保住这个地区的外汇额度，所以协调街道不要赶我们走。’我从母女二人的口中得知，老太太身后的这幢房子，正是我们家的老房子。看着这幢二十世纪三十年代建造的西班牙风格的洋房被搭建得面目全非，我暗下决心，一定要把它买回来，恢复本来的样貌。我要请老母亲回上海住，圆她一个故园梦。谁知，做了这么多年生意，钱越赚越多，却总是买不下这幢房子。后来，我只好一间一间地买，买到一间算一间。”

“难怪宝亮嫂上次说，崔晓华去这家公司上班是她介绍的，原来有这层关系。”梅一辰转过头来，看了一眼师傅。

说到这里，老板又翘起了兰花指：“母亲保姆的女儿宝亮嫂这间，我已经买了。崔女士家这间，我最近也准备买。”

“价钱谈好了吗？”莫高问。

“还在谈。”老板回答。

“和谁在谈？”莫高又问。

“崔女士和她先生两个人。”老板回答。

“崔女士什么态度？她先生什么态度？”莫高问。

“他们不一定非要住在这个地方啊！这个地方是不会动迁的。这个房子对他们来说，实在是太小了，连螺蛳壳都算不上……无非是钱多钱少的事。”老板回答。

“据我所知，崔女士和她先生在这件事情上意见很不一致。”莫高说，“而且，就在这个时候，崔女士的先生遭遇了不幸。”

“他们的意见一致不一致，我不清楚。崔女士的先生遭遇了不幸，我知道。而且，我已经表示过哀悼了。”老板说。

“哀悼是单独表示的？”莫高问。

“不然呢？”老板反问。

“您和崔女士经常单独见面吗？”莫高问。

“莫警官想问什么？”老板又反问。

莫高打开手机，将技术人员发给他的那张照片给台湾老板看了一下。

台湾老板看完之后，马上就笑了：“我当是什么神秘照片呢！大陆还这么保守吗？我是在安慰一个刚刚被先生打得鼻青脸肿的异性员工。如果您是老板，您会怎么做？”

说着，老板打开了衣柜：“如果两位警官没有其他事情的话，我还在忙。”

从梅一辰的这个角度，正好能看到衣柜里面。

梅一辰眼尖，注意到老板的装备和崔晓华儿子的装备居然一样，于是凑上去说：“老板，您的户外运动装备看上去很不错啊！”

老板用颇具优越感的语调说：“是一个国际著名的攀岩品牌，大陆没有卖的，我是专门从台湾带过来的。”

莫高和梅一辰交换了一下眼神。

莫高决定直接出击：“老板，今天打扰您了！问您最后一个问题：您是否认识崔女士的儿子？”

老板翘着兰花指说：“莫警官说的是王崔宏先生吧，我当然认识了！公司年会，员工可以带家属。小王先生书法写得好，隶、草、行、楷，写什么像什么，照片也拍得超级棒，公司有很多广告项目都请他做摄影师。他那套高级的照相设备，是公司的资产，专门给他用。”

未婚，有上海情结，想买回老房子……给自己员工的儿子买价格不菲的户外装备和照相设备……把手放在女主人的手上，恰好被男主人拍到……他有没有可能参与这件事情？

王崔宏摄影技术高，但事发的时候并不在现场。这中间有什么必然联系吗？

上网搜索，台湾老板开的是一家广告公司，本市有很多知名企业都是他的客户。

梅一辰眼尖，在产品展示栏里发现，王大为夫妇找的那家旅游公司也在其中。这样一来，作为部门主管，崔晓华完全有可能拿到这家公司所有旅游产品的广告。那么，王大为裤子口袋里的广告图，到底是旅游公司分发的，还是崔晓华拿回家的呢？

走出攀岩俱乐部，梅一辰手上多了一份近期活动的图表。图表上介绍说，攀岩的主要场地正是案发现场的那个深坑，攀岩的时间大多安排在春冬两季游客较少的时候。

看着这张图表下面潦草的签名，梅一辰突然拍了一下脑袋，对莫高说：“师傅，我们马上回去看样东西。”

和梅一辰判断的一样，王大为裤袋里的那张广告图上果然没有业务员的签名。她特地打电话给旅游公司，得到的信息是：为了方便统计业绩，业务员是不会不在分发的广告图上签名的。这说明王大为身上的这张广告图不是业务员分发的，而是直接来自公司——来自旅游公司，或者广告公司。前面的调查结果显示，这张广告图不可能来自旅游公司。那么，就只有第二种可能性了，这张广告图只能来自为旅游公司做广告的广告公司。

如此看来，基本上可以断定，这次旅游是崔晓华主导的，至少可以证明她在这件事情上说了谎。

七

莫高和梅一辰再次来到了深坑边。梅一辰俯身往悬崖下面看，身体摇晃了几下。莫高冲过去，扯住了她的衣襟。

莫高用力过猛，扯得梅一辰后退了几步。梅一辰顿时叫了起来：“拜托，师傅，您扯得太紧啦，我只能看到树根！别急，那边是什么东西在反光？”

于是，他们打电话叫来了景区的工作人员。景区的工作人员吊着安全绳，从半山腰取回来一个金属挂件。仔细一看，像是一串英文字母，后面有一个坏了的挂扣。

梅一辰把英文字母往手机里一输，发现这是个户外品牌的标识。再一看，正是台湾老板和崔晓华的儿子王崔宏用的那个户外运动品牌的标识。这个东西是从腰带前面的装饰扣上掉下来的。

在莫高的眼前，突然一道电光闪过。

“天助我也！如果不是在晴天来这里，如果不是在下午三四点钟的太阳的照射下，如果不是梅一辰俯身往悬崖下面看……”他兴奋地左右徘徊，受过伤的那条腿一点儿都不瘸了，眼睛也亮了很多。

就是这一道电光，让他又发现了一个更加令人兴奋的事实：悬崖边上的铁链，没有断掉的那些，与断掉的那两根相比，似乎锈蚀得不那么严重。这说明了什么呢？

他马上打电话叫技术人员过来取样。

当天晚上，技术人员的结论就出来了。边上的铁链和断掉的那两根铁链相比，果然锈蚀程度不同。技术人员说，盐会加快链条的锈蚀。这两根铁链的含盐量比旁边链条的含盐量高出两倍都不止。几十公里以外的海风应该不会这么善解人意，格外地眷顾这两根链条，给它们更多的盐分吧？肯定是有人早有预谋！铁和盐，再加上氧气和雨水——典型的化学反应！

莫高让梅一辰查一下，台湾老板是否读过大学，读的什么专业；王崔宏是否读过大学，读的什么专业；崔晓华当时在师专读的什么专业。

不一会儿，电话就打回来了。台湾老板毕业于台湾大学，专业不详。王崔宏毕业于某著名大学的视觉艺术学院，专业是摄影。崔晓华在师专读的是化学专业。

好，确实有人读的是化学专业！

如果真是这样，那么他们是怎么做到的呢？

梅一辰打开随身携带的笔记本电脑，噼里啪啦地一阵查询，找到了这个俱乐部官网上发布的最新信息。

有一张俱乐部成员在攀岩结束后的合影，大家手拉手举成“V”字。仔细辨认，发现台湾老板在中间，左边是崔晓华，右边是王崔宏。

崔晓华也玩攀岩？这让莫高和梅一辰都感到十分意外。

照片放大了以后，虽然有点儿模糊，但是看得出，王崔宏腰带上的标识没有了。假如王崔宏是给这两根铁链增加盐分的人呢？他和熟悉化学知识的母亲共谋……

王崔宏的嫌疑骤然上升。他不是没有动机！他认为自己变成了哑巴，家里至今还住在二十平方米的房子里，根本就买不起新房子，害得他被准丈母娘看不起，这一切的罪魁祸首都是父亲。再加上他经常目睹父亲殴打母亲……不是没有这个可能。

于是，梅一辰以想要加入攀岩俱乐部为名向在线客服咨询了一下。

客服说，俱乐部成员的户外服装均自行购买。去攀岩，一般是到达目的地之后，自行活动。俱乐部只有提出建议的权利，无权规定线路。也就是说，他们可以在一定范围内自由活动，并无旁人干涉。

梅一辰想起了第一次和师傅一起来查看现场时的情景。那些挂在悬崖上的人，确实有排成队的，也有单独行动的。

他们去了王家，要带走崔晓华和王崔宏作进一步调查。也许是因为与人交流有障碍，王崔宏显得很镇定，塔一样酷酷地站在那里。

莫高他们带去的哑语翻译站在边上，向王崔宏比画着，告诉他把他带走的原因。

翻译比画完了之后，还没等王崔宏有反应，崔晓华的脸就先白了。她仰起脸问莫高："莫同志，如果你们调查清楚了，就由我来承担好了。我只是不明白，我家儿子做错了什么？"

莫高说："他和你一样，有重大嫌疑。"

崔晓华的声调变得有些急切："他有什么嫌疑，你说出来！不会是因为这个吧？"

说着，她冲到斜坡衣柜跟前，哗地一下拉开柜门，从里面拿出一套装备，摊在了八仙桌上。

她说："我不管你们现在调查到什么程度了，我只想告诉你们，我也有一套这样的户外运动装备。这套装备男女通用！我腰带上的金属标识不知道掉到什么地方去了，我儿子知道我爱美，就把他的腰带换给了我。你们如果因为在某个地方找到了这个标识就要带走他，那就错了。带走我吧，你们会查清楚这一切！"

八

在讯问室里，崔晓华交代，当时她决定嫁给王大为，是觉得他忠厚、讲义气、踏实肯干，再加上宝亮嫂不断地给她讲宝罗的故事，她觉得自己真的有可能会钓到一个"金龟婿"。

首先，她肯定能拿到上海户口，只是时间问题。其次，这个人靠得住，说不定能成为"宝罗第二"。第三，他说他们家的家训是"即使饿死也不借钱"，她觉得很有骨气。

后来，她才知道这个家的"家法"有多可怕。她逐渐开始厌倦了，对丈夫这种守财奴的心态十分痛恨。同样面积的房子，价值三十万元的时候，只要贷款六万元就可以买；价值一百万元的时候，贷款六十万元就可以买。现在，这样的房子值七百万元了，可是家里只有一百万元，差了六百万元，简直让人绝望！

认识了台湾老板之后，她更加对比出了丈夫的不堪。

十多年前，公司开了一次年会，邀请家属参加。丈夫不愿意来，她就带着儿子来了。台湾老板过来敬酒，他们算是正式认识了。在公司的那种氛围里，再加上时常和丈夫怄气，以及各种不顺心，她学会了抽烟。公共场所禁烟，她便在楼顶平台的吸烟处和老板渐渐熟悉起来。老板说要跟她学上海话……如果他知道，若干年前，她还说着一口被宝亮嫂和婆母嘲笑、被丈夫的祖父喜欢的苏北话，不知会作何感想。老板很快就提拔她做了部门主管，并且想让她的儿子来公司工作。儿子生性不愿意受约束，没有答应。老板对他们母子俩很好，从台湾给他们带回来了攀岩的装备，还给他们交了攀岩俱乐部的会费。

起初，她拒绝了老板的好意。于是，老板便给她找了一个合理的理由，说是对她工作业绩的奖励。

老板让她见识了与自己的丈夫完全不同的一种男人。他有见识，有绅士风度，不像她丈夫那样，只知道低头修自行车。他懂得女人的心，能察觉女人的喜怒哀乐，让女人对他充满了渴望。

她在大学里学的是化学，知道盐水对于裸露的铁链能起到腐蚀作用。每次去那个深坑攀岩，她都会灌满一壶盐水，专门往这两根链条上浇。

这个地方是她和丈夫新婚旅游时拍照的地方，让王大为在这个地方给她拍照再合适不过了。

她没有办法再等了，房价越来越高了！儿子有了女朋友，女朋友又有了身孕，女朋友的妈妈要求必须买房。她知道这个“丈母娘”有一半是在将她家的军，但是房子一定得买，无论如何都要争这口气。这次不买，以后就真的永远也买不起了。她不能让儿子、儿媳妇和孙子都挤在这个地方住。只是，她没有想到，王大为自己也买了保险，受益人是她和儿子。

说到这里，她有些激动。

她说：“莫同志，即使你们查不出来，我也准备自首——我受不了王大为的这种做法。”

她说着说着，就哭了。王大为是个好人，是个可怜的人，也是个被时代的大潮抛弃在沙滩上的落伍之人。

莫高被她说得心里有点儿发酸。

待她平静下来，莫高又问了她一个问题：“你凭什么判断，你们出游那天，铁链子恰好能被靠上去的王大为弄断？”

她说：“我记得，我们读书的时候，做过一个化学试验。分别在四个瓶子里放一颗铁钉……第一个瓶子里，既没有水，也没有空气。第二个瓶子里装满了煮沸之后的水，也就是说，有水，但是没有空气。第三个瓶子里，水少到了无法淹没铁钉，既有水，也有空气。第四个瓶子和第三个瓶子里的水量一样，只是第四个瓶子里加了盐。你猜，哪个瓶子里的铁钉锈得最厉害？”

莫高愣住了，看着眼前这个奇怪的女人。

她继续说道：“锈得最厉害的那个，会越来越快地锈下去，越锈越烂，越烂越锈。知道为什么吗？吸收了水分，铁就烂得更快了。稍微给一点儿力，就会断掉。”

莫高说：“你这不是把其他游客也置于不安全的境地了吗？”

她说：“没有人会那么傻吧，在那么险的地方靠在铁链上。不过，如果真的靠上去，那也是命中注定了的。”

九

在把崔晓华的刑事拘留通知书送给王崔宏的路上，梅一辰说："这个崔晓华还真是蛮拼的！一个五六线小县城的女孩子，当年为了留在上海，肯嫁给一个和自己差异这么大的人。都这把年纪了，还玩攀岩这种号称'岩上芭蕾'的时髦玩意儿。为了儿子而牺牲丈夫，策划得如此周密，差点儿被她给骗了。现在，她连自己都要牺牲掉了。您说，她当初要是回到东台老家，去当中学的化学老师，会比现在幸福吗？"

莫高说："依着她的性格……她在上海读过书，心已经大了。不要说东台了，就连盐城和南京都未必放得下她。她肯回去吗？"

梅一辰说："师傅，那您说，她来上海读书，是好事还是坏事？"

莫高反问道："你说呢？"

梅一辰说："嗯，这个问题，我还真没想好。反过来说，这个王大为呢，也很厉害。他为朋友两肋插刀，宁肯自己吃官司。祖父说不借钱，他就绝不借钱。为了让老人满意，他可以娶一个比自己大、比自己学历高的外地女人。为了儿子，他肯牺牲自己，是条好汉！"说到这里，梅一辰在后视镜里看了看莫高，"他们夫妻俩都很厉害，师傅您更厉害！他们怎么算，也算不过您老人家。"

莫高也看了一眼后视镜里的梅一辰，皮笑肉不笑地说："我有那么老吗？"

梅一辰说："师傅，您连好话坏话都听不出来吗？"

莫高说："当然听得出来了！千错万错，马屁不错！小梅同志，你怎么也学坏了……"

梅一辰反驳道："要学坏，也是跟着师傅您学坏的。不过，师傅，您觉得台湾老板对崔晓华是真心的吗？”

莫高又反问道：“你觉得呢？”

梅一辰说：“您还记得上次那张照片吗？就是台湾老板把手放在崔晓华手上的那张！崔晓华看到照片的时候，很紧张。可是，台湾老板看到的时候，却很放松。这说明什么？男人靠得住，母猪会上树！”

说完，她朝后视镜里的莫高做了一个鬼脸：“当然，师傅您是例外。”

说着，车子开到了王家门外。车子停下之后，两个人隔窗看见王崔宏正在那张八仙桌旁练习书法。

自行车配件都已经搬走了，里外间已经打通了，阁楼也已经拆掉了。太阳透过窗户照进来，屋里显得敞亮多了。

两个人正要敲门，却见台湾老板从暗处走出来，从背后抱住了高过他一头的王崔宏，将覆盖着灰发的头贴在了年轻人宽阔的背上。

莫高瞪大了眼睛，梅一辰也倒吸了一口凉气。

不过，她很快就装出一副见多识广的样子，悄声说：“拜托，师傅，人家哥哥年轻时也有过好多女朋友，后来还不是和唐唐走到了一起？”

莫高压低了声音问：“哪个哥哥？什么唐唐？”

梅一辰回过头去，嘲笑道：“拜托，师傅，您解点儿风情好吗？”

莫高一愣，接着低声唱道：“这身影，我用心地望。温馨的老地方，有着你，令脆弱身体更耐寒……”

梅一辰听出了莫高唱的是什么，于是娇声道：“‘哎呀嫂’说师傅您是越老越帅，我看您是越老越贫。不过，师傅，您觉得，如果看到了这个场面，那个母老虎一样的‘丈母娘’，还有那个怀着小宝宝的女孩子，她们会怎么想？关在里面的崔晓华和已赴黄泉的王大为，他们又会怎么想？”

莫高的话答非所问：“最可怜的是王家爷爷！儿子娶了个上海媳妇，跳了黄浦江。孙子娶了个苏北媳妇，掉进了深坑。如今，这个哑巴重孙……哦，对了，你说旅游意外险合同上王大为的那个签名，到底是谁写的？”

梅一辰看着正在屋内练习书法的王崔宏，突然明白了师傅问话的原因。

她没有回答，而是快步上前，伸手去敲王家的大门。

另外一个“午夜撒旦”

一

梅一辰的电话进来的时候，莫高正皱着眉头，伏在台子上一张一张地琢磨那些照片。

下午收网，身份确认好再带回来，最迟晚上就能见到这个臭名昭著的“午夜撒旦”了。莫高要好好地会会他，看他到底是什么心态、什么动机，用这么残忍的方法杀了这么多无辜的人。

“师傅，‘午夜撒旦’拒捕，拿着刀挟持了边上的一个妇女怀里的婴儿。狙击手把他击毙了，当场死亡，脑浆溅了一地。”梅一辰嗓门儿很大，很激动，在嘈杂的背景声音的衬托下，战地记者似的进行着现场直播。

“哦？”莫高好像还没有反应过来。

他的腿疾复发了。梅一辰颠颠地跑去给他买了一个帅帅的英式手杖，头儿却硬将他留在了办公室。否则，怎么会不去现场参加行动，抓捕这个让这座城市的居民整整恐慌了三年、让他们刑警队的几百号人整整头疼了三年的连环杀手“午夜撒旦”？

“哦，是吗？总算……”从莫高的嘴里含混地蹦出了几个词，梅一辰听着有些莫名其妙。

头儿一直说，这个连环凶杀案，简直是他们刑警队的耻辱，让他们刑警队蒙羞。总算把凶手除掉了，虽然前面的很多推理和揣测再也无法去证实了……大家都在为没有把这位“午夜撒旦”送去审判而感到遗憾。不过，这五起凶杀案总算可以结案了，被害人总算可以瞑目了，刑警队的同志们悬了这么久的心也总算可以放下了。

五起凶杀案的受害人皆是四十岁上下、会讲英文的壮硕男子，皆是被人从酒吧带到酒店里杀害的。他们的尸身上皆有十三处刀伤，面部皆被从嘴角一刀拉到耳际，就像是逝者留给世间最后的笑容。这笑容十分怪异、恐怖，令人不寒而栗……

制造连环杀人案的“午夜撒旦”，其身份早就弄清楚了。他是一个健身房的击剑教练，妻子在酒吧里唱歌。他的妻子被一个魁梧健壮的美籍华裔男子吸引，抛下他，去了美国。

“午夜撒旦”恼羞成怒，便开始杀人了，专挑具备这三个条件的男子下手：一是在酒吧里猎艳，二是会讲英文，三是魁梧健壮。这家伙无妻、无子、无父、无母，且不和任何人联系。三年来，他一直幽灵般地飘荡在城市的夜空……既然凶手已经毙命了，那么接下来的工作就只剩下比对痕迹、核对材料、告知家属了。

带着难以言说的不甘和遗憾，莫高继续琢磨着那些照片。五张被害人的面部照片齐刷刷地摆在他面前。

五条人命，五个家庭！如此残忍，如此变态！做侦探二十多年了，破过的凶杀案已经数不清了，而眼前这个案件，竟然会有这样一个结局，就像一个人在用力将重物向上推，推到最后，重物竟然在瞬间化为乌有了。

渐渐地，莫高的目光被那些可怖的笑容吸引了。

一样的血腥和怪异，可是细看起来为什么会感觉有所不同呢？

前面的三个和最后一个，是凌厉、恨且充满了快意的那种感觉，而第四个却有些犹疑，有些裹足不前，有些首鼠两端，似是而非。

什么地方出了问题？难道“午夜撒旦”在杀第四个猎物时，受到过来自内心或者外界的干扰？

可是，这已经是第四个了。凶残、老练、冷酷如他，想必不会轻易受到干扰。那么，到底是什么原因呢？

莫高捏着下巴，歪着头，定定地看着那些面孔。

看了不知道多长时间，他眼前突然闪过几道电光，转瞬即逝：会不会是有人模仿“午夜撒旦”，想搭他的顺风车，把想杀的人杀掉，却把账记在“午夜撒旦”身上？

是啊，谁知道什么时候能够抓到“午夜撒旦”？说不定还没等抓到，他就已经死了。这种人肯定不得好死，意外死、自杀、被杀、自然死亡……有太多的可能性。如今，却让这个搭顺风车的人得逞了——“午夜撒旦”被警方的狙击手击毙了。

瞬间，莫高被自己的这个想法吓住了。

他转头看向了窗外。

初夏时节，窗前那棵悬铃木的叶子一天比一天浓密了。而此刻，这些手掌形的叶子迎着风左右摇摆，挡住了他远眺的视线，就像那个搭顺风车的杀手——如果这个人真的存在的话——遮挡他探究真相的视线一样。

二

莫高刚刚进入刑警队时，师傅告诉他，其实破案没什么窍门儿，只有八个字：大胆设想、小心求证。

“首先，要放开胆子去想，联想、假设、猜测……总之，穷尽一切可能。比如，一个女婴在医院被盗了，你能想到多少种可能性？”

师傅先设问，然后自问自答：“一是溺婴。家属重男轻女，将其溺死后便可以再去生育了。二是责任事故。当晚的值班护士玩忽职守，导致婴儿窒息，为推卸责任而毁尸灭迹。三是女婴父母有仇家，有人报复。四是有人对医院不满，盗取婴儿，嫁祸于医院。五是拐卖婴儿。六是有人托医生或护士领养婴儿。七是精神病人所为……”

师傅第一次讲这些话的时候，莫高仅仅是听了一下，就已经目瞪口呆了。

“不过，且慢，”师傅端起茶杯，咕咚咕咚地喝了大半杯水，“接下来便是小心求证阶段了。谁有条件作案？这个时候，就要进行判断和推理了，要找出本质和规律。但是，你得有心理准备，这很有可能是‘不完全归纳’，也就是说，很有可能有遗漏。就拿这个盗婴案来说吧，其结果出乎我们的意料，居然是一个二十六岁的男青年要在女婴身上发泄性欲。猪狗不如啊！这个男青年自身条件差，没有女孩子肯跟他。时间长了，他就有些变态了。案发当天，因为无法遏制性冲动，他就像发情的狗一样四处奔突。路过医院时，他临时起意，想到女婴不会说话，事后不会告发，便偷出女婴，进行了猥亵和摧残。最后，他把女婴抛进了化粪池。”

后来，莫高当上了师傅，也反复把这个案子拿出来讲，把“小的们”弄得一愣一愣的。

不错，这个设想是够大胆的，但是如何去求证呢？

这个时候，门被一下子推开了，梅一辰一阵风似的走了进来，脸红彤彤的，整个人都在冒热气。

听了莫高的话，她先走近师傅，摸了摸他的额头，然后瞪大了眼睛，看了看摆在桌子上的五个被害人的照片。

“确实有那么一点点差异！”仿佛为了表示那一点点差异真的太过细微，她伸出手指比画了一下，用大拇指抵住了小拇指。阳光照在指尖上，呈现出可爱的微红。

“可是，师傅大人，仅有这些是说明不了问题的。”她歪着脑袋看着莫高，像一只好奇的小鸟。

“是否能说明问题，得去调查。”莫高摸出香烟盒，一边拿烟，一边淡淡地说了一句。

莫高就是这样，越是重要的事情，他的口气就越淡。

“你先查一下案发当天对这些案件的报道内容，看看透露出去的细节都有哪些。还有，一开始把五个案子并案侦查，主要的依据就是作案手法、案发时间、案发地点和侵害对象十分相似。‘午夜撒旦’留在现场的有用痕迹实在是太少了，指纹、DNA、凶器都没有。不过，他除了有最初的复仇心理以外，还应该有收集和展示的癖好。除了在酒吧里物色魁梧健壮、会说英文的中年男子，在酒店里将他们杀害，然后在每一个现场都留下十三个刀痕和一个可怖的‘笑容’以外，应该还有遗漏的细节。”

头儿做了分工，这第四个案子的查证工作由莫高和梅一辰师徒来做。

但是，死者被害的原因查清楚之后，留好了DNA和照片，尸体当时就被火化了。现场都是酒店的客房，早就重新装修过了。所以，现在纵然发现了新的疑点，也无从查证了。

仅凭几张现场拍摄的照片，就要去寻找真相，简直是异想天开。

三

“谢谢！这样，先夫便得以瞑目了。”听莫高师徒讲完“午夜撒旦”被击毙的事情之后，坐在对面的女人仰面朝天吐出了一道笔直的烟雾。一头浓密的长发随之泻下，显现出了极为旺盛的生命力。

第四个被害人名叫安在晨，四十二岁，毕业于一所财经大学，是一家证券公司的中层管理人员。被害之前，他和妻子、老母亲以及尚未结婚的弟弟同住，没有孩子。

在去安在晨家之前，莫高师徒在外围进行了一些调查。

他们先来到安在晨家附近的一个棋牌室，要了杯茶，坐了下来。这里的弄堂，早年也被称作“外国弄堂”。之所以加个“也”字，是因为这里的弄堂不同于新华路一带的那种典型的外国弄堂。那里的房子全都是独幢的花园洋房，原来的主人都是从前的大资本家。

“午夜撒旦”在前一天刚刚被击毙，这时候当然是街坊邻里热议的话题了。棋牌室里很嘈杂，议论的焦点归纳起来有四个：一是警察全是吃素的，几百号人耗时三年才抓到一个“午夜撒旦”，而且还是死的；二是那些被杀的人也活该，都是钱烧的；三是安家妈妈命苦，年轻时丧夫，老年丧子，偏偏这大儿媳妇不生孩子，小儿子又不结婚，明明是要绝安家的后；四是安家大儿媳妇不守妇道，可是天道不公，这个贱货居然还可以分割安家的财产。

老法租界的一幢花园洋房，价值好几千万，弄不好要上亿呢！尤其是最后一点，让莫高和梅一辰想到了一种可能性。

户籍资料显示，安家的大儿媳妇名叫汪小烟。这个汪小烟，大学时读的是图书馆系，后来从一家区级的图书馆辞职，开了一家网上书店，专营文学艺术类图书，还为一些有钱人家配置书房。有些暴发户的房子很大，有专门的书房，却没有耐心把书一本一本地买回家。但是，他们也想让自己显得有品位，于是便产生了配置书房的需求。这种需求让汪小烟拓展了业务，生意越做越好。

户籍资料的照片上，汪小烟的双眼明亮而有神，眉毛又粗又黑，双唇饱满，下巴的正中间有一个小小的窝，可以说知性和感性兼备。看相貌，她不像不守妇道的女子。

如果棋牌室里的那些关于她的说法是真的，那么那些与她关系暧昧的男子中，会不会有爱她入骨，或者爱她的钱入骨的人呢？会不会有想搭“午夜撒旦”的顺风车的人呢？甚至，会不会有人想要与她合谋？

把这些功课做好之后，莫高和梅一辰便去安家拜访了。两个人说好了，只告知办案结果，不暴露案情疑点。

莫高的腿还是有点儿痛。他随身带着梅一辰给他买的那个英式手杖，等车停稳了，便笃笃地敲击着马路，走进了安家所在的那条“外国弄堂”。

阳光透过悬铃木的叶子，化作斑驳的光影，影射在莫高师徒二人的身上。莫高微瘸着腿，拄着手杖。这独特的姿势，使他平添了些许沧桑和刚毅。

安家的房子是一幢砖红色的三层洋房，外墙上爬满了青藤。临街有一排高高的栀子树，酒盅大小的白色栀子花深藏在绿叶中，散发着浓郁的花香。

只有汪小烟在家。她招呼莫高他们坐在一楼的一张宽大的木制餐桌旁，便去烧咖啡了。

餐厅朝着后花园，后花园里的紫荆花正在盛开，还有几只猫爬进爬出。梅一辰拿起书报架上的读物，随意地翻看着。书报架上有书，有杂志，多数是时尚类和娱乐类的。偶尔可以看到几本男性杂志，讲汽车、钟表、游艇、高尔夫什么的。梅一辰见莫高有些无聊，便拿起一本讲汽车的杂志递给了他。

这个时候，细碎的脚步声由远而近，汪小烟端着托盘进来了。和她的脚步声一样由远而近的，是咖啡的醇香。待她把托盘放在桌子上，只见上面有一杯一碟。杯子是透亮的骨瓷做的，点缀着维多利亚风格的瓷画。碟子上铺着镂空的花边纸，纸上摆着几块压着暗纹的西点。

坐定之后，汪小烟自顾自地点燃了一根香烟。她的手指细长而骨感，手背上布满了蜿蜒的蓝色血管。

“您丈夫经常去酒吧吗？”梅一辰问。

“经常去，不醉不归。”汪小烟没有看他们，紧盯着手指间袅袅升起的烟雾。她的嗓子有些沙哑，说起话来使得下巴中间的那个凹下去的窝更加显眼了。

“和谁呢？有固定的同伴吗？”

“这个，我不清楚。有公司的同事，有大学同学，或许还有其他朋友吧……”她说话的语气很不确定，仿佛在反问梅一辰。

“夜不归宿，有过吗？”梅一辰接着问。

汪小烟沉默了几秒钟，哑着嗓子说：“实际上，我们并不住在同一个房间里。他即使不回来，我也不知道。”说罢，她吹了吹指间的烟灰。

“那么，我们是不是可以理解为，您和您的丈夫处于分居状态？这种情况持续多长时间了？”梅一辰说话时有点儿字斟句酌。

“很久了。”汪小烟低下了头。过了一会儿，她把头抬起来，看了看梅一辰和莫高，然后看向了花园的某处。

“那……非常冒昧。你们的性……怎么解决？”梅一辰下了很大的决心才这样问道。

两个人都正当壮年，这无疑是个问题。其实，梅一辰还有一层暗含的揣测，那个将安在晨从酒吧里勾引出去的人，会不会是做皮肉生意的？

听到这个问话，汪小烟的脸瞬间涨红了。她猛吸了两口指间的香烟，用力将烟头摁在烟灰缸里，然后抬起头来，徐徐地吐出了口鼻中的烟雾：“侦探小姐，您的确很冒昧。他怎么解决，我不知道，也不想知道。我自己怎么解决，跟他的死无关，也跟‘午夜撒旦’无关。我想，你们不必了解这些。”

莫高和梅一辰十分尴尬地对视了一下。

“对不起，我们无意窥探您的隐私，这是侦破案件的需要。”莫高说。

“侦破案件？‘午夜撒旦’被你们击毙了，案子不就结了吗？”女人的声音凌厉起来。

她还要再说什么，这时，有两个人走进了门厅。一名男子，头发梳得溜光水滑。看他的穿着，就像是“格子控”，一身都是黑白格子：小格子衬衫、大格子西装短裤，外面套一件更小格子的休闲西装，袖子挽了起来。如果可以归类的话，那么这名男子应该可以归为被上海人称作“小开”的那种男人。

莫高记起来了，梅一辰说过，喜欢穿格子衣服的男人是自恋、闷骚型的。不知道这名男子是否算得上这种类型的男人。

后面跟着一个老太太，身穿黑白格子的旗袍，一头鬈曲的白发，脸上尚有美貌的余痕，但神情极为严肃，仿佛从头到脚都在告诉外人，自己是个令人生畏的寡妇。

汪小烟站起来，招呼进来的两个人：“母亲、在曦，这是经办在晨案件的两位侦探。”

老太太冲着莫高和梅一辰礼节性地笑了笑，然后又板起了脸，极为郑重地坐在了宽大的餐桌旁。安在曦捋了捋头发，露出了小指上的一枚闪着白光的指环。听到汪小烟介绍他，他不情愿地把手伸出来，敷衍地同莫高和梅一辰握了握手，便向楼梯方向走去。

“安先生，请留步！我们一起聊聊好吗?”莫高叫住了他。

有资料显示，安在曦做过十多年国际海员。上岸后，他在本埠的一家有名的西餐厅做厨师。今日相见，果然作风洋派。

“哦?”安在曦有些迟疑，但还是转过身来，看了看嫂子和母亲，整了整衣襟，坐在了母亲边上。安在曦与安在晨是截然不同的两种男人，一个文弱，一个伟岸。但是，看看他们的母亲，便会发现他们的共同点。兄弟俩的眉宇间都透着俊美，只不过哥哥更英俊些，弟弟更秀气些。

“安家妈妈、安先生，我们是刑警队的侦探，负责通知各位，杀害安在晨先生的凶手已经被击毙了，警方准备结案。”莫高表情严肃地说道。

安家妈妈没有说话，眼圈儿先红了。安在曦低着头，抚弄着小拇指上那枚银色的指环。听到莫高的话之后，他抬起头说：“哦，你们警察挺能干的呀！把人给击毙了，省得去审判了，倒也利索。”他说话的语气中显然带有嘲讽的意味。

“击毙犯罪嫌疑人与能干不能干无关，只与警察的责任有关。你要是婴儿的家人，就不会这么……”梅一辰的火气顿时被眼前的这个男人撩了起来。

莫高用手杖在桌子下面碰了一下她的脚，她才没有继续说下去。

这个时候，安家妈妈开腔了，直指她的儿媳妇：“我就不明白了，做一个品行端正的女人就那么难吗?有老姐妹提醒过我，说我挑花了眼，儿媳妇必定不贞。儿媳妇颧骨高，必定克夫。可是，我没听。要不是在晨不善于和女孩子打交道，你又恰好骗过了在晨，你无论如何都进不了安家的门……你若是贤孝，在晨会年过四十还膝下无子吗？你若是贞淑，在晨会去酒吧买醉吗？就是你这个贱女人，害得在晨丢了性命，害得我老年丧子。”说罢，她狠狠地瞪了一眼汪小烟，才转过身来面对客人。

若说什么样的眼神能杀人，安家妈妈刚刚看汪小烟的眼神便能。

安家妈妈说话的时候，汪小烟并没有看她，对她的言语攻击也极为漠然。

安在曦耸了耸肩，看了看母亲，然后抱歉地看了看两位侦探，拿起嫂子先前烧好的咖啡，把每个人面前的杯子都添满了。

莫高师徒从安家出来，一路上没有交流，只听见手杖敲击地面的笃笃声。

刚坐进车里，莫高就语气平和地吩咐副驾驶座上的梅一辰，让她打开他的包，拿出一样东西。

梅一辰发现，师傅让她拿的是她在安家时递给师傅的那本汽车杂志。

她有些不解，师傅怎么拿人家的东西？

这时，只听见后面有人叫他们：“两位侦探，两位侦探！”

梅一辰赶紧把杂志塞了回去，然后紧张地回过头去，发现是安在晨的弟弟安在曦在喊他们。

难道师傅顺走杂志的事情被他发觉了？

莫高和梅一辰对视了一下，不动声色地从车上走了下来。

只见安在曦快步走过来，十分诚恳地为母亲的失态表示歉意，然后说：“家丑不可外扬！这些都是安家的隐私……嫂子新寡，将来很有可能要嫁人，希望不要把这些事情讲出去。”

莫高长出了一口气，说：“您放心，我们一定会保守秘密。不过，因为办案需要，我们还得问您一个私人问题：兄嫂分居的原因，您知道吗？”

“他们分居的原因，这个……”安在曦耸了耸肩，“尽管我们是亲兄弟，我也无从知晓。我只知道，家兄过世后，嫂子难过了很长时间。好在，‘午夜撒旦’已经死了。人死不能复生，活着的人还要继续活下去，您说是吗？”安在曦看着莫高说道。

四

晚上，几个小组碰了一下头。

搜查“午夜撒旦”住处的那个组找到了两样东西。其中的一样东西，是在电脑里找到的视频和照片。一共有四组视频和照片，里面的内容异常血腥和残忍，对应的是除了安在晨被害案以外的四个案子。另外一样东西是在他家的陈列柜里找到的，是用人的毛发打结做成的“1、2、3、4”——四个数字。检验的结果显示，这四绺毛发分别是四个被害人的头发，唯独没有找到安在晨的线索。

“安在晨的情况了解得怎么样了？”头儿盯着莫高和梅一辰问。

“现在不是一种猜测了，而是肯定存在另外一位‘午夜撒旦’。只是，我们还需要时间。”莫高回答道。

在接下来的调查中，汪小烟的疑点越来越多了。

首先，在莫高拿回来的那本汽车杂志里，夹着一沓剪报，是全英文的。

莫高不懂英文，但是他发现其中一张报纸上的插图正是他们公布的连环杀人案的一张照片，便起了疑心。当时，汪小烟的脚步声由远而近，他来不及细看，便将这本汽车杂志塞到了自己的包里。

梅一辰看了看，说：“这是本埠的英文报纸，上面有关于这个连环杀人案的所有报道。师傅，您让我收集……您看看，我还没来得及去做，就有人替我做好了。不过……”

梅一辰看了师傅一眼，继续说道：“师傅，您听听我分析得对不对……要想收集这些报纸，首先得懂英文，其次得有收集的条件。还有，家人被害时收集报纸，大概是出于一种痛恨，或者是要铭记什么。最后收集的那张报纸……也说得过去，算是出于对案件的关注和对破案的期待。可是，剪下前面的三篇报道文章，就有点儿无法解释了，得回过头去找三年前的报纸，还要找到特定的那一张，难度一定不小。还有，难道收集报纸的这个人能预见到安在晨会成为‘午夜撒旦’的猎物？安家并没有订阅这份报纸……安在晨虽然懂英文，但是报纸显然不是他收集的。这份英文报纸的发行量并不大，发行的对象集中在高校、图书馆和涉外饭店。对了，那个汪小烟不是在图书馆工作过吗？”

听了梅一辰的话，莫高本来皱着的眉头渐渐地舒展开来。

其次，是从安在晨被害的那家酒店调取的一段监控视频。

莫高和梅一辰先去走访了酒吧。安在晨曾经是这里的常客，所以案发后有警察来了解过情况。服务生说，出事那天，安在晨喝了不少酒。他先要了两杯“马提尼”，又要了一杯“蓝橙”，最后要了一杯干邑白兰地。后来，他搭上了一个女人。很快，两个人就一起离开了。

他们拿出酒店走廊的一段监控视频给服务生看了一下。在这段八秒钟的视频里，只有安在晨和一个女人的背影。服务生看了好几遍，歪着脑袋想了许久，最后说，视频中的女人很像和安在晨一起离开酒吧的那个女人。

但是，当莫高问起这个女人是什么时候进来的、有没有和别人搭讪时，服务生却记不清了。

这段长度只有八秒钟的视频，莫高和梅一辰凑到电脑旁看了 N

遍。那个女人梳着浓密的披肩发，身上的衣服设计感很强。

梅一辰年轻，对时装比较敏感。她在网上搜来搜去，最后用肯定的语气对师傅说：“要么就是那套 12800 元的，要么就是‘江南布衣’的‘LESS’中的那套 15800 元的。”

梅一辰说，这类品牌的目标客户是有点儿经济实力的高端白领女性。

有了这个发现之后，梅一辰马上去了一趟离他们最近的港汇广场。对着照片，“LESS”的营业员断定，这确实是他们家的衣服。因为是高端时装，顾客极为有限，所以营业员对汪小烟还有一些印象。而且，从汇总在公司财务那里的银行卡付款记录中，查到了汪小烟的付款记录，底单上的字也是汪小烟签的。对了，那头浓密的长发也可以算是佐证！

可以这样设想，汪小烟到酒吧里去把自己的丈夫叫出来，然后把他带到了这家连锁酒店，在客房里模仿“午夜撒旦”的手法把他杀掉了。他喝了那么多酒，她一个人完全可以实施这个杀人计划。还有一种可能，那就是有人帮助她杀了安在晨，却把账记在了“午夜撒旦”身上。

这么多疑点，再加上邻居的影射、婆婆的指责、小叔子欲盖弥彰的辩护，这一切无疑都说明汪小烟有问题。

但是，且慢，如果另外一个“午夜撒旦”是她，那么动机是什么呢？夫妻不合，应该不至于萌生杀人的念头。莫非她是和某个奸夫合谋杀害了亲夫，以达到在一起的目的？可是，有这个必要吗？离婚就是了，一样可以分割财产。如果凶手是她，那么她的作案动机究竟是什么呢？

看来，是和汪小烟再次接触的时候了。

五

没有预约，他们直接敲了敲门。

汪小烟见来的是他们，显得有些诧异。但是，她很快就恢复了惯常的漠然表情，没有问他们来做什么，仍然将他们让到了紧邻花园的那张宽大的木制餐桌旁。他们坐下之后，她便去烧咖啡了。餐桌旁，仍然是那些书。她有没有发现那些英文剪报不见了呢？

待她端着咖啡走进来，梅一辰拿出随身携带的笔记本电脑，让汪小烟看了那段八秒钟的视频。

看了视频之后，汪小烟用迷惑的眼神看着他们：“是先夫和我。怎么，有什么问题吗？”

莫高和梅一辰没想到她会这么坦率，两个人对视了一下。

莫高说：“谢谢您！我们想请您讲一讲，当天您和您的丈夫都做了些什么。”

“当天？”

“对，案发当天。”

“开什么玩笑！先夫被害的那天晚上，我并没有和他在一起。”

“您不是亲口承认视频里的人是你们吗？”

“是，可是……”汪小烟的迷惑，像是真的。她要么是真的会演戏，要么是真的不解。

“看来，我们有必要提醒您一下，刚刚这段视频是案发当晚在您丈夫被害的那家酒店的走廊里采集到的，采集的时间是凌晨一点三十分。根据法医的鉴定结论，您丈夫是在大约四十分钟之后死去的。您怎么解释？”

汪小烟抽出一支香烟，用打火机点了好几遍才把它点燃。

接下来，是长时间的沉默。

因为有烟雾，所以看不清她的表情。漠然？惊惧？还是败露前的焦躁？

香烟抽到一半时，汪小烟说话了，依然显得很冷漠。

她说："我终于明白二位的意思了。你们是说，杀害先夫的不是'午夜撒旦'，而是我。可是，非常抱歉，你们的想象力太过丰富了。我那天和一位朋友在一起，是一位男性朋友。"

"谁？住在哪里？有联系方式吗？"

"呵呵，你们现在问，好像有点儿晚了。要串供，早就串好了。"汪小烟的脸上有了一丝笑容，但说话的语气仍然充满了嘲讽。话虽这么说，她还是拿出一张便签，在上面写了些什么。

"算是个明白人。"莫高想。

"找到真相的时间或早或晚，但无论早晚，只要你用心去找，最后的那个结果是一定不会辜负你的。"梅一辰好胜心强，容不得别人讽刺自己。于是，她伶牙俐齿地反驳了汪小烟。

"但愿你们能够如愿！可是，我要说的是，我这里并非你们的起点，更非终点。"汪小烟说罢，将字条递给了梅一辰。

梅一辰接过字条一看，上面姓名、电话、地址都有。

这时，有人敲门。敲门的是一个拎着电脑包的男子，留着小胡子，柔软的头发梳在脑后，扎成了小辫子。简直就是一个"文艺男"！他戴着胸卡，说明他是一家室内装潢设计公司的职员。"文艺男"说，他是和安在曦先生约好的。

汪小烟说："安先生这会儿不在家，麻烦你等等。"

"文艺男"说："时间紧张，我可不可以先测量一下？"

"测量什么？"汪小烟有些不解。

"文艺男"回答："安先生想在一楼开一家西餐厅，让我们公司负责设计、装修。”

汪小烟冷笑了一下，说：“看来，安先生还真性急，连他哥哥的尸骨冷下来的这点儿时间都等不得。”

趁着汪小烟和“文艺男”说话，莫高和梅一辰交换了一下意见，决定让梅一辰继续留在安家，再让头儿增派一个女侦查员过来。必须拔掉电话线和网线，暂时保管汪小烟的手机，并且看着她，防止发生意外。

莫高则拿着那张字条，去找那个被汪小烟称作“男性朋友”的家伙。

六

莫高和那个男人约在徐家汇的一家“上岛咖啡”见面。

巴萨诺瓦音乐！小野丽莎懒洋洋地反复在唱“The more I see you, the more I want you”。此时，那个男人已经等在里面了。他一看就是个“暴发户”，脖子上的金链子很粗，一身名牌的休闲装。他的神态显然是经过掩藏和历练的，覆上了薄薄的一层儒商气质，整个人的风格显得有些自相矛盾。

但是，接下来的谈话让莫高大吃一惊。

果然，他是汪小烟的客户。汪小烟帮他家装配过书房，配的书都堪称经典，帕慕克的《伊斯坦布尔，一座城市的记忆》、库切的《耻》、雅歌塔·克里斯多夫的《恶童日记》和张立宪主编的《读库》都在其中。

汪小烟对他说，经典不仅仅是书，还有路。这几乎是他成年之后听到的最深刻、最值得回味的一句话。

在汪小烟的指点下，他大略读过几本书，便觉得她的话很有道理。在这些书里，有别人走过的认识世界和分辨世界的路，更有自己走过的探究内心世界的路。读过这些书之后，他感觉自己的内心丰厚、宽广了许多。

为了表示感谢，他请汪小烟到金茂大厦去吃了很贵的下午茶。他在乎汪小烟，愿意为她花钱。当然，他也期待着他们之间的关系能向更深的层次发展。汪小烟本来就是值得男人期待的那种女人。她很漂亮，抽烟的样子特别性感，带着些许忧郁和些许书卷气，当然，还有点儿交际花的味道。

那天，吃完了下午茶，他们又去喝了酒。喝完了酒，他开了一个房间。可以说，这些都是在她的默许之下做的。谁知，等他抱住她，要脱她的衣服时，却遭到了她的反抗。他越是要她，她的反抗就越激烈。

一开始，他以为她是因为害羞而扭捏。后来，他发现她并不是假装，而是真的。他没有再硬来，他有自尊。但是，他不肯罢休。她的反抗激起了他的好胜心和报复心，他发誓要找机会得到她，并且在得到之后马上抛弃她，让她也尝尝被冷落的滋味。因此，他专心专意地宠她，温柔地待她，好让她相信他根本就是个彻头彻尾的情种，是她的“愿望树”，是她求之不得的那种男人。当然，时间长了，他自己也有点儿分不清真假了。

终于有一天，他得手了，有种到达巅峰的感觉。可是，他起身时，却发现床单上有血。和来月经的女人做爱不吉利，他们这些生意人特别讲究这个。他恼恨汪小烟不告诉他，让他中了招，可她却抽着一根烟，淡淡地说：“那不是月经，是处女之血。”

他心想：“骗谁呢？一个结过婚的女人，一个在坊间被隐晦地暗示不守妇道的女人，怎么可能是处女？”

“是的。”她盯着他的眼睛，仿佛知道了他此刻的想法。

她说：“没错，我有婚姻。但是，我的男人是‘GAY’，你晓得吗？他只喜欢同性的男人。可是，他诱惑我，在我还是他弟弟的女朋友时。他很帅，很健壮，谈吐非凡。用了很长时间，我才认识到他诱惑我的目的。那不是爱，只是需要，需要用婚姻来掩饰他性取向的异常。一个证券行业的从业者，需要信任感，就像银行要尽量修建得更为坚固一样。一个在该结婚时结了婚的男子，一个娶了漂亮的高学历女子做太太的男子，一个魁梧健壮的男子，一个能够熟练地讲英文的男子……他需要这些。年轻时的我，太过虚荣，才上了他的当。

“可是，婚姻……它即便有华丽的外壳，里面装的是鲜花还是大便，是巧克力还是垃圾，你也无从知道。我本可以和他离婚，但是那时我已经辞职了，经济上没有保障。同时，我还有个不切实际的愿望，有朝一日能重拾和他弟弟安在曦的感情。安在曦的反应十分剧烈，他说他不能总捡剩的。他从小捡到大，衣服、书、足球、自行车……我说，不是剩的，我和他并没有肉体上的关系。他说，名义上是，在大家的眼睛里是……他想要我，他怜惜我，但是他不能要。凭什么他哥哥要夺取他所爱，然后又丢弃她？就这样，我从一个他们兄弟俩都要的女人，变成了他们兄弟俩都不要的女人。

“他母亲的控制欲极强，安在晨和安在曦的收入全部交给她，再由她来分配。作为寡母，她很不容易，这我理解。这也是我后来又出来工作的原因。一个已婚多年的女人，仍然是处女，这是笑话，也是耻辱。我有很多次洗刷这个耻辱的机会，但是我没有去做。我要把自已郑重地交给一个值得信任和托付的男人。这个想法也许很‘老土’，但是我愿意守着它。”

听完汪小烟的这些话，那个男人一下子慌了。

他本想逢场作戏，洗刷那次被她拒绝的耻辱，可是后来对她渐渐有了一种怜惜和喜欢的感觉。没想到，如今竟然是这样一个结局。

他同情她的遭遇，但这责任太过沉重，他扛得起来吗？他承受得了吗？他是值得她信任和托付的那个男人吗？她说他无须负责。可是，他真的无须负责吗？

那个男人讲的故事，让莫高瞠目。

他真的是汪小烟想托付终身的那个男人吗？还是她想退而求其次，只要这个人对自己好，便妥协了？人生在世，有很多时候需要妥协……妥协于环境，妥协于他人，其实最终还是妥协于自己的内心。

莫高去调查了一番，发现正如那个男人所说，他和汪小烟喝酒和开房间的时间，正是安在晨被害的时间。

在这段时间里，无论是那个男人还是汪小烟，都不可能从城市另一端的酒店跑到安在晨遇害的那个酒店，然后再返回去。也就是说，无论那个男人讲的故事多么离奇，他和汪小烟都不可能有作案的时间。

七

突然间，没了方向。在两天的时间里，莫高和梅一辰窝在办公室，哪儿都没去，反复地观看那段视频，仿佛要扒开那段视频的每一个缝隙，找到他们想要的秘密。

可是，视频里能有什么呢？只有两个人的背影，出现在画面的左下角，安在晨在左，被他们先前认作汪小烟的那个人在右。安在晨搂着那个人，甚至还意乱情迷地低头吻了吻那个人的头发。

“慢点儿！安在晨有多高？”莫高突兀地问了梅一辰一句。

梅一辰按下暂停键，让画面定格，然后抬起头，眨巴着眼睛回答说：“一米八二。”

“汪小烟有多高？”

“一米六三。”

回答完师傅的问题，梅一辰激动得差点儿跳起来。

她把定格下来的画面转入可以制图的“PHOTOSHOP”软件，按照比例一拉伸，发现安在晨边上的这个被误认为汪小烟的人，身高足有一米七二。

还有，安在晨是同性恋者，怎么会急不可耐地去吻一个女人？

他身边的这个人一定是女扮男装，是安在晨当晚的猎物。同性恋者虽然只喜欢同性，但是他们之间也有性别的分工，有人扮演男性角色，有人扮演女性角色。安在晨是前者，那么这个男扮女装的人应该是后者。

这么说，是有人假冒汪小烟。那个人除了要往“午夜撒旦”身上栽赃，还要往汪小烟身上栽赃。

谁有这个条件呢？谁有这个动机呢？

八

莫高和梅一辰第三次去安家的时候，安家正在装修。他们先前坐过的地方，已经立起了两个粗大的白色罗马柱。罗马柱旁边的墙上，疏密有致地挂着几幅临摹的油画名作。花园里的紫荆树旁竖起了遮阳伞，伞下散乱地摆放着一些白色的铁艺桌椅。

看来，安在曦在家里开一家西餐厅的愿望就要实现了。

他们两个人站在摆满了半成品的西餐间里，周围充斥着电锯和电钻刺耳的声音，以及油漆刺鼻的味道。

他们站在暗处，居然没有被发现。

梅一辰低下头，摆弄着手机。突然，她十分激动地抓住莫高的手，不由分说地就往外拖，全然不顾她先前着力用风衣和手杖替师傅打造出来的英式优雅。

莫高被她拉了一个踉跄。两个人一起离开弄堂，走进了一家临街的咖啡馆。

坐定之后，梅一辰喘着气，打开手机，让莫高看了两段视频：一段是让他们师徒苦恼了很长时间的那段八秒钟的视频，另一段是她刚刚在安家拍摄的视频。

“能不能找到共同点？”梅一辰热切地看着莫高。

莫高捏着下巴，反复看了很久，突然间想到了什么，急忙打开随身携带的那个包，找出了安家人的资料。是的，一米七二！是的，指环——他小拇指上的那个闪着白光的银色指环！是的，他走路的姿势……

莫高倏地眼前一亮，语气依旧是淡淡的：“一辰，师傅老开心了哦！你是越来越不得了了，这‘第十七级台阶’也被你观察到了！”

梅一辰吐了吐舌头，两个人相视一笑。

“第十七级台阶”是他们师徒间的暗语，来源于福尔摩斯对华生说的一句话。一次，华生问福尔摩斯：“为什么咱们俩总是形影不离，可每次都是你先弄明白真相？”福尔摩斯说：“因为我总是在观察。”华生说：“我也在观察啊！”福尔摩斯说：“那好，门外头的那些楼梯，你也天天走……告诉我，一共有多少级？”华生愣住了，说：“不知道。”福尔摩斯说：“十七级！你只是看见了，我这才叫观察。”

“是啊，观察……人们的疏忽之处往往就是玄妙之处！这个梅一辰，以后要超过师傅的！”莫高心想。

“是的。可是，为什么……”他喃喃地说。

“为什么？我们要去小心求证了！师傅大人，不要激动嘛！”梅一辰对师傅做着鬼脸。

调查在秘密地进行着。“江南布衣”的“LESS”有安在曦买那套衣服的记录，是XL码，而汪小烟那套是M码。

安在曦在网上买过一个黑且浓密的女式长发头套。安在曦工作的西餐馆订有那份本埠的英文报纸。小时候，安在曦与安在晨经常争宠。长大以后，安在曦对安在晨有夺爱之恨。安在曦想将老式洋房的一楼装修成西餐厅，安在晨反对，说他没本事赚钱，净想着吃祖上的老本。西餐厅丢了一把剔骨刀，与安在晨尸身上的刀痕相吻合。安在曦拿不出不在现场的证明……

但是，这些都是间接证据。正在两个人一筹莫展之际，莫高的手机响了。

手机里传来一个苍老的女声，是安家妈妈的声音：“莫探长，请您务必到我这里来一趟。”

“好的，安家妈妈。什么事情？”

“有重要事情。您最好现在就来！”安家妈妈的口气不容置疑。

莫高拎起手杖，和梅一辰一起去了安家。

西餐厅的装修已经接近尾声了。那张他们坐过数次的木制餐桌依然摆在原地，上面有一堆织物，又脏又皱。安家妈妈端坐在餐桌边上。

见他们来了，安家妈妈指着那堆织物说：“我知道，你们在调查。我有重要的物证要交给你们，上面有血迹。我敢断定，这是在晨的血。这衣服是姓汪的那个贱妇的，我见她穿过。我知道，在晨早晚会死在她手上！”老太太话没说完，就哽咽了起来。

衣服上果然有血迹，并且是安在晨的。衣服上还有泥，以及植物的汁液。工人说，这件衣服是整理庭院时，从紫荆树下挖出来的。衣服的品牌确实是“江南布衣”的“LESS”，但不是M码，而是XL码。

九

再见的时候，安在曦依旧穿着那套上下内外都是格子的衣服，头发依旧梳得溜光水滑，小拇指上依旧戴着那个银色的指环。

面对莫高和梅一辰的指控，他淡淡地说：“对，是我杀了他。”

说着，他拿起餐边柜上的一张嵌有安在晨照片的相框，突然变得很激动：

“一个人可以被轻视，但是不能被侮辱。年轻的时候，我宁愿漂泊在海上，也不愿和你在同一个屋檐下。为什么？你可以读书比我好、赚钱比我多、比我英俊、比我听话，但是不可以仗着这些对我颐指气使。你十几岁时替我去过少管所，所以即使考了全市前几名，也进不了名校。我领情，我歉疚，但是你不可以因为这个就抢走我的女朋友。你不可以在我想用家里的洋房开一家西餐厅时，骂我窝囊。母亲一直说，只要你知道去哪儿，全世界都会给你让路。但是，三十多年了，你一直在挡我的路。现在，请你走开！可笑的是，在酒吧里寻欢时，你色欲熏心，竟然没有认出和你搭讪的是伪装过的我——你的弟弟。我知道，你喝了很多酒。是酒，让你的手很放肆……也是酒，让你丢掉了性命。

“我无意栽赃给汪小烟——你名义上的老婆，我名义上的嫂子，我曾经的女友，我纯洁的女神。我只想把账记在‘午夜撒旦’身上，让你成为他的猎物。我伪装成她的样子，只是因为像她一样的人和你同时出现在酒店里，不会引起别人的怀疑。

“我犹豫过，我的哥哥。父亲早逝，长兄如父。别的孩子打我，你会冲上去。两个人的零花钱只够买一个冰激凌时，你会让给我。甚至，在我闯了祸之后，你会去顶包。但是，你让我失去了优秀的可能、幸福的可能、成功的可能……”

莫高看了一眼梅一辰，没有说话。

待安在曦平静下来，梅一辰问了一个问题：“安先生，您处心积虑地模仿‘午夜撒旦’的手法，想将安在晨的死记在他的账上……您完全有时间把那套沾有安在晨血迹的衣服烧掉或者扔掉，可是您却将它埋在了自家院子里的紫荆树下，这是为什么？”

安在曦回过头来，咧了咧嘴，姑且算是微笑吧。他说：“‘午夜撒旦’有没有罪恶感，我不知道。但是，我有。虽然仇恨是因他而起，但是他真的死了，我却有一种罪恶感。母亲说，紫荆树的寓意是手足情。那棵紫荆树是我们兄弟俩小时候一起栽的。我们从花鸟市场买回来树苗，一起挖了树坑，培了土，还浇了水。那个时候，我们之间没有猜忌，没有忌恨，没有纷争。杀死他以后，我把衣服埋在这棵树下，是为了悼念，为了赎罪。衣服被挖出来……是我无法逃脱的命运，也是我甘愿背负的命运。”

突然间，从花园里传来了重物倒地的巨大声响。不好，是安家妈妈！

安在曦转过身去，朝花园冲了过去：“妈妈，在曦不孝！”

汪小烟也抽泣着冲了过去，声音沙哑地喊道：“妈妈，让我来做您的孩子！”

莫高和梅一辰飞奔过去，看着紫荆树下忙成一团的三个人，见证了这场突降的悲剧。

突然，有水滴到了脖颈上。一丝凉意袭来，让人有些猝不及防。

莫高抬起头，只见心形的紫荆树叶在轻轻地晃动。它在哭吗？

卡萨布兰卡

一

站在黄昏时分的卡萨布兰卡小镇上，莫高深深地吸了一口香烟，然后徐徐地吐了出去。吐出的烟雾在空中盘旋了数圈后，彻底地消散了。

他看着那片虚空发呆——难道一个活生生的人也会像这烟雾一样，说不见就不见了，连一点儿踪影都找不到吗？

名曰“卡萨布兰卡”的小镇，其实和北非的那个著名的港口城市以及那部规格很高的奥斯卡获奖电影没有半毛钱关系。它仅仅是这座城市中令有钱人趋之若鹜的一个居住区，一期一期地开发，一期比一期卖得火。渐渐地，住在这个小区已经成了某个阶层、某种身份的象征。

此刻，在夕阳的余晖中，小镇那欧式城堡一样的楼顶、雄阔而繁复的铁艺大门和围墙、修剪得错落有致的巨大树冠，还有穿着英国皇家卫队礼服、戴着黑色熊皮帽的保安，以及喷泉边一个轮椅上的剪影，都被洒上了一层金色的光辉，让这个恨不得每一个毛孔都金碧辉煌的地方显得更加辉煌灿烂了。难怪露丝怎么都不肯……

要想进入卡萨布兰卡小镇，真的没那么容易。最开始，莫高开的是队里的那辆破“桑塔纳”。车停在停车杆前，发动机发出巨大的声音，保安俯下身子问他找哪户人家。

莫高随口编了个门牌号，结果保安对着对讲机讲了几句话，然后回身警惕地问他是不是搞错了，说这家的业主根本就没住进来。

莫高坚持要进去看，保安摇着他那戴着熊皮帽的头，坚决拒绝。隔着车窗，莫高发现保安戴的熊皮帽上的毛很明显地打了一个又一个结，有的结上还招摇地粘有杂色的线头，真是可远观而不可近看啊！但是，人家有足够的权力不让你进去，你只能徒唤奈何。

第二次，他借了一辆照得见人影的“大奔”，保安立刻就立正敬礼，放了行。

这个小区是露丝最后露面的地方。她喝的最后一杯咖啡是在门口的那家“星巴克”买的，最后一个电话也是在这里接的。她留下的最后一个影像保存在小区的监控录像里。现在，她活不见人，死不见尸。所以，要找到她，这里无论如何都应该是起点。

停好了车子，莫高坐在了戴维家楼下的长椅上。

楼梯间的灯已经亮了。仰头看上去，一层叠一层，一层比一层窄，像水晶天梯一样，而楼的欧式尖顶，使得整个大楼宛如天上的宫殿。露丝有没有去过这个宫殿般的地方？她会不会迷恋那种琼楼玉宇的感觉？

这个名叫露丝的女孩儿出生在一个县城。她母亲曾经是县剧团的头牌，属于那种因为漂亮而不甘心随便嫁人的女人，直至相当尴尬的年纪，才被一个还不算太差的男人接了盘。这个男人是县一中的英文老师，各种补课让他小赚了一笔，也使他不再显得那么没有资格获取美人的芳心了。在所有功课中，露丝只有英文好。高考数度落榜之后，她便来到上海闯荡，出没在外国人和海归常出没的酒吧，目标是真正值得嫁的“金龟婿”，算得上是一个女猎手。

露丝的照片，莫高看过了。细长的眼睛，大嘴，立体感极强的颧骨和下巴。除了人中有点儿短以外，总的来说，她的长相还算比较有国际范儿。但是，她左眉梢的那颗旺夫痣，又让她显得颇有民族风。露丝走的是清纯路线，化妆水平极高，中长的黑色直发，在粗心的男生眼里，根本就是素面朝天。这个样子，再加上一口伦敦腔的英文，上她钩的还真有几个。不过，总是到了需要认真起来的时候，这些准“金龟婿”就打退堂鼓了。出师不利的消息传回老家，她那位做过县城剧团头牌的母亲也性急地跟到上海来了。女儿愿意用青春和美貌赌人生，母亲愿意陪着女儿赌。但是，到目前为止，没人愿意为她们下注，这位戴维也是如此。

戴维毕业于美国的一所常春藤名校，是一家跨国公司的部门经理，标准的青年才俊。露丝在失踪的当天，刚刚拿到一份亲子鉴定书，上面显示，露丝腹中的胎儿和戴维有生物意义上的血缘关系。此前，两个人正闹分手——戴维要分，露丝不肯。这个一心一意想要靠嫁人来改变命运，并且此刻已经有了杀手锏的小镇女青年，当然不会放过这条已经上钩了的鱼。

天彻底暗下来之后，戴维终于出来了，手里拎着一个大的黑色垃圾袋。跟照片上一样，他身材不高，稍微有些胖，娃娃脸，头顶心的一撮长发编成了小辫子。没错，就是他！

等他扔完垃圾走远了，莫高从长椅上站了起来。他打开齐胸高的垃圾桶，刚要往里探头，一股浓烈的酸腐味扑鼻而来，熏得他眼睛一阵酸痛。

他拎出最上面的那个垃圾袋，打开之后，把里面的东西倒在了地上。暂时不能惊动对方，只好用这种办法了。鱼骨架、黄瓜头儿、吃了一半的香蕉、淌着血红汁液的烂火龙果、瘪了的啤酒罐、沾了汤水的餐巾纸……突然，他发现垃圾深处有两根灰白色的棒骨，心头马上一紧，赶紧用手去够。

谁知，这个时候，耳边响起了一个声音："大叔，您在找什么？"

他一侧头，看见了昏黄的路灯照射下的两只轮子和一双脚。再一仰头，发现说话的人正是他开车进来时看到的那个寂寞地坐在喷泉边的"轮椅男孩儿"。

莫高向来眼尖，立刻就发现男孩儿坐的轮椅是德国产的。据说，这是"轮椅中的奔驰"。不过，这个男孩儿并不像一般坐轮椅的人那样，有着纤细且病弱的脚踝。有钱人家的孩子，就是不一样。再往上看，男孩儿的两个手臂肌肉线条明显，长满了汗毛。他的眼睛很小，两只眼睛之间的距离稍微有点儿大，但是两道浓密的眉毛多少为这张脸挽回了一些分数。如果不是坐在轮椅上，他应该在读大学了。

"钥匙丢了，看是不是随手扔到垃圾堆里了。"莫高暂且把目光从棒骨上移开，低下头嘟囔着。接着，他继续翻捡垃圾，好像真的在找钥匙。

"可是，这包垃圾是那个哥哥丢的。""轮椅男孩儿"转过身去，指着戴维远去的背影说道。

莫高心想，碰上多管闲事的了！但是，他表面上还是笑眯眯地说："哦，我搞错了，谢谢你！"接着，他装模作样地要翻另外一包垃圾。

谁知，男孩儿接着问："大叔，请问您住哪一户？我怎么没见过您？"

莫高心说，关你屁事！可是，话到嘴边，他却不得不和颜悦色起来："我住在亲戚家里，刚回来。你当然没见过我了！"

这下，男孩儿不再说什么了，摇着轮椅走了。

莫高赶紧把两根棒骨拿了起来。

几天以后，法医说，莫高找到的那两根宝贝骨头是羊腿骨。

莫高听了之后，嘴巴里一阵乱骂。不过，这也算是好消息，至少没有确切的证据表明露丝已遭毒手。

于是，他决定上门跟这个戴维过过招儿。

二

“我妈说，谈恋爱可以，但是不能和太漂亮的女孩儿结婚，更不能和比自己阶层低的漂亮女孩儿结婚。她们受到的诱惑比一般女孩儿多，心也比一般女孩儿野，目的性更强。她们知道，美貌就是生产力。她们一心一意想做的，就是让美貌的产出最大化。”戴维坐在莫高对面，搓着胖手说道。一根编得十分紧实细密的小辫子在他的脑后左右摇晃着。

莫高约他的时候，他勉强同意见面，但是执意不让莫高上门。于是，他们约在了露丝买最后一杯咖啡的那家“星巴克”里。

两个人的头顶上有一盏吊灯，让莫高有机会更加仔细地观察戴维。他的脸有点儿婴儿肥，看上去还没有脱去幼稚。他的眼睛漠然而充满了戒备，让你无法判断他的真实想法。可是，他的双手却令他显示出了与他的年龄和阅历十分相称的不安。

这家“星巴克”，莫高已经走访过了。当时，一个梳着“波波头”的女店员看到莫高手中的照片，说：“这么奇葩的一个女人，我怎么会不记得？她手里拿着一张过期的抵用券，坚持说还能使用，我只好请示了店长。店长为了息事宁人，翻出了自己的一张抵用券，让我给她用。”

女店员一边利索地收拾着台面，一边说：“她全身名牌，却为了一张十元的抵用券跟我磨叽了半天。哼，真是有空！我看，她那身名牌，要么是假的，要么是男人送的。”

接着，女店员用手指着一个位置说：“她坐在窗边的那个位置，一边喝，一边向外张望。一个中杯咖啡，喝了一个多小时。上完卫生间回来，她还不忘了抓起料理台上的一袋糖，塞进‘巴宝莉’风衣的口袋里。没钱还要扮上流名媛，真是‘绿茶婊’！”

等她一口气吐槽完，莫高才问她：“这个女孩儿是几点走的？”

女店员用细长的手指敲击着收款记录说：“买咖啡的时间是晚上七点四十三分，走的时候应该是快九点了。”

莫高又问：“有没有看到她离开‘星巴克’之后去了哪里？”

女店员说：“朝卡萨布兰卡小镇的方向走了，后来就再也没有注意过她了。”

此刻，听了戴维的这番话，莫高再次想起了那个女店员刻薄的话。于是，他问戴维：“就因为这个，你要和露丝分手？”

“不全是……我们的原生家庭差距太大。她的英文很流利，打扮得也很好看，但是骨子里还是脱不了俗。就连吃饭要不要把碗端起来，我们都会吵！虽然每次都是她让步，但是她这样做，更说明她的目的性强。”戴维说话的时候，一副义正词严的表情。

“那……如果她有了你的孩子呢？”莫高接着问。

“孩子？”戴维显得有点儿措手不及，吃惊地看着莫高。

“她失踪那天，去医院做过一个胎儿的亲子鉴定。”莫高盯着他的眼睛说道，“然后，她就直接到你家来找你了。后来，她便销声匿迹了。”

戴维叫道：“你的意思是，胎儿的父亲是我？她想做什么？她怀孕并没有征得我的同意。她想把孩子当成嫁给我的筹码吗？还是想敲诈我？”

“你说呢？”莫高反问道。

“我们当时说好了，只是身体接触，合则继续，不合则分。否则，我怎么可能和她上床？当然，我可以买大牌包包和衣服给她。我妈早就说过，多交往几个女孩子可以，但是不要让人家大着肚子找上门来。这个，我当然会记住。没有得到我妈认可的媳妇是进不了我家门的。”戴维用自己的胖手撸了一把后脑勺的辫子，“莫探长，你要是碰到了这种情况，会怎么办？”

听到这话，莫高不知道是该恼还是该笑：“这个问题，应该是我问你。你会怎么办？”

“可是，我不知道她怀孕了。她失踪的那天，我并没有碰到过她。所以……”戴维摇了摇头，耸了耸肩。

“所以，她的失踪就跟你没关系了，对吗？好吧，如果是这样，那就请你把自己那天都做了些什么详细说一下，我得核实。”莫高已经第三次摸出香烟了。他看了看墙上的禁烟标志，把烟放到鼻子下面闻了闻，又收了回去。

“要我提供不在场的证明，对吧？好，我当然有了！那天，从下午两点开始，我就在泰康路的一个酒吧里看球赛，天亮才回家。当晚，我表弟在我家。他本来是和我一起在酒吧看球的，可是他说酒吧太吵，要回家去看，我就把车钥匙和门钥匙都给了他。他进门后不久，就有人摁门铃。来人自称露丝，还说是我的未婚妻。表弟说我不在家，她不信，把每个房间都看过之后，仍不肯离开。我表弟说，孤男寡女不方便，硬是把她推出了门。”

确实是这么回事！这位表弟，莫高已经细细地“拷问”过了。他正在上表哥毕业的那所常春藤名校，同样是青年才俊。有《嫌疑人 X 的献身》这部经典作品在先，莫高对于高智商的人还是相当警惕的。他们表兄弟，会不会是联手玩儿了什么花招儿？

戴维有酒吧老板和客人作为人证，还有酒吧里的监控录像作为物证。表弟有看球赛时发的“弹幕”和在戴维家台式电脑上的 QQ

聊天记录作证。而且，两个人的长相差距太大，没有“狸猫换太子”的可能。所以说，这位戴维确实有不在场证明。

接下来，他们申请了搜查令，在戴维家里找到了露丝的生活痕迹，甚至在卫生间里找到了露丝的微量血迹。但是，两个人同居过很长时间，这些痕迹说明不了什么问题。

经过调查核实，露丝在“星巴克”接的那个电话是从卡萨布兰卡小镇物业公司的座机打过来的，通话时间只有十几秒钟。按照时间推算，她是接到这个电话之后才去的戴维家，而这个时候，戴维的表弟刚刚到家。十几秒钟的通话时间能说明什么呢？如果是打错了，那么通话的时间就有点儿长了。可是，如果是熟人之间的通话，时间又有点儿短。那么，很有可能是有人通过这个电话给她通风报信，而这个人很有可能是把开着戴维车子的表弟误认为是戴维了。物业公司的人说，下班后，物业公司的电话会转接到保安岗亭，所以这个电话应该是从岗亭里拨出的。具体是谁打的电话，目前还没有人承认。

露丝的微信朋友圈，莫高的助手已经查看过了。获得点赞和评论最多的是一组卡萨布兰卡小镇的照片，上面有碧蓝的池水，还有金发碧眼的男女们出入的会所。其中最显眼的，是她嘟着嘴，用一个一线品牌的包包挡住半边脸的卖萌照。照片下面有一段中英文夹杂的感言，其中的一句话，现在读起来很像是谶语：生是卡萨布兰卡的人，死是卡萨布兰卡的鬼。

看来，为了嫁到这里，这个女孩儿真是拼了。

三

按理说，这种疑似被侵害的失踪案件，只要找出矛盾点，两三天就能见分晓。

眼下的这个案子，矛盾点相当明显。身份低下的漂亮姑娘恋上了富家公子，而且还怀了孕。她在朋友圈里昭告天下：老娘嫁入豪门指日可待！可是，到头来，这条鱼却无意上钩。这怎能不让她气急败坏？

莫高把露丝怀孕的消息告诉戴维时，注意到了他表情的细微变化。看样子，他不像是装的，否则他的演技也太好了。

露丝、戴维！莫高还真不太习惯这些半土半洋的名字。无奈，他们是真的叫这些名字，就像这个小区真的叫“卡萨布兰卡小镇”一样。这世界是怎么了，唯有这样才显得高人一等吗？既然要高人一等，就要做出高人一等的样子来，不要总是我妈说东、我妈说西，胡子都长出来了还舍不得丢掉安慰奶嘴。让莫高感到不舒服的还有他们那种对待异性的态度——什么叫身体接触？听上去既冷静，又客观，似乎没有那么猥琐和低俗。可是，只要揭开面纱，就不难发现，这只不过是荷尔蒙在作祟。他记得，有这样一句话：上帝把性和爱联系起来，是为了给爱一种语言或仪式，给性一个引导或理想。这些自诩“很现代”的人，真的冷静、客观到不需要引导，只需要语言和仪式了吗？

要变天了，莫高的那条受过伤的腿又开始隐隐作痛了。他徘徊在卡萨布兰卡小镇上，聚精会神地看着正在喷水的音乐喷泉。让露丝失踪的人，如果不是戴维，那么会是谁呢？

最怕的就是这种没有因果关系的随机作案！随机碰上，随机杀害，然后带走谜底，把谜面留给没头苍蝇一样紧追不舍的侦探们。

喷泉的中央是白色的外国女神雕塑。女神的肩膀上扛着一只罐子，从罐子里喷出的水雾在阳光下色彩斑斓。

莫高眼尖，隔着水雾看到了跟着音乐的节奏滑动的轮椅。又是那个爱管闲事的男孩儿！此刻，他显得很自在。

也许，这个整天在院子里游荡的“轮椅男孩儿”会看到些什么。莫高走近那个男孩儿，在一曲终了之时鼓起了掌。

男孩儿回过身来，看到了莫高：“大叔，找到钥匙了吗？”

“还没有。”莫高回答道，“不过，除了钥匙，我还在找一个人。这个人，你见过吗？”说着，莫高打开手机，给男孩儿看了看露丝的照片。

男孩儿用手指滑动着手机屏幕，认真地看了看照片，然后蹙着眉说：“好漂亮的姐姐！您为什么要找她？”

“受人之托。你见过她？”莫高盯着他那长满了汗毛的胳膊，追问道。

男孩儿重新看了看手机，摇摇头说：“没有特别注意。她怎么了？”

“失踪了，找不到了。你要是想起了什么，就给我打电话！”莫高把自己的手机号码告诉了男孩儿，男孩儿认真地把它记在了自己的手机里。

莫高要男孩儿拨一下他的电话，可男孩儿却说：“我妈说，不要随便把手机号码给陌生人。不过，您放心，我要是想起了什么，一定会给您打电话的。”

又是“我妈说”！现在的男孩子都是“妈宝男”吗？

四

夜深了，莫高还在看派出所送来的卡萨布兰卡小镇的资料。全市消防安全示范小区、全市治安模范小区……仅仅有过一些小纠纷。宠物吓到老人和孩子、乱停车、在家开派对扰民、花盆掉下来砸到行人……最大的案件，不过是丢了一辆奥迪车。还真是“仓廪实而知礼节”啊！

莫高翻开了奥迪车失窃案的报案材料。这家人有两辆车：一辆保时捷，一辆奥迪。奥迪车平常就停在车库里，很少用，所以丢了好几天才发现。监控录像是有的，驾驶员开车经过摄像头时，遮阳板是放下来的，面部看不清楚。从下巴和头颈部看，这是个年轻男子。车里面看不太清楚，应该没有其他人。接下来，车主在自家的信报箱里发现了一张纸条。纸条上写着，有人要借他家的车子一用，一周之内必归还，请勿报警。还说，若是报警，车子便真的有去无回了。纸条上的字是用剪报拼出来的，没有署名。嗯，这个家伙，借人家车子还借得挺有创意的！

车子开出去的时间，是露丝失踪的次日凌晨，这让莫高一下子对这起盗窃案感兴趣起来。车子完全可以充当运输工具！后座上或者后备厢里放一个人，绰绰有余。

那么，开车的人是谁呢？从下巴和锁骨的位置可以看得出，一定不是圆鼓鼓的戴维。

知道了哪辆车是哪户人家的，知道了车子的使用频率，知道了摄像头的位置……对，最符合条件的就是这里的保安。让莫高更为兴奋的是，这家物业公司恰恰有一个名叫“安来福”的保安在这个时候不辞而别了。他找出安来福的照片，遮住脸的上部——恰恰就是监控录像中的那个开车的人。

安来福仅仅是个保安，应该不会和心比天高的露丝有交集。他会是戴维雇用的吗？对啊，戴维自己没有作案时间，可以雇人替他作案啊！

无论如何，先找到安来福再说！莫高请保安队长打电话给安来福，但是语音提示“不在服务区”。保安队长说，从不辞而别那天起，安来福的手机一直是这种状态。

莫高带着技术人员去了安来福的宿舍。宿舍是半地下的，窗户在地面以上，下面一层就是车库。进入宿舍之后，可以从电梯直接下到车库。通过小楼梯上来，可以直接从车子的出入口步行进入宿舍。保安这个群体流动性很大，不打招呼就走的大有人在。所以，安来福的失踪并没有引起重视。

从电梯里出来之后，一股湿气和霉味儿扑面而来。地下车库一眼望不到边，有百分之六七十的车位被占上了。带路的保安队长先带他去看了奥迪车的位置，途中没有遇到任何监控设施。奥迪车的车位在一条过道的尽头，离保安宿舍的小楼梯不远。

在那几级小楼梯的转弯处，透过一扇小窗户，莫高发现先前那个“轮椅男孩儿”也在地下车库里，正绕着粗大的立柱做各种滑行动作，有点儿像打太极拳，又有点儿像跳舞。莫高心想，残疾人实在是可怜，寂寞时只好自己跟自己玩了。

宿舍是一排靠着窗户隔出来的小房间，有房门，但是没装门锁。保安队长解释说，保安队员实行半军事化管理，不可以有个人隐私。每间宿舍大概有八九平方米，住两个人，卫生间是共用的。门背面有个穿衣镜，从视觉上扩大了房间的面积。在安来福的这间宿舍里，墙上、地上、床下以及床板的缝隙里，没有发现任何异常的痕迹。床上的东西已经被同宿舍的保安卷起来，塞进了柜子。摊开那堆行李，年轻男子身上浓烈的荷尔蒙味道与没有清洗干净的衣服散发出来的陈年汗味混合在一起，令人作呕。山寨版的皇家卫队上衣和熊皮帽皱成了一团，混在一堆脏衣服里，简直是可笑至极。保安队长说，这些保安一般都是安徽人或者山东人。像卡萨布兰卡小镇这样的小区，薪水稍微高一些，能够招到高中毕业生或者复员军人，相貌也会比较周正。安来福的照片，莫高看过。还真有那么几分英俊！不过，仔细端详一下，就会发现他也不是那么耐看。

技术人员检查安来福的物品时，莫高走下小楼梯，来到了奥迪车的停车位旁。他来回走着，走走停停，好像在找什么。

带路的保安队长殷勤地跟在他后面。

“住在同一个宿舍的两个保安，上的是同一个班吗？”莫高问。

“按照要求，同一个宿舍的两个保安上同一个班。这样，他们可以一起上班、一起休息，互相不影响。但是，也有私自换班的。只要不耽误工作，我们就不会干涉。”保安队长知道莫高想问什么，便接着说，“这两个人尿不到一个壶里，所以私自调了班。你上班，我睡觉，基本上不见面。出事那天的值班记录，我找出来了。莫探长，你看看有没有用……”

接过保安队长手里的那张纸，莫高皱着眉头仔细看了看。

安来福是下午两点上班，晚上十点下班，有当天交接时的签字。奥迪车是凌晨一点驶出卡萨布兰卡小镇的。这中间有三个小时的时间，他想做什么都够用了。对了，“星巴克”的服务员说，露丝是九点走的。她接了一个电话，就走了。这个电话是从岗亭的固定电话转过来的……这个时候，安来福正在上班。会不会是他打给露丝的？他怎么会有露丝的手机号码？是戴维给他的吗？

走的时候，技术人员给莫高看了两个物证袋。一个物证袋里装的是从安来福的床上收集到的几根黑色毛发，另一个物证袋里装的是一个已经揉烂了的巴掌大小的纸袋。仔细一看，纸袋上印着“星巴克”的双尾美人鱼商标。

侦查员向莫高汇报说，那辆奥迪车从花桥出了上海，沿着京沪高速公路北上，从山东泰安出了高速路。三个小时后，它又从泰安入口回到了京沪高速公路上，到了南京就不知去向了。

安来福正是山东泰安人！难道他是用奥迪车作为运输工具，把露丝或者她的尸体带回老家，藏在了某处，然后从老家逃往南京了吗？

五

在去泰安的路上，莫高接到了技术人员的电话。那个小纸袋确实是“星巴克”的，装过黄糖。那位梳着“波波头”的女店员说过，露丝从料理台上顺走了一袋糖，不是吗？经检验，技术人员收集的毛发，有一部分是露丝的。另一部分毛发，他们同牙刷和皇家卫队上衣领子上的皮屑进行了比对，认定是安来福的。

这倒是出乎了莫高的意料，露丝居然和安来福上过床！至少，露丝躺过安来福这张床，而且有过较为激烈的动作，否则那袋糖就不会被摧残成这个样子了。

北方农村的破败超出了莫高的想象，还没进村子，就看到了堆积成山的废品和生活垃圾。正是吃晚饭的时候，走过一条巷子，没有几家的烟囱是冒烟的，整个村子几乎看不到人影。隔墙望进去，有几户人家院子里的野草已经长到齐腰高了。

此时，莫高的身份是独立撰稿人，课题是“农村空巢老人的心理健康问题”。得到了两百元劳务费之后，一口龅牙的村头小商店老板给他当起了“导游”，有问必答：“村里的年轻人去济南打工的最多，也有去北京、上海、广州、深圳的。一年回来一次就算孝顺了，有的出去就没回来过，孩子也是在外面生的。男的当保安的多，有的在建筑工地上干。女的当服务员的多，也有去做见不得人的事的。”

说完，“龅牙老板”猥琐地看了一眼莫高，见没有回应，便继续说：“现在，我们村有二十一位老人、十五个小孩儿，还有一个年轻人。这个年轻人干活儿时从脚手架上掉下来，摔断了腿。农忙的时候，老人、小孩儿和‘瘸子’都在地里。现在啊，村里的老人死了，都找不齐四个抬得动棺材的人……”

莫高问：“在上海打工的都有谁？”

“龅牙老板”说：“听说，村东头有个叫安来福的，在一个有钱人住的小区当保安。他总能带回来一些好东西，都是些城里人不要的衣服、家具和电器。有些衣服连吊牌都没剪，放在我的商店里卖，还真能卖几个钱。”

“哦，这些东西是怎么运回来的？”莫高问。

“有些是快递回来的，有些是托运回来的，还有一些是他过年带回来的。”

“这个安来福，家里还有什么人吗？”莫高问。

“唉，安来福是个独生子！早些年，他爹出去打工，因为塌方，死在了煤窑里。他出去打工了，他娘寂寞，养了一头牛，像亲人一样，给牛起了个名字，叫‘来贵’。几天前的一个傍晚，牛站在我的商店门口哞哞叫。我感觉不对，急忙跟着牛到了安来福家。一进门，我就看见他娘摔倒在地上，半个身子不能动了。我赶紧给安来福打电话，叫他连夜开车回来，送他娘去看病。三四天后，他又开车回来了，带着他娘的骨灰。牛见了主人的骨灰，不吃不喝，没几天就死了。唉，有时候，人还不如牲口啊！”“龅牙老板”感叹了一句。

“这是啥时候的事情？安来福开的是什么车？”莫高问。

莫高心想，安来福回来过两趟，为什么高速公路的监控录像只有一次记录？

“啥时候？让我想想！第一次是六七天前，第二次是两三天前。两次开的车不一样：一次是奥迪，一次是奇瑞。”“龅牙老板”说。

“这个采访对象，我很感兴趣。能带我去他家里看看吗？”莫高说。

“看啥？又没人！”“龅牙老板”撇了撇嘴。

“我拍几张照片，写文章要配插图。”莫高说着，拿出皮夹子，抽出两百元钱，给了“龅牙老板”，让他想办法。

不一会儿，“龅牙老板”就跑了回来。他朝莫高晃了晃手里的钥匙，说是从安来福的一个伯伯家借来的。

两个人在一扇大铁门前停住了脚步，“龅牙老板”说：“就是这儿。”在大门外，莫高找到了好几种轮胎的印迹。他把它们拍下来，用微信发给了技术人员。技术人员很快就回复了，其中的确有奥迪车留下的印迹。

莫高在破旧的厨房里发现了一个冰柜，上面摆着一些瓶瓶罐罐，落满了灰尘。“龅牙老板”说，冰柜是从上海运回来的，没有卖掉，安来福他娘就自己留着了，但又舍不得通电，只好放在厨房里当柜子用了。

莫高掏出香烟，递了过去：“老板，抽支烟吧！”然后，他朝门外努了努嘴。

“龅牙老板”一看是“中华”烟，笑得合不拢嘴，连忙叼上一根，喜滋滋地等在门外。

院子里有个八九平方米的地窖，里面存着红薯和南瓜。红薯已经发芽了，南瓜则散发出一股发酵的味道。此外，并无异常。卧室的炕洞，他也探头进去看过了，也无异常。

可是，他刚走到后院，就闻到了一股强烈的臭味。

莫高猜想，这应该是粪池散发出来的味道。还没等他走到跟前，就发现地上有一拨一拨的白色蛆虫在蠕动，让人无法下脚。

莫高随手拿起了一把扫帚，可是刚一拿起来就散了架。他勉强捏紧了扫帚，扫出了一条路。他屏住呼吸，走了过去。原来，蛆虫是从牛棚里爬出来的。

他伸过头去看，发现牛棚的地面和院子的地面基本平齐，只不过土是松的。蛆虫源源不断地从土里爬出来，有几只已经顺着莫高的鞋后跟爬到了他的裤腿上。

莫高盯着那些蛆虫，心在狂跳。

他没有去理会这些拼命向上攀登的蛆虫，拨通了派出所的电话。

挖掘时，全村的老少都来了。

土一点儿一点儿地被挖出来，又一担一担地被抬走了。渐渐地，有东西露了出来。表面上是黄色的皮毛——是牛！

他这才想起来，“龅牙老板”说过，与安来福的母亲相依为命的那头牛死掉了！

显然，看热闹的村民也得出了这个结论。人们的脸上露出了放松的笑容，而莫高却尴尬得想找个地缝钻进去。

村民们都散去了。站在北方农村的星空之下，莫高点燃了一根香烟。

他有点儿后悔，刚才太心急、太草率了。

在看到蛆虫从松动的泥土里爬出来的那一刻，他似乎觉得案子就要破了。可是，事实证明，这个推理是错的。

如此一来，消息会很快传到安来福的耳朵里。如果犯罪嫌疑人是他的话，无疑会打草惊蛇。

他刚刚躺到派出所值班室里那散发着浓重汗味的床上，局里的人就打来电话说，涉案的奥迪车在南京郊区一个公园的围墙外面被发现了。车子的右前方有擦痕，并且发动机受损，无法点火。技术人员在车里提取到了安来福的指纹和DNA，却没有发现露丝的任何痕迹。不过，从后备厢里提取到的织物纤维，还有待化验和认定。

从工作岗位上不辞而别，偷开业主的汽车并弃于郊外，手机一直不在服务区——这完全不像一个正常人干的事，只有发生了重大变故的人才有可能这样做。

必须找到这个安来福！只有找到了他，才能揭开谜底。

六

莫高重新回到了卡萨布兰卡小镇，因为他觉得案件的根源在这里。

露丝的失踪，无论是和戴维有关，还是和安来福有关，都离不开卡萨布兰卡小镇这个空间，也离不开露丝失踪当天这个时间。把时空卡死了，就不可能找不到凶手。

他想再翻一翻安来福留下来的那堆东西，看看有没有漏掉的线索。他相信，人总是有迹可循的，而物品就是“生活的横断面”，它能揭示来路，也能暗示去路。

莫高又一次遇见了“轮椅男孩儿”。说是遇见，并不准确，因为那个时候他已经进入了安来福的宿舍。

他正在四处查看，突然在门后的那面镜子里看到了“轮椅男孩儿”。他正坐在轮椅上，弯着腰朝安来福的宿舍里看。

“关于这个案子，‘轮椅男孩儿’一定发现了什么。”莫高心想，“我得想办法让他讲出来！”于是，他沿着小楼梯下到地下车库，又从地下车库乘电梯上到了地面。可是，“轮椅男孩儿”早就不见了踪影。

于是，莫高又回到了安来福的宿舍。他从那一堆味道浓烈的杂物中翻出了一本泰安某中学的高中毕业纪念册，上面有姓名、家庭住址等信息。在“毕业后去向”一栏里，有的龙飞凤舞地写着某个大学的名称，有的有气无力地写着某个职业培训学校的名称，还有的工整严谨地写着某个部队的番号。当然，也有令人黯然神伤地空着的。下面是留言，各种搞笑，各种矫情，各种“为赋新词强说愁”……

莫高循着那些龙飞凤舞的字迹，找到了一个考上南京某医学院的女同学的信息。

从照片上看，这位女同学很清秀。她给安来福的留言是“加油，我在美丽的莫愁湖畔等你”，还在署名的后面画了一个大大的爱心。留言的空白处，有另外一个人的字迹：“你真的会等我吗？如果我没有如你所愿考上大学呢？”

看来，两个人之间有着某种约定。安来福为母亲看病，没有就近去济南的医院，而是去了南京，是否和这位女同学有关呢？

就在这时，局里来电话说，负责外线侦查的同志发现了安来福。他正在昆山的一个网吧上网，队长让他等在卡萨布兰卡小镇外面。

开车接上莫高以后，队长与莫高商量了一下对策。现在，他们既没有安来福加害露丝的证据，也没有安来福被戴维雇用的证据，所以要想抓他，只能以涉嫌盗窃为由。

莫高想了一会儿，提出了一个方案。

队长闷头抽了一会儿烟，然后转过身来对他说：“可以试试。”

他们的车子刚下高速公路，负责外线侦查的同志就打来电话说：“安来福下线了。看样子，他是准备走了。”

莫高十分着急地在电话里说：“你傻呀！他要走，你就让他走了？”

他们一路闯红灯，赶到网吧门口时，看见有两个人正在练拳脚。那个长相很像安来福的男子，鼻子已经出血了。他爬起来之后，转身就跑。搞“外侦”的侦查员上去就把这个人给绊了个趔趄，嘴里叫着：“想走？先问问你哥的拳头答不答应……”

就在这时，莫高大喊了一声："安来福!"鼻子出血的那名男子立刻如受惊的野马，朝马路对面跑去。

莫高追了上去，车上的几个小伙子也包抄了过来，把安来福围在了中间。安来福像困兽一样无望地左奔右突……

莫高在裤兜里一摸，拎出了一副手铐。他侧身冲上去，先铐住了安来福的一个手腕。在铐安来福的另一个手腕时，他盯着安来福的眼睛问："你把那个女孩子藏到哪里去了?"

没想到，安来福一下子就瘫坐在了地上。

莫高知道有戏，便蹲下身子，掀起他那盖住前额的头发，把刚刚问的话重复了一遍。

安来福说："藏在……藏在牛尸下面。"

"牛尸?"

莫高立刻就想到了月光下那生满了蛆虫的庞大牛尸……

七

高速公路上，除了隆隆作响的重型卡车以外，只有他们这一辆车在飞驰。

安来福被两名侦查员夹在中间，英俊的脸庞扭曲着，坐在后座上一言不发。两名侦查员都打起了瞌睡，莫高却异常地清醒和兴奋。他在后视镜里观察着安来福，像观察猎物一样。

一般来说，凶手逃得越久，心理素质就越好。尤其是这种没有找到受害人尸体的案件，他不开口，警方就很难突破他的防线。只有在抓捕的一瞬间，趁着他惊魂未定，先给他一个下马威，才有可能取得突破。所以，抓到犯罪嫌疑人之后，侦查员问的第一句话非常关键。

几个小时以前，在从卡萨布兰卡小镇到昆山的路上，莫高一直在想这第一句话到底应该怎么问。

问他露丝到哪里去了？不行。如果露丝和他仅仅是萍水相逢，那么即使到了上床的地步，他也有可能连露丝的名字都不知道。问他某月某日都做了些什么？也不行。他会意识到，你是在确认他当时是否在现场。等他反应过来，抗拒的心理就增强了。问他把人家姑娘怎么样了？更不行了……所以，当莫高想到问他“你把人家女孩子藏到哪里去了”时，还是骄傲了一会儿的。

他们到达安来福家时，天已经大亮了。当地派出所的民警在现场拉起了警戒线，就等他们来指认埋尸现场了。

蛆虫比前几天更多了，爬得到处都是。尽管这样，看热闹的人仍然很多。

牛的尸体已经发黑了，流着黑红色的血水，根本就不能完整地挖出来。他们只好把牛肚子那边的土都挖掉，形成了一个坡道。法医戴好手套，穿好防护服，走了下去。几个人刚把死牛拖走，下面就赫然露出了一个尸斑严重的女尸的背部。再往里看，女尸像蜷缩在子宫里的婴儿一样，头和脚并在一起。

谜底就要揭开了！

莫高站在一旁，心怦怦直跳。

他期待着看到露丝左眉梢那颗旺夫的黑痣和有点儿短的人中……

可是，等他们把女尸翻过来，发现两道眉毛之间什么都没有。怎么回事？

再看脸部，根本就不是露丝！

就地突审！关于露丝，莫高只字未提——得先弄清楚这具女尸到底是怎么回事。

安来福倒也爽快："一命抵一命，她活该！我妈是她害死的，她就得给我妈偿命。"

莫高想插话，但是嘴唇动了动，还是忍住了。这个时候，应该先让对方把话说完。

安来福接着说道："打电话，她不接。去宿舍找，她不在。我就等在急诊室，发信息说我妈病危，叫她找个好医生救我妈，她也不回。当初我们俩说好了，生生世世不分离。现在想起来，还不如一个屁！终于轮到我妈看病了，医生说要是早送来一两个小时还有救。要不是想着有她在，我就直接去济南或者直接去泰安了，根本就耽误不了……我傻啊……我妈一瓶水没吊完，人就不行了，硬睁着眼睛看着我。我知道，我还没娶媳妇，我妈闭不上眼。我又发信息给她，恳求她来一下，哪怕假装一下，让老人把眼睛闭上也行，可她还是没回。她肯定没换过手机，我已经在其他同学那里确认过了。母亲火化了之后，我完全是下意识地回到了南京，行尸走肉般地徘徊在她实习的这家医院……"

莫高猜想，这个"她"很可能就是那个在留言本上给他留言，说要在南京等他的女孩子。

"我心里有怨气，还想见她一面。如果她能道歉，或者安慰安慰我，我可能也就放下了。但是，她一直没有回复。有一天下午，我发现了她。她从医院的大楼里出来，进了停车场，开出了一辆英菲尼迪。我认得，卡萨布兰卡小镇就有这种车，是一辆高配的英菲尼迪，至少值八九十万。她一个刚毕业的大学生，怎么开得起这么好的车子？于是，我就跟着她。她在一幢写字楼旁边接上了一个比我还帅的年轻男人。那个男人上车后，在她的脸上亲了一下。我顿时怒火中烧，当时就想撞上去。如果亲她的男人比我老、比我丑，我或许还能心理平衡一点儿。可是，她凭什么能找到一个年轻的

‘高富帅’？我跟着那辆英菲尼迪来到了一个十分豪华的小区，跟卡萨布兰卡小镇差不多。我把车停在小区对面，在车上等了一个晚上。副驾驶座上有我妈的骨灰盒，我告诉我妈，我一定会让她瞑目。天亮了，她开着那辆英菲尼迪出来了。我尾随上去，追了她的尾。她像疯婆子一样跳下来，准备跟我吵架。但是，当她看到是我时，下巴都快掉下来了。我拉她上车，她不肯，还大喊‘救命’。有人围上来，我就说是两口子打架，叫他们不要多管闲事。把她拉到车上以后，可能是我的表情吓住了她，她连连说手机丢了，没有看到我给她发的信息。可笑！手机丢了，怎么可能知道我发了信息给她？这不是‘此地无银三百两’吗？是她自己找死！”

莫高心想，这应该与事实相符。“龅牙老板”说安来福第二次回村，开的是奇瑞。奇瑞和英菲尼迪的标志相似度比较高，以“龅牙老板”的见识，应该是将英菲尼迪错认成奇瑞了。奥迪车撞坏之后，安来福应该是开着那辆英菲尼迪回的泰安老家。

无意中侦破了另外一桩凶杀案，这也算是“奇葩”了，叫他哭笑不得。

可是，露丝的案子什么时候才能拨云见日呢？

根据技术人员找到的痕迹物证，安来福依然嫌疑最大。

追问下去，莫高得知，露丝的确和安来福有过肉体关系。戴维虽然和露丝同居，但却从未给过她家里的钥匙，这让她很失望。直到有一天，戴维要和她分手，她哭得昏天黑地。戴维决心已定，把露丝推出家门，把她的箱子扔到了楼道里。

在上岗的途中，安来福发现了痛苦地坐在喷泉边的露丝，身旁放了两个“路易威登”的行李箱。他本来已经走过去了，可是那两个“路易威登”的箱子太刺眼了。他想，如果这个豪门怨妇不要这两个箱子了的话，准能在二手网上卖个好价钱。当然，他转回来还有一个原因，那就是露丝梨花带雨的样子激起了他的同情心。

他从山寨版的英国皇家卫队上衣口袋里掏出一块手帕——母亲织的粗布手帕，弯下腰，递给了露丝。

露丝感激地接过手帕，发现手帕和他的制服搭配起来很滑稽，忍不住笑了。

她笑的时候，左眉梢那颗痣一跳一跳地，很是妩媚，激起了安来福的情欲。

他问她有什么伤心事，看他能不能帮上忙。

她想了想，从“香奈尔”的包里拿出一个“普拉达”的皮夹子，抽出两百元钱，递给了他，请他看到某个号牌的车子进小区时打电话给她。

他看了看她那戴着镶钻的“欧米伽”女表的手腕，心想，这只皓月般白皙温润的手腕，一定十分柔软光滑。

他给露丝打过几次电话，露丝又给过他几次钱。露丝在“星巴克”接到的那个电话，的确是他打的。他告诉露丝，戴维开车回来了。

可是，当他在小区里巡逻时，又一次发现她在花园里的长椅上哭。他像老朋友一样走过去安慰她，很自然地搂住了她的肩膀。

谁知，她竟然起身扑到他身上，哭得喘不过气来。

他建议她去他的宿舍里躺一会儿。他说，他会帮她盯着戴维有没有回来。

她竟然同意了。

进了房间，他扶她躺到了床上。她眼神迷离，双唇微启，两条白生生的长腿露在外面。他没忍住，她也没拒绝。

两个人的肉体接触进行得很仓促，安来福刚从露丝身上下来，就催她快点儿穿衣服离开。宿舍的门没有锁，保安队长和同事们随时都有可能进来。

此时，安来福的手机响了。村头的“龅牙老板”说，他母亲病了，半个身子都不能动了。

他急了，跟露丝说：“你真得马上走了，我得立刻回老家一趟。”

露丝说：“走可以，给钱！”

安来福恼了，说：“你又不是卖肉的，为什么要我给钱？”

露丝说：“我当然不是卖肉的，况且你也买不起。叫你给钱，是惩罚你对我的不尊重。”

安来福说：“我怎么不尊重你了？是你自己投怀送抱的！”

露丝说：“尊重别人就是尊重自己。你既然提起裤子就赶我走，就是把自己当嫖客了。我不该跟你要钱吗？”

安来福急着要走，不想和她多纠缠，便拿出一百元钱，扔到了她脸上。

露丝把钞票撕了，甩到了他脸上。

安来福的火气上来了，说：“怪不得人家有钱人家的少爷不要你，原来你这么贱！”

露丝说：“要不要，不是你说了算。再说，我有本事怀了有钱人家少爷的种，你有本事和有钱人家的小姐上床吗？”

安来福无心恋战，几乎是把她推到应急通道里去的。

谁知，要出门时，她拉住门框，蹲下了身子。他以为她想赖着不走，没想到她是蹲下来捡那两片被她撕碎了的钱。

安来福突然心生怜悯，又递给了她一百元钱。她打开空空如也的“普拉达”皮夹，把钱放进去，然后转身离开了。他发出了一声叹息——看来，苦命的人不止他一个。

听到这里，莫高长长地叹了一口气。

难道露丝还活着？

八

和南京警方办好移交手续之后，莫高回到了卡萨布兰卡小镇。

大白天看这个繁华之地，的确是金碧辉煌，连长椅和井盖上都刻着卡萨布兰卡小镇的徽章。花园与应急通道之间只隔着一条红砖铺成的小路。在这里，白天见不到什么人，夜间人更少。这个应急通道，小区居民并不使用，即使是保安也很少使用。

莫高来到了安来福宿舍的窗外。这个地方和小区的路面之间隔着一个绿化带，绿化带的尽头有一条通往信箱的小路，邮递员经常从这里走过。说是小路，其实仅仅是在草地上放了几块石头，人可以踩在上面。沿着这条小路往前走，下两级台阶，便是保安宿舍窗外的那条甬道。安来福的宿舍门没有锁，窗户上也没有窗帘。他和露丝在床上的那段时间，窗外会有人路过，恰好看到吗？如果有人看到了，那么这个人会不会在安来福把露丝推出去之后趁火打劫呢？

台阶上长了一层绿绿的青苔，显然是很久没有人走过了。莫高眼尖，在甬道上发现了类似脚踏车车轮的痕迹。不对，这是轮椅的痕迹！

莫高这才回忆起来，刚刚进门的时候，居然没有在喷泉旁边看到那个“轮椅男孩儿”。

对呀！那天和技术人员一起勘查安来福宿舍的时候，他在镜子里看到了窗外的“轮椅男孩儿”。还有一次，他沿着小楼梯上楼时，看到“轮椅男孩儿”在地下室里练习用轮椅滑行。莫高第一次来这个小区，手忙脚乱地扒人家的垃圾时，不就是这个“轮椅男孩儿”突然出现在了他的身后吗？他一定看到过什么！

莫高顺着甬道疾步向前走去。走过一段路之后，他又突然转过身来。通往甬道的只有这两级台阶，别无他路。“轮椅男孩儿”是怎样到甬道上来的呢？

除了供邮递员走的那段两三米长的小路，就再也没有通往甬道的路了。莫非男孩儿的那辆“轮椅中的奔驰”有上台阶的功能？

他马上打电话给技术人员，让他们去查证。然后，他便到物业公司和派出所去查找“轮椅男孩儿”的个人信息了。

在这个男孩儿家的户籍资料中，只有他和他父亲两个人的信息。他父亲开了一家物流公司，资产上亿。人口数据库的历史信息显示，这个男孩儿的母亲失踪后，已经宣告死亡了。后来，这个男孩儿的父亲又结婚了，再婚的妻子住在其他地方，没有和他们父子俩住在一起。男孩儿家的水、电、煤气都在正常地使用和交费。

莫高让物业公司的人上去查看了一下。他们打开走廊里的电表箱，发现电表在正常运转。但是，这也说明不了什么问题。即使家里没有人，电表也有可能会运行。关键是水表箱，不知道为什么，怎么也打不开。

莫高决定先去找那个男孩儿的父亲。

男孩儿的父亲说起话来很豪爽，显得极其精明，并且很有分寸，难怪生意做得这么大。显然，他并不喜欢和警察打交道，只是考虑到自己的社会地位，才勉强同意和莫高见面。

莫高简单地说明了一下情况。

男孩儿的父亲说：“这个，我恐怕帮不上什么忙。我儿子的脾气极其古怪，根本就不听我的话。”

莫高对此深表同情，语气平和地询问了一下他儿子坐轮椅的原因。

男孩儿的父亲长叹了一声，说：“我妻子离家出走那年，我的生意做得最红火。我儿子认为我另有新欢，抛弃了他母亲。其实，她是和一个贝斯手私奔了。但是，我不能在儿子面前贬低他的母亲。后来，我儿子沉迷于网络游戏，成绩门门挂红灯。我气得抽出皮带来要打他，可他却逃了出去。结果，他从楼梯上滚了下去，就不能走路了。医生说，他没有器质性的病变，但就是站不起来了。”

说完，他掏出一个皮夹子，从里面拿出一张照片来给莫高看。

这是一张全家福，照片上的男孩子只有五六岁的样子，调皮地从父母的身后探出头来。照片上，这位亿万富翁的发际线不像现在这么高。他的妻子，除了两只眼睛之间的距离稍微大了一点儿以外，还算得上是个美女。仔细看，这个女人的左眉梢有一颗痣。

看到这颗痣，莫高吓了一跳——露丝的左眉梢也有一颗痣。

照片的背面有一行手写体的字：玫瑰、玫瑰，我爱你。

莫高说：“我记得，您的亡妻并不叫玫瑰。”

男孩儿的父亲说：“玫瑰是我对她的昵称。我们是在社交场合认识的，当时她正在唱《玫瑰、玫瑰，我爱你》这首老歌……”他顿了顿，好像把某种情绪压了下去，“她失踪了四年之后，确认她已经死了，我才再娶。但是，七八年过去了，我和现在的妻子一直没有孩子。造化弄人，就在我赚到盆满钵满时，一个下三滥的贝斯手勾引走了我的爱人……又在我建造起这个庞大的商业王国时，让我后继无人。我常常被噩梦惊醒！我并没有做过伤天害理的事情，老天爷为什么这样待我？我只好告诉自己，人生的不如意，十之八九——要‘不思八九，常想一二’。就这样，前年，我终于又有了一个儿子。我知道，老天爷是发慈悲了。”

“您确定您的大儿子不能走路？”莫高问。他想起了第一次见到“轮椅男孩儿”时，他那还算壮实的脚踝和大臂上凸起的肌肉，还有那长满了汗毛的小臂。

“我带他到欧洲去检查过了，美国也去过了。所有医生的结论都是一样的，我儿子没有器质性病变，但就是站不起来。还好，医生们说他的男性功能还算正常。我想好了，我可以保证他一生锦衣玉食。如果有善良本分的女孩子愿意嫁给他，我一定给他们一份丰厚的家产……”

从“轮椅男孩儿”父亲的豪华办公室出来，莫高风衣的一角被风吹了起来——秋天来了。

这个失踪案的侦破工作，从春末开始，直到现在，秋风都起来了，还是没有眉目。

仰头望去，摩天大楼矗立在蓝天白云下面。云朵在急速地滑动，变幻莫测。每一起凶杀案，都是一出人间悲剧。侦破了那么多案子，把那么多凶手送上了法庭，莫高却丝毫没有成就感。相反，他感到十分悲哀。在这个世界上，大家都只是过客，匆匆走过，不满百年。能够在茫茫人海中相遇相识，实属不易，怎么能忍心用最凶残的方式相互戕害呢？

这个时候，技术人员打来电话说，目前还没有制造出能够上下台阶的轮椅。

莫高让人调出了“轮椅男孩儿”母亲的户籍资料，将她的标准照和露丝的标准照对比了一下。不可否认，她们的长相非常相似。

经常来这个小区的露丝要是被“轮椅男孩儿”撞到过，又被这个男孩儿寄予了某种感情呢？

“轮椅男孩儿”独自居住在这里，无法证实他在出事的那天都去了哪里。现在要是想进入他家，必须征得他或者他父亲的同意。

此时，莫高真的是一筹莫展。

他徘徊在卡萨布兰卡小镇幽静的小路上，看着家家户户或明或暗的灯光，还有那天梯般的楼梯……

“你在想什么？”突然，在他的身后传来了一个熟悉的声音。

他不用回头就知道，这是“轮椅男孩儿”在和他说话。

“你猜！”莫高对着夜空说。

“大侦探的心思，我怎么猜得出来！”男孩儿说。

“要不，我来猜一猜你在想什么，好吗？”莫高点燃了一根香烟，依旧没有转身。

“好啊！”男孩儿的声音波澜不惊。

“我猜，你和我一样，也在想一个人。她不可能像我吐出的烟圈儿一样消失不见，一点儿痕迹也不留。我猜，自从有了个小弟弟，你一天比一天恐惧，怕失去父亲的爱。你把母亲的出走归咎于他，认为他对不起你的母亲，也对不起你。从楼梯上滚下来之后，你假戏真做，想用你的残疾来惩罚你的父亲，占据他的爱。于是，你宁可放弃一个正常人的权利，将自己困在了轮椅上。但是，你仍然在偷偷地锻炼身体。你知道，即使惩罚了父亲，日子也要自己过。突然有一天，你发现有一个人酷似你的母亲。你当然知道她和你的母亲没有任何关系，但是只要她和你的母亲比较相似，就足以给你带来慰藉了。可是，她是别人的女友，你只能远远地看着她。终于有一天，你发现她被抛弃了，和一个地位低下的保安上了床……”

说到这里，莫高有意放慢了语速。他听见“轮椅男孩儿”在呼哧呼哧地喘气。

突然，他听到了一阵急促的脚步声，然后他就被撂倒了。

他躺在地上，在朦胧的月色中看见“轮椅男孩儿”站在他面前，挥舞着拳头。

几个月以来，莫高第一次笑了，笑得很释怀，也笑得很伤感。

在电梯的监控录像中，已经站起来的“轮椅男孩儿”戴着棒球帽和口罩，推着轮椅，走进了电梯。轮椅上坐着一个裹得严严实实的人。

仔细看，这个坐在轮椅上的人耷拉着脑袋，从腿中间拉出来的“Y”字形安全带把这个人固定在了椅背上。此人身材纤细，与露丝比较相似。他们从“轮椅男孩儿”家所在的楼层进入电梯，又在顶楼出了电梯。录像的时间是，露丝失踪后第三天的清晨五点十一分。

站在楼顶上，一阵风吹来，让莫高感到了一丝寒意。

“轮椅男孩儿”站立着，身高足有一米八。他的眼睛又细又长，眼距稍宽，眉毛十分浓密。手铐和脚镣哗啦啦地响过之后，秋风一阵紧似一阵。他走向了楼顶上唯一的一个掩体——在夜色中闪着金属光泽的巨大水箱。

人群中，莫高注意到了戴维圆圆的脸上那惊惧的表情，以及他那没有来得及编成辫子的散落于头顶的乱发。

莫高还注意到，“轮椅男孩儿”的父亲眼含泪水，转过头去，泣不成声。

水箱的门被打开了。水面上，一层昆虫的尸体簇拥着一个已经褪了色的印着双尾美人鱼商标的“星巴克”纸袋。拨开这层漂浮物，水底是一具女尸。

男孩儿说：“我对她说，通往卡萨布兰卡小镇的路很窄，你得剑走偏锋。别人的砒霜，说不定是你的蜜糖。我还对她说，天配地，雨配风，大陆配长空。你是烈日，就应该配苍穹。戴维不是你的苍穹，我才是。我不会比戴维钱少，但是我会比戴维爱你。我不会因为你和戴维上过床，和保安上过床，就……可是，没等我说完，她就像疯了一样大叫：‘你在嘲笑我吗？你以为你可以是我的“偏锋”吗？哈哈，我从来没见过坐在轮椅上的……’她的眉眼像极了我母亲！她被有钱的男人抛弃了，我日思夜想的母亲也被有钱的男人抛弃了。我遇到了她，难道这是天意？我从轮椅上跳下来，把狂躁的她搂到了怀里，把脸贴在了她那剧烈晃动的头上。我把她当成了失散多年的母亲，当成了我寻觅已久的爱人。我要给她爱和温暖，也要从她那里寻找爱和温暖。我不在乎她嘲笑我的那些话……她尖叫着，使劲儿推我。我不能让她叫，就捂住了她的嘴。可是，她太脆弱了，突然没有了声息。我把温软的她带回家，放在了床上。她像睡美人一样，一直睡着。我期待她醒过来，可是她的身体已经变凉……"

莫高呆呆地看着从指间飘向夜空的烟雾。

他思忖着，或许露丝也没有想到，她竟然以这种方式留在了卡萨布兰卡小镇。

海归医生的献身

一

敲门声骤然响起，室内的一切像施了魔法一样瞬间定格了。

叶莉雅惊慌而绝望地看着鲁橹，看着他的喉结艰难地上下滑动着。他转过身去，看了看正在被敲击的房门，又迅速地低下头去看了看躺在两个人中间的病床上，瞳孔已经放大了的陈悬。接着，他整了整衣襟，小心地避开地板上散发着浓烈臭味的呕吐物，向门口走去。

这是一家开在“外国弄堂”里的诊所。诊所占了一整幢洋房，要往弄堂里走很多路才看得到。

因为两旁的梧桐树会在不同的季节演绎出不同风格的景致，所以走进弄堂时不会觉得路有那么长。这些梧桐树的树龄和被它们阔大的枝叶掩映着的那些洋房的房龄相当，都要从上个世纪三四十年代算起。

这幢洋房老旧的红褐色外墙上爬满了各种植物，有的爬到了与外墙色调相同的烟囱上。

洋房的正门旁边挂着一块仿古的铜牌，上面写着“鲁和刘诊所”和它的英文名称“LU&LIU CLINIC”。没错，鲁是“鲁橹”，刘是“刘凉”。这两个人从国内的医学院毕业后，都曾经在美国马萨诸塞州的州立大学医学院进修过。就在那个时候，他们相识了，说好了进修完回上海合伙开一家诊所。

三年前，他们从一幢写字楼里搬到了这个地方。如今，诊所就像摇钱树一样，你只需每天摇一摇，铜钿银锭便会哗哗地掉下来。

这个时候不会有其他人来敲门，除了刘凉。

陈恳像肮脏的纸片一样飘进来的时候，已经下班了。

处理完病人之后，蒋护士马上就要往外走了。叶莉雅和鲁橹已经把工作服换掉了，准备离开。只有刘凉依旧穿着白大褂，坐在电脑前。鲁橹担心陈恳会找麻烦，留了下来。但是，他并没有露面，只是安静地待在护士室隔壁的诊室里。

陈恳确实是个“麻烦制造者”，尽管他原来不这样。如果七八年前你见过他，就会觉得他是个乖男孩儿，是个在小户人家被宠出来的孩子。他有优越感、自信、嘴巴甜、知道疼人，卖相又好，很招人喜欢。起初，就是这些因素综合起来，吸引了叶莉雅。

结婚之后，叶莉雅才发现，他的优越感是那种“井底之蛙”的优越感，自信也是那种“低段位”的自信。遇到事情，他总把女人往前推，自己躲得远远的。他要做主，又做不了主，既脆弱又懦弱，经不起一点儿诱惑，丝毫没有担当。

虽然叶莉雅是个小小的护士，但是她见多识广，见过各种病人，经历过各种事情，很有主见，心思十分缜密。可是，陈恳好像永远都长不大似的，根本就赶不上叶莉雅的步伐。

于是，叶莉雅渐渐地对他有些轻蔑。太太比自己强，是男人的悲哀。同样，先生比自己弱，是女人的悲哀。那种轻蔑和悲哀是不言而喻的，陈恳完全感觉得到。他失望、恼怒，又无奈，于是便转而迷上了能让他有成就感的事物。

最初，他迷恋上了赌博。为此，叶莉雅提出要和他离婚。他怎么会同意呢？好不容易娶了一个如花似玉又会赚钱的太太……后来，他又开始酗酒了。他酒后去医院闹事，弄得注射室里秩序大乱，叶莉雅被迫辞了职。

辞职后，她放弃了所有财产，净身出户，才成功地与他离了婚。离婚之后，她刻意避开他，不和他有任何交集。

可是，几年之后，有一天，这个人突然出现在了叶莉雅面前。

这个时候，陈恳给自己找到了一个更加危险的“伙伴”：毒品。万劫不复啊！面对他那空洞而贪婪的眼神，叶莉雅险些昏倒在地。

这个时候，陈恳已经把他和叶莉雅原来的那套房子换成了毒品，换来了他自认为的快乐。父母腾出来给他住的一间屋子，也被他租了出去。老人一气之下，去了远在美国的小儿子那里，与他断绝了来往。他们名下的房子，他没法卖。于是，他就把整套房子租了出去，自己辗转在各个洗浴中心过夜。

一次，叶莉雅加班到很晚，鲁橹正要开车送她回家，陈恳从暗处跑了出来，用脚抵住车轮，跟鲁橹要十万块钱，一分都不能少。他用鸡爪子一样细瘦的手敲击着前挡风玻璃说：“否则，我就死给你们这对奸夫淫妇看！”

“奸夫淫妇”这四个字触动了鲁橹，让他心甘情愿地掏出了十万块钱。他很希望和叶莉雅扯上关系，哪怕成为“奸夫淫妇”……

这一天，陈恳真的死了，死在鲁和刘诊所，死在梦想尚未实现之时。

果然，门外站着刘凉。

很显然，他被室内浓烈的气味熏着了，皱着眉头快步走近病床，用手试了试陈恳的鼻息，然后翻开了他的眼皮。

“这事得报警。”刘凉直起身子，走到吊瓶前，看着药瓶里残留的药液说，“不过，在警察赶来之前，我们还有事情需要商议。你们两位的意见呢？”

“与鲁医生无关。”在鲁橹说话之前，叶莉雅抢先说道，“病人上吐下泻，需要补充体液。我给他口服葡萄糖、氯化钾溶液，他喝不进去，我就给他滴注了。谁知，药还没滴完，他就变成这个样子了。”

“病人？这位先生预约过吗？挂过号吗？”刘凉盯着叶莉雅，拿腔拿调地问道。

“没有，都没有。”叶莉雅回答。

“没有的话，作为鲁和刘诊所的护士，你为什么擅自给他用药？你有处方权吗？”刘凉的问话咄咄逼人。

“我是自作主张。我熟悉他的情况，每次都这样。还有，我清楚地记得，您说过，有同情、有爱才有医疗。如果出现了紧急情况，即使不是医务人员，也有义务救助患者。”叶莉雅冷冷地反驳道。

“那么，你是因为对这位先生有同情和爱，才让他走上黄泉路的？”刘凉的话听上去冷硬中带着嘲讽。

“我的本意并非如此，只是事情已经发生了……”叶莉雅说。

“叶护士，你的这个说法，就算我相信，警察也不会相信。”刘凉说道。

“信与不信，这都是事实。”叶莉雅说。

“那好，如果像有人希望的那样，这位先生的死是医疗事故造成的，是个意外，那么即使他没有和鲁和刘诊所建立医疗契约关系，作为合伙人，我也只好自认倒霉了。不过，鲁医生，”他侧过身子对鲁橹说，“我们有个男人之间的话题要谈。在此之前，我要打一个电话。然后，我们必须抓紧时间谈。你是知道的，五分钟之内，警察肯定会赶到。”说着，他取下残留着药液的药瓶，朝门口走去。

鲁橹张开嘴巴，想说什么，却没有说出来。

谁知，刘凉刚走出一两步，就滑倒在地了。药瓶飞了出去，在空中画了一道弧线，然后掉在地板上，摔成了碎片。贴着标签的那一小块碎片晃了几晃，停在了一堆呕吐物旁边。

刘凉爬起来，遗憾地看了看那些碎片，然后走回了自己的诊室。

鲁橹跟了过去。

打完电话之后，刘凉对鲁橹说："鲁医生，时间紧迫，请允许我开门见山。我碰巧拜读过你的一篇论文，是专门研究静脉注射的速度与病人的反应之间的关系的。碰巧，我还注意到了你看叶护士时那不同寻常的眼神。我暂且不去研究二者之间有无因果关系，还是等我们的客人来了之后，再把这些情况提供给他们吧。不知阁下是否同意？"刘凉的声音很低，但却十分有震撼力。

短暂的沉默过后，一直未曾说话的鲁橹抬起头来，盯着刘凉的双眼说："那么，我接受你的讹诈。请出个价吧！"

"呵呵，讹诈？这个词用得很准确……算是吧。我要阁下退出合伙，专心做医师。在医术方面，阁下比我高明。我会出一个好价钱的！"刘凉说。

"谢谢你的评价。不过，你为这位先生开出了这么特别的一个处方……换作是你，你会同意吗？为了一个巧合或者意外，为了一篇论文，为了所谓不同寻常的眼神，竟然要放弃年收入一百五十万的合伙份额？还有，无论是意外，还是医疗事故，对于一个日进斗金的诊所来说，意味着什么，你想过吗？"鲁橹说道。

"当然想过，就在我发现这位可怜的先生死在你们两个人中间的病床上的那一刻。不过，你所说的那个日进斗金的诊所，是鲁和刘诊所。而我，哪怕仅仅是暗示一下那些警察……你是知道的，他们就像茫茫大海中的鲨鱼，嗅到一丝血腥就会马上扑过来。我相信，这个诊所很快就会更名。人们很快就会忘记以前的事情，这里又会病人盈门、日进斗金了。”说罢，刘凉对着窗户，悠闲地梳起了散落下来的鬓发。

又一次短暂的沉默。

“那好，我们按照份额共同拥有这个诊所，你七我三。”鲁橹说，“条件是，我们必须共同出具这位先生的死亡诊断书。”

“看来，你正在做一个正确的选择。不过，我的意见是，咱们八二分成吧。这个数字比较吉利，可以保佑我们三个人平安地渡过危机。”

刘凉的话音刚落，窗外就响起了尖锐的警笛声。紧接着，一楼的大门被拍得嘭嘭直响。

在这最后的时刻，鲁橹说：“我接受。不过，得等这位先生的事情了结了之后再成交。”

二

关于鲁橹，本来没有什么故事好讲。他个子矮，长相平庸，出身普通，不会讨女孩子喜欢，也没有这个条件。这样也好，读书不分心。在中学上生理卫生课时，他被老师的一段话给迷住了。

老师在黑板上用英文写出了“医院”这个词，即“HOSPITAL”。然后，老师告诉大家，在西方，以“HO”开头的词，很有可能与宗教有关，比如“HOLIDAY”，指的就是与宗教有关的假期。所以，医院是个神圣的地方。在这里，一个人如果把痛苦和隐私告诉了你，把衣服脱光了让你检查，就说明，在此刻，他把生命都交给了你。对他来说，你就是仅次于神的那个人。老师的话，他一直记在心里。

既然俗眼看过去，自己一无所长，那么就付出双倍的努力，争取成为仅次于神的那种人吧。

按部就班地读完六年的医学院，他就到这个医学院的附属医院去工作了。因为优秀，四年后，他被派到美国去进修了。其间，他加入了“国际狮子会”，到索马里去当了一段时间的医疗志愿者。回国后，他便辞职出来和刘凉一起开了个诊所。如今，他已年近四十了，却从未动过娶妻的心思，直到遇见了叶莉雅。

当时，诊所还在装修，他们在报纸上刊登了招聘护士的启事。

那天，刘凉去订医疗器械了，鲁橹站在门廊里指挥工人安装灯具。鲁橹看到地上有一个颀长的身影，一回头，发现有一个眉清目秀的女子站在他的身后。那个女子梳着中分的直发，身穿蓝白花的裙装，脚蹬白色的浅口平跟皮鞋，手里拿着一个白色的“信封包”。

见他回过头来，她微笑着问他：“先生，请问这里是鲁和刘诊所吗？”

瞬间，他感觉自己要融化在她的笑容里了。他的耳朵里嗡嗡作响，根本就听不清楚对方在说什么。他在心里反复地唱着：“春风再美也比不上你的笑，没见过你的人不会明了……”不，不仅仅是这春风般的微笑，他和这个女人似曾相识……

还是站在人字梯上的工人够机灵，大声地回答说：“是鲁和刘诊所。你找谁？”

女子说：“我是来应聘的。”

鲁橹这才慌忙说：“应聘？请走这边！”

直到两个人隔着一张桌子坐在刚刚完工的接待处，鲁橹仍然不敢直视这个女子。她像太阳一样，多看一会儿就会灼伤眼睛。

这个女子比鲁橹要坦然镇定得多。她打开“信封包”，取出一沓证明文件，放在台子上，双手推到了鲁橹面前。

对鲁橹来说，和病人以外的人打交道，不如去完成一次高难度的手术。

此刻，他紧张得手心直冒汗。但是，他知道自己得像个老板的样子，于是便镇定地翻开了那些证明文件。眼前的这个女子叫叶莉雅，毕业于本市的一所护士学校，是五年前从一家著名的三甲医院离职的。

如果你注意到了的话，就会发现他看证明文件上那张照片的时间有点儿长。在是否录取叶莉雅的问题上，他很犹豫。第一感觉，当然是录取。一个有着春风般笑容的女子，是上帝赐予的礼物。没有人会无缘无故地出现在你的生命里！既然出现了，就让她来吧！但是，他的第二感觉，又在排斥。短短的十几分钟，他已经莫名其妙地感到有些自卑了。他怕自己陷进去，怕被拒绝，怕受到伤害……他决定把取舍的权利留给刘凉。

就在他从叶莉雅带来的资料中分拣需要留下来的复印件时，刘凉走了进来。

刘凉和鲁橹是各方面都完全相反的两个人。

如果说鲁橹是自给自足型的，那么刘凉便是不断向外扩张型的。他高大、英俊、面目清秀、身材壮硕，一头微鬈的齐肩长发总是梳理得整整齐齐。穿白大褂时，他会将头发在脑后扎成一个马尾辫。他会将白大褂的每一颗扣子都扣好，脖子下面的那一颗也不例外。若是碰巧穿着这身衣服在走廊上飞奔，那么白大褂的衣襟便会在身后上下翻飞，让你联想到那些形容男子风姿的经典成语。

巧的是，刘凉也未婚。他和鲁橹之间的关系被人猜度过，在他与各种女人闹出绯闻之后才不攻自破了。

刘凉在女人面前，用某些人的话来说，是有点儿品位的。大学教师，不入流的女诗人、女画家，成功的女企业家……最近两三年，他甚至与三四流的明星交往过。与前几种女人交往，不需要花太多钱，甚至有人肯倒贴钱。但是，三四流的明星不同，和她们一起度过的哪一个小时、哪一天不是用金钱换来的？

他甚至想过要花钱捧红其中的一位，然后在某一天对那些善于八卦的“娱记”宣布，某某是我刘凉的女人。男人是有虚荣心的，口袋里有点儿铜钿的男人更是这样。

今天，刘凉穿的是一件风衣，像棵树一样站在门口。

鲁橹觉察到，叶莉雅的眼睛瞬间亮了起来。

他有些后悔了。他多少了解一些刘凉的风流韵事，也知道他对女人的杀伤力。应该早点儿让叶莉雅离开，以免落入刘凉之手。

“哦，叶莉雅小姐，在这么著名的一家医院做过，是因为什么离职的？”刘凉眯缝着迷人的眼睛，反复翻看着叶莉雅的简历和证书。

“不想做了。”叶莉雅的声音很低沉。

“那么，现在为什么又想做了？”刘凉问。

“不为什么，只是又想做了。”叶莉雅的声音依然很低沉。

“呵呵，有点儿任性哦！”鲁橹觉得，刘凉的语调有点儿挑逗的意味，紧接着又回到了正题，“请耐心等待，我和鲁医生充分商议后，会给你消息的。”

鲁橹十分嫉妒刘凉在女人面前的这种收放自如。人和人之间的差别真的很大，即使这个人你认识了很多年，即使你独处时模仿过很多遍，也依然无法与之抗衡。

叶莉雅走后，鲁橹呆呆地坐在接待台前。刘凉在他身后晃着脑袋说：“这位护士小姐的下巴上长了一个像林青霞一样的‘美人沟’。据说，这种面相非常旺夫……”

鲁橹没有接他的话，而是起身帮工人搬梯子、递工具去了。

后来的应聘者也包括在内，在所有的应聘者中，只有叶莉雅和蒋护士有三甲医院的工作经历。刘凉说，没什么好说的，就她们俩了。

但是，鲁橹总有一种幻觉，叶莉雅会像无声无息地来一样，无声无息地离开。他担心她像盐化在水里一样，让他再也无迹可寻。

直到叶莉雅来上班的那天，他才松了一口气，确认他的天使仍在人间。

她穿着护士服、戴着护士帽的样子，还有她的脚步声、说话声，以及她的气息……让他觉得，无论为她做什么，他都愿意。她是他的绿洲，是他每日诵读都不会厌倦的圣经，是他“甘心的负累”。

三

最先进门的是一男一女两位侦探——莫高和梅一辰，数名穿着白大褂的法医和检验员紧随其后。

莫高并不问话，只是拎着个手杖走来走去。早年，他在一次抓捕中腿部受了伤，走起路来就不那么灵便了。走到大厅里，他在挂着鲁橹和刘凉在美国医院进修的英文证书的那面墙旁边停留了许久。

检验员戴着手套，提取了医疗垃圾里的药瓶、注射器，以及地板上的药瓶碎片和少许呕吐物。

梅一辰帮着法医把尸体装进了裹尸袋。

叶莉雅、鲁橹和刘凉他们三个人不安地站在一边。

清理完现场，莫高和梅一辰才开始对他们进行询问。

最先进去的是叶莉雅，鲁橹和刘凉等在外面，检验员和法医站在靠窗的地方吸烟。

但是，鲁橹和刘凉很快就看明白了，他们站的位置相当讲究，其实是起到了监视的作用。叶莉雅出来后，鲁橹走了进去。鲁橹出来后，刘凉走了进去。

再加上第二天对蒋护士和清洁工的询问，事情的经过基本上弄清楚了。

傍晚，快到六点的时候，这个名叫陈恳的男子走进了诊所。他并未在一楼停留，直接上了二楼，进入了叶莉雅的护士室，跟叶莉雅要水喝。

叶莉雅从饮水机里接了一杯温水给他，他喝了一杯，又要了一杯。两杯水下肚，他呕吐了起来，吐完就躺倒在了呕吐物中。

叶莉雅试图将陈恳拖上病床，但是拖不动，鲁橹便过来帮忙了。有必要说明一下，鲁橹的诊室和叶莉雅的护士室相邻，并且有墙上的一扇门相通，鲁橹就是从这扇门进入护士室的。

两个人合力将陈恳拖上病床后，叶莉雅发现陈恳的嘴唇和皮肤有脱水的症状，便打开一瓶五十毫升的葡萄糖、氯化钾溶液，给他服了下去。

喝进去不到一半，陈恳又开始呕吐了。吐完之后，他冲进卫生间拉肚子。他从卫生间出来之后，叶莉雅开始给他滴注葡萄糖、氯化钾溶液。陈恳太瘦，左右手各扎了一次才扎进去。

滴注的过程中，叶莉雅去收拾了一下被陈恳弄脏了的卫生间。一遍没有冲干净，等水箱满了之后，她又冲了一遍。冲完之后，她又清洗了一下溅在马桶边缘和地板上的污物。

叶莉雅从卫生间里出来之后，发现陈恳在昏睡。吊瓶挂在那里，滴注得很正常。

这个时候，清洁工已经离开了，叶莉雅准备动手清理呕吐物。

她把窗户打开之后，就到公共卫生间去拿扫把和簸箕了。谁知，进了卫生间之后，她有些反胃，便就着洗手池呕吐了起来。吐完之后，她对着镜子清洗了一下。看着镜中的自己，她心里很难过，不愿意立即回到护士室，一个人在镜子前面站了许久。

估摸着滴注得差不多了，她便回到了护士室，却发现药瓶里的液体比自己想象的要多。最可怕的是，陈恳已经没有了声息，瞳孔已经放大了。

难怪瓶里还有那么多药液！人死了，液体就滴不进去了。

她惊叫了一声，鲁橹便过来查看。

当时，刘凉在对面的诊室里，听到了卫生间里冲水的声音和重物摔在地上的声音，看到了叶莉雅进出护士室的身影。刘凉敲护士室的门时，正好是晚上八点——等着里面的人开门时，他看过手表。

法医的结论很快就出来了，呕吐物中没有任何毒物。碎了的药瓶和注射器上的微量残留物，是葡萄糖、氯化钾溶液。尸体的左右手背上均有淤青的针眼。除了毒品检测呈阳性以外，未发现其他中毒及病理现象。

“这么说，一个赌棍、瘾君子、干涉别人正常生活的人，以一种合情合理的方式死掉了。”看了法医的结论，莫高点燃一支香烟，自言自语道。

梅一辰凑过去，歪着脑袋问他：“师傅，您注意到了吗？当时，刘凉穿着白大褂。他说，他之所以下班没走，是有资料要整理。鲁橹已经换掉了白大褂，显然是准备走了。蒋护士也是这么说的。最终，鲁橹却没走。我想，他一定是看见陈恳来了，叶莉雅遇到了大麻烦，才决定留下来的。这说明，他很在乎叶莉雅。可想而知，如果叶莉雅摆脱了陈恳这个麻烦，他会为她高兴的。”

“猜测是很不好的习惯，不利于逻辑推理。”隔着缭绕在两个人之间的烟雾，莫高一本正经地对梅一辰说。

梅一辰知道，师傅是在用福尔摩斯的话逗她。他真正的意思是，可以大胆地设想，但是得小心地求证。

在这里，有必要说一说莫高和梅一辰师徒俩的这间办公室有什么特别之处。

别的没什么，就是墙壁上横七竖八地挂了不少书法作品。别人挂的是诗词歌赋，他们挂的却是名侦探的格言，比如“所有的现象，一定有其原因”、“真相只有一个”、“排除了所有的可能性之后，剩下的无论多么不合乎情理，都是真相”等，每句话都是那么意味深长。

莫高刚刚说的那句话就在其中。

梅一辰的求证，只在蒋护士那里得到了些许回应。

蒋护士嘴巴大、话多：“叶护士的前夫陈恳，起初并不知道叶护士在我们诊所上班。她当然会瞒着他、避着他，不让他知道。谁知道，一年不到，他就找上门来了。这个男人赌博、酗酒、吸毒，在洗浴中心过夜……活到这个份儿上，还不如不活了。你问鲁医生和叶护士的关系？我告诉你呀，鲁医生肯定喜欢叶护士。”

蒋护士伸出她那多肉的手，挡住了自己的脸，神秘兮兮地继续说道：“有一次，叶护士抱怨说，中午的客饭吃来吃去就那几样。鲁医生专门从网上下载了菜谱，排列组合，交给客饭公司，要求他们照着做，一个月都不重样啊！还有啊，下班以后，叶护士走了，他才走，好让她顺便搭车。”

“那叶护士对鲁医生呢？”梅一辰问蒋护士。

蒋护士摇了摇头：“剃头挑子一头热。自古嫦娥爱潘安啊！她呀，喜欢的是另外一位医生。”说着，她朝刘凉的办公室努了努嘴。

猜测无果，莫高让梅一辰打电话给法医，让他们通知家属，并出具陈恳的死亡证明。

但是，陈恳的死亡证明无人接收，他的父母和弟弟都住在美国。父母推说自己年事已高，无法承受长途飞行的劳顿。弟弟说自己工作太忙，等下次回上海时再来办手续。

莫高和梅一辰猜想，最真实的理由，恐怕是在家人心中，他早已死去了。所以，他们不愿意为他的死专门回来一趟。

好在，有鲁和刘诊所给付的五十万元赔偿金。他们委托莫高和梅一辰，按月给殡仪馆汇款。

“陈恳也挺悲哀！”莫高感叹道。

对师傅的话，梅一辰很是不以为然。

她说：“他悲哀什么？人生总共就那么点儿快乐，都被他提前挥霍了。师傅，难道您没听说过，人吸过毒，就等于上过天堂了。已经上过天堂了，哪儿还会有天堂给他上？”

四

就在梅一辰快要把陈恳忘掉时，有一天，莫高突然对她说：“还记得那个鲁和刘诊所吗？我今天路过那里，发现他们把名字改成了‘圣刘诊所’，英文名也改成了‘SAINT. LIU CLINIC’。”

“哦，这么说，现在老板变成刘凉一个人了！这下，多金帅大叔更多金、更帅了。”梅一辰接过了师傅的话茬儿，“可是，那个矮矮的鲁橹呢？他还在这家诊所吗？”

“不在了。我隔着玻璃门看到，门厅里原来挂着鲁橹和刘凉两个人的进修证书，现在只剩下刘凉一个人的了。蒋护士看见了我，走出来打了声招呼。她说，刘凉出诊去了，鲁橹去了另外一家诊所。还有啊，她又举起她那多肉的手，神秘地说：‘莫警长，你知道吗？叶护士嫁给刘医生了，现在是刘太太了。’”

“什么？她嫁给刘凉了？那鲁橹呢？只能黯然退场了？”梅一辰用食指点着自己的下巴，若有所思地在办公室里踱起步来，“这倒是有些出乎我的意料！像叶莉雅这种经历过不幸婚姻的女子，应该选择鲁橹这种男人才对。"

"有更好的，干吗不选呢？人终究是动物，更强壮的能获取更多的猎物，更好看的能更加刺激肾上腺。"莫高明显是在说反话。

"那鲁橹岂不是竹篮打水一场空吗？"梅一辰说。

"谁让他用竹篮来着！"莫高说。

"长得矮，又不是他的错！他碰巧抓了一手烂牌，打成这样已经很不错了。他现在怎么样了？蒋护士有没有说，他后来去了哪家诊所？"

"问问'度娘'① 不就知道了！这种海归，接纳他的诊所肯定不会放过广而告之的机会。"莫高说。

梅一辰将"海归鲁橹医生"这六个字嵌入了百度对话框。

跳出来的信息还真不少！从前的一家三甲医院里有，鲁和刘诊所也有。最新的信息是，在一家名为"新厚慈"的诊所的介绍中说，他是神经内科专家、副主任医师。

突然，梅一辰尖叫了一声，引得莫高三步并作两步地奔到了电脑前。

是一篇论文，全英文的论文，发表在一个国际医学杂志上！她点击了翻译软件，发现论文的标题是《论静脉注射速度与病人反应之间的关系》。可惜，论文只有摘要。

这难不倒梅一辰！她的手指在键盘上噼里啪啦地上下翻飞，不一会儿，论文的全貌就出来了。难道加快静脉注射的速度真的会引起病人的不良反应，甚至会导致其死亡？论文中引用了好几起真实的病例，其中的一起就发生在作者曾经服务过的那家著名的医院。

原来，陈悬真的有可能死于谋杀啊！差点儿让他逃过去了！说

① 指"百度搜索"。

话的时候，梅一辰发现师傅的目光同自己一样，落在了墙上的一句名侦探格言上：杀人不难，问题是得让人不怀疑你。

陈悬之死，重新启动了调查程序。

他们又翻出了当时的询问笔录和检验记录。

叶莉雅和鲁橹的笔录显示，叶莉雅是注射的实施者，以滴注的方式给陈悬注射了五百毫升的葡萄糖、氯化钾溶液，理由是：每次陈悬出现这种问题，她都用同样的方法进行处理。关于医疗垃圾里的药瓶和注射器，已经对当日所有的病人进行了核实。刘凉因为不在场，所以并没有谈到这个问题。

作为专业护士，叶莉雅即使没有条件接触鲁橹这篇论文，也应该对静脉注射的速度对病人的影响有所了解。点滴的总时长，叶莉雅说是九十分钟，但这无人能够证实。她有这个动机，想甩掉陈悬，而且这个后果也产生了。

在接触叶莉雅之前，得先把外围摸清楚。

在她众多的社会关系中，有很多人反映，她对陈悬十分蔑视、厌恶和憎恨，但是并没有透露过要除掉陈悬的想法。这个说明不了问题，闷声不响干大事的人有很多。而且，陈悬的确招人恨。但是，她要是不承认自己有杀死陈悬的动机，那么证据的链条就少了一根，只能算是医疗事故了。怎么办？

此时，梅一辰想到了“填字游戏”。

一个人的知识和视野总会有死角，一条路走不通，不如迂回一下，试试另外一条路。

“师傅，您不是说，鲁和刘诊所已经变成圣刘诊所了吗？这中间会不会有什么故事？”梅一辰对“陷入了思维的泥沼”的莫高说。

“聪明！一起去看看！”莫高眼前一亮，转身抓起外衣，拎起了手杖。

工商和税务部门提供的资料显示，鲁和刘诊所更名为圣刘诊所时，市值是人民币九百万元。假设支付给陈恳家属的五十万元钱是两个人共同承担的，那么更名后，应该有大笔的资金进入鲁橹的账户。同时，应该有大笔的资金从刘凉的账户转出。

但是，没有资金转入和转出的记录。

是他们之间有现金往来，或者刘凉给鲁橹写了欠条，还是鲁橹自愿放弃了自己的份额？

如果是最后一种情况，那么鲁橹放弃的原因是什么呢？叶莉雅嫁给了刘凉，便与刘凉结成了利益共同体。那么，鲁橹便是这个“三人链条”上最薄弱的一环。

对，先去鲁橹那儿看看！

五

鲁橹所在的新厚慈诊所，在一个有外国人居住的社区。

莫高和梅一辰到达那里的时候，鲁橹正在为一个金发碧眼的小女孩儿听诊，一对洋人夫妇坐在旁边。

看到他们在诊室的玻璃窗外露了一下头，鲁橹点了点头，示意他们在外面等。

等病人出去了，鲁橹便请他们进了诊室。他把停诊的提示牌挂在外侧的门把手上，然后关上了诊室的门。

“我们来，主要是想听一听您对叶护士的前夫陈恳之死有什么新的见解。”梅一辰说。

“见解，不敢说。一个人死得正当其时，不好吗？”鲁橹反问道。

“啊，正当其时！正当谁的时？他自己、叶护士，还是您？”梅一辰问。

“当然，首先是他自己。一个离了毒品就没法活了的人，还能怎样？他的死，对家人、朋友甚至社会来说，都是再好不过的事情了。”鲁橹说。

“人的身份有高低贵贱之分，但是生命本身是神圣的，是无人可以轻易剥夺的。身为救死扶伤的医生，您不会不同意这个观点吧？”梅一辰说。

“同意。”鲁橹平静地回答道。

“如果您同意的话，那么我们就来谈谈陈恳的真正死因吧。”莫高说。

“有意思！你们不是早就下结论了吗？”鲁橹反问道。

“鲁大夫，您是聪明人。如果没有新情况，我们是不会来找您的。好吧，这个问题，您暂时不用回答，我们不勉强您。还有一个问题，您为什么将诊所拱手让给了刘凉？”

“拱手让给刘凉？您怎么会这么认为？”鲁橹愣了一下，没想到莫高会这么问。

“这么说，刘凉已经付出代价了。他付出的代价是什么呢？”莫高没有给他喘息的机会。

“他……答应帮我照顾叶护士，一辈子照顾她。那些资产，是我给她的陪嫁。”鲁橹的话着实令人吃惊。

莫高看了一眼梅一辰。他的意思是，这里面一定有故事。

“陪嫁？”梅一辰说，“您和叶护士之间的关系，还没到这个份儿上吧。”

“她是我的小女孩儿……我的资产，难道我无权支配吗？只要她愿意，我可以付出一切。”说到这里，平素十分文雅的鲁橹显得有点儿急躁和粗暴。

“慢着！她怎么会是您的小女孩儿呢？”莫高盯着他问。

鲁橹站起身来，从背后的书橱里拿出一个贝壳做的相框，递给了莫高师徒。

照片上，一个小女孩儿赤着脚站在沙滩上，回眸一笑，头发和裙角在风中飞扬。

“是叶护士吗？”梅一辰脱口而出。

“连梅警官您都说她是叶莉雅，说明她的确长得很像叶莉雅。第一次见到叶护士的时候，我真的以为从前那个失踪的小女孩儿回来了。我读医学院时，有一年暑假，我在海边浴场打工时遇到了这个小女孩儿。当时，我在男更衣室服务，负责递毛巾、拖地板，还有将拖鞋摆放整齐……有一次，我发现有一个更衣箱没锁，便把它锁好了，把钥匙暂时保存了起来。等游客出来，我就把钥匙还给了他。可是，这位游客说，他的手表丢了，是‘百达翡丽’的，值十几万块钱。我好心不得好报，反遭诬陷，十分委屈。可是，浴场的老板非但不主持公道，还搜我的身，搜我的床铺。搜查未果，他竟然要报警，让警察把我带走。我急了，扑上去抢他手里的电话，却扑了个空，倒在地上，吃了一嘴沙子。边上围满了看热闹的人，直起哄。我感到十分屈辱，连死的心都有了。就在这时，一个稚嫩的声音在我耳边响了起来：‘哥哥不哭！你们是在找这个东西吗？这是我在海滩上捡到的。’大家都围过来看……她的小手上，果然有一只手表，正是那位游客的‘百达翡丽’……我永远都记得她的声音，有点儿漏风，十分清脆……她简直就是我的天使！我发誓，愿意为她做任何事……谁知，两天之后，在一个月夜，她捡贝壳时被海浪冲走了。那天夜里，人们四处去寻找她。我独自坐在海边，看着月光下无边无际的大海，心中涌起了无尽的忧伤。这忧伤如此深沉，我甘愿被它淹没。明知叶莉雅不可能是她，我却把叶莉雅当作了她。小女孩儿消失了，我就把希望寄托在了叶莉雅身上。就像我愿意为那个小女孩儿做任何事情一样，我愿意为叶莉雅做任何事情。”

“包括帮助她杀掉前夫？”莫高盯着鲁橹说。

“此话怎讲？”鲁橹问。

“鲁医生，这一点，恐怕您比我清楚。”说着，莫高的嘴角露出了一丝揶揄的浅笑，“碰巧，我们最近拜读了您的一篇论文。”接着，他用眼神示意了一下梅一辰。于是，梅一辰便把在网上找到并打印出来的那篇论文摆在了鲁橹面前。

“哈哈，承蒙两位警官厚爱，居然这么关注我！”鲁橹拿起了那沓稿件，边翻边说，“静脉注射的速度和病人的反应是有关系的。不过，我要说的是，以两位所为，求两位所欲，犹缘木求鱼也。”

“愿闻其详。”莫高说。

“答案从来都只属于既聪明又执着的人。”鲁橹所答非所问。

“这么说，我们还不够聪明，也不够执着？”莫高说。

“非也。你们足够聪明，也足够执着。因此，我要告诉两位的是，即使是缘木求鱼，你们也有可能求得到。因为，你们有可能在某一点上打动了那条鱼。”鲁橹说，“我现在可以告诉二位，通过调整注射的速度或者浓度，就可以做到。叶护士到卫生间去清理陈恳的排泄物时，我从隔壁那扇门进去，给正在注射的药物增加了剂量。”

“加了多少？是怎么做到的？”梅一辰问。

“一克氯化钾就足够了。注射器上不是有个给药的孔吗？从那里加进去就可以了。”鲁橹说。

“这一克氯化钾是从哪儿来的？”

“对一个医生来说，这再简单不过了。每次陈恳来，我都有这个愿望，这次终于实现了。”

“哦?”莫高和梅一辰对视了一下。搂草打兔子——意外的收获。

六

“你有什么感觉?”在回去的路上，莫高想听听梅一辰的意见。

“听说顶级的爱情，是爱上陌生人，并愿意为之死。我算是信了，世界上真有这样的爱情。”梅一辰看着快速掠过前挡风玻璃的梧桐树叶投下的光影感叹道。

她知道师傅问的是什么，但她仍然想这样回答。

感谢老天，家人的拖延让陈悬的尸首还在！再次尸检，陈悬的“全血钾”为九十四毫克当量，比正常人高出四十到五十毫克当量。人体血清中钾的正常浓度是三点五到五毫摩尔每升，如果超过五毫摩尔每升的话，心电图就会有变化。达到十四到十六毫摩尔每升时，可导致心脏停止跳动。法医和鲁橹说的一样，导致这个结果的，可以是滴注的速度，也可以是药物的浓度。

滴注的速度已经是“过去式”了，无法还原。而药物的浓度，在药瓶被刘凉摔碎后，亦无从知晓。

偏偏刘凉滑倒了，偏偏药瓶摔碎了……梅一辰的面前摆着案发当日给叶莉雅、鲁橹、刘凉他们三个人做的笔录。

突然，她的目光停在了一段话上：“门打开后，室内有很浓烈的臭味。我走到病床前，试了试陈悬的鼻息，然后翻开他的眼皮，发现他已经没有了呼吸，瞳孔也放大了……”

刘凉怎么会直接去试陈悬的鼻息？除非他这个时候已经知道他需要试鼻息了！也就是说……对！

莫高和梅一辰来到了已经更名为“圣刘诊所”的鲁和刘诊所。此时，刘凉正在给几个预约的病人看病。

他们安静地坐在接待大厅里，等刘凉将预约的病人全部看完，再开门见山地请他重新讲述他太太的前夫陈恳死去的那天晚上六点到八点之间，他本人都做过哪些事。

这个时候的刘凉，不知是因为生活太过放纵，还是因为心情太过放松，无论是神情还是身材，都已经开始显出中年的颓态了。

“不是已经讲过了吗？”听到梅一辰和莫高的问话，他低头审视着自己的手指，反问了一句。

“我们需要您再讲一遍，确认一下是不是有漏掉的地方。”

“好吧。你们有时间听，鄙人很荣幸。你们都看到了，我的诊室和我太太的护士室，还有鲁医生的诊室，这三个房间呈‘品’字形。我说过，我当时在往电脑里输入病人的资料。门开着，我看到陈恳进入了护士室，也听到了一些声音。后来发生了什么，我没在意。过了一会儿，护士室的门关上了。我们诊所，除了卫生间和更衣室，门一般都是虚掩着的。我有点儿奇怪，就去敲了敲护士室的门。过了很长时间，门才被打开。后来，我发现陈恳死了。再后来，我们就报警了。”

“没有别的了？”莫高问。

“没有。”刘凉回答。

一时间，房间里一片寂静。刘凉很自恋地把目光停留在了自己那修长的手指上。

莫高眯缝着眼睛，吸着烟。梅一辰在踱步，房间里只能听到她的脚步声。

梅一辰再次来到刘凉身边时，把手搭在椅背上，看着刘凉的后脑勺说：“我再问一个问题：陈恳是怎么知道叶莉雅在鲁和刘诊所的？”

“我真是无语了。那是陈恳的事情，怎么来问我？”刘凉转过身来看着她，一副无辜的样子。

梅一辰看了莫高一眼。

是的，谎话所提供的信息并不比真话少。他说谎，就证明他有东西需要掩饰。

莫高领会了梅一辰的意图，接着说道：“但我听说，您在陈恳首次来纠缠叶莉雅之前，去过他父母住的地方。您的长相和衣着都太引人注目了，被一个邻居记住了。这位邻居在我提供的一组照片中，一下子就选出了您的照片。”

“有趣！就算是真的，我去找他做什么呢？”刘凉的嘴角勉强露出了一丝笑意。

“这就得问您自己了。总之，您是乐意看到叶莉雅被陈恳纠缠的吧！”

“笑话！诊所是我自己的，病人都是高端客户，我会希望一个吸毒的瘾君子来我的诊所捣乱吗？”

“错了。那个时候，诊所还不全是您自己的。我们的下一个问题就是，鲁和刘诊所为什么变成了圣刘诊所？”

“这个……两位的身份是警察。恕我直言，两位是不是管得有点儿宽？”刘凉皱着他那漂亮的眉毛说。

“不愿意回答，是吗？是我来替您回答呢，还是换个地方让您回答？”梅一辰话里有话。

“可笑！证据呢？”刘凉的鬓角已经渗出了汗珠。

莫高和梅一辰相视一笑。是的，有一位名侦探的格言是：当一个人请你拿出证据时，就意味着他已经承认了你对他的指控。

给陈恳注射的药剂里，除了鲁橹加进去的一克氯化钾，还有一克氯化钾，是刘凉加进去的。他在叶莉雅去公共卫生间的那个时段进入护士室，用与鲁橹相同的方法添加了氯化钾。

其实，他冒了很大的风险，因为他想讹诈鲁橹。诊所这棵摇钱树实在是太可爱了，他要独占。他需要花很多的钱，因为那些集天使与魔鬼于一身的女人，就像无底的深渊，让他陷进去就无法自拔。

他得赌一把，但是他并不知道鲁橹在他之前就加了药。陈恳死了，他以为鲁橹会认为是叶莉雅下的手。尽管原因不明，但是他能感觉到鲁橹对叶莉雅的感情非同一般。鲁橹一定肯为这件事作出让步，运气好的话，刘凉会得到巨额的金钱。即使没赌成功，也没有人会怀疑到他头上。那一刻，叶莉雅去了公共卫生间，鲁橹在隔壁。他作为合伙人，顶多承担赔偿责任。要打狗，几个肉包子是要舍得的。

最后，鲁橹甘愿净身离开诊所，提出的条件倒是有点儿出乎他的意料：请他娶钟情于他的叶莉雅，并承诺要对她好。并且，永远不让叶莉雅知道这一切。

这太容易做到了！保守一个秘密，又死不了人。娶她，不爱又怎样？有多少人结婚是因为爱情而不是因为利益呢？况且，叶莉雅是个经验丰富的护士，开诊所用得上——免费的人工。她下巴上的那道美人沟是旺夫的！陈恳败了，是因为他没有这个福分，反而遭了殃。他刘某人不会，诊所姓刘才是王道！承诺？就让它留在风中吧！

正如鲁橹所言，在树上，莫高和梅一辰找到了他们想要的鱼。可是，这条鱼让他们十分纠结。

鲁橹和刘凉都有杀死陈恳的动机。鲁橹杀死陈恳，是为了从苦海中将叶莉雅拯救出来。刘凉杀死陈恳，是为了独占诊所。他们都实施了杀人行为，而且都瞒着叶莉雅……

且慢！最初，针是叶莉雅扎的。她作为一名从业近十年的护士，会不会在一瞬间让药物快速注入陈悬的身体，然后又调回正常速度呢？她要置陈悬于死地，有充分的理由……究竟是谁的行为和陈悬之死有因果关系呢？

三个人中，谁动手的时间晚，谁就有可能杀的是一个已经死了的人。但是，动手的时间越晚，就越是怀有恶意。叶莉雅不堪陈悬之扰，有被动抵抗的嫌疑。鲁橹出于怜悯和盲目的爱情，显得十分主动。刘凉为的是得到更多的金钱……当然，只要存在主观故意，哪怕杀的是已经死去的人，也必须负刑事责任。

即使三个人都是故意的，也是互相隐瞒的，不构成“共同的故意”。目前掌握的证据，根本无法形成完美的证据链条，锁定他们三个中的任何一个人。

头一次，莫高和梅一辰不知道是该兴奋还是该懊丧，是该坚持调查下去还是该放弃。

华丽的热带鱼缸

一

做侦探，总能在意想不到的地方，和人生最强烈、最极端的痛苦相遇。

当探长莫高在离这座城市不远的海滩上看到一大一小两具尸体时，这种“相遇”再次来临了。

做侦探多年，该藏的都藏起来了。在莫高的身上，已经没有了惯常的敏锐之气，甚至看上去有些颓废。他常穿一件藏蓝色的风衣，但是很少束紧腰带。一次，在抓捕时，他从天桥上跳下来，扑倒了嫌疑人，左腿受了伤。他的腿一直没有复原，行走时稍微有一点儿瘸，但是不易被察觉。不过，正是这个“缺陷”，使他显得格外持重和刚毅。再配上手杖和那件邋遢的风衣，又使他身上多了一些沧桑。

他的助手梅一辰，刚入行时喜欢穿长裙和带“木耳边”的棉布衬衣，搭配浅口的皮鞋。莫高给了她几次冷眼之后，长裙和“木耳边”的衬衣依旧穿着，只是将鞋子换成了“ECCO”牌的。这样，需要奔跑或者遇到难以行走的道路时，她就不会再遭冷眼了。

当然，不再遭冷眼了，还有更重要的原因，那就是她懂得了，要和他一样，对所遇见的人生痛苦保持尊重。她要和他一起找到痛苦的原因，尽可能地去抚慰伤痛。

莫高和梅一辰赶到现场的时候，月亮刚刚升起。

月光映在海面上，仿佛搭出了一个巨大的闪着银光的 T 台。T 台的始端是月亮做成的背景门，末端是沙滩。始端的背景门里面，桂枝掩映。耳边响起了叮当作响的斧凿声，却始终不见表演者出现。在末端的沙滩上，一具赤裸的女尸搁浅了。在女尸旁边，有一具极小的尸体。一大一小两具尸体之间，连着脐带。女尸的大半边脸已经没有了，只剩下微微上翘的下巴，是鱼类噬咬的结果。胎儿依旧蜷缩着，两腿之间的小鸡鸡缩成纽扣那么大，就像在母体中一样。两具尸体上面的血污已经被海水冲刷干净了，在月光下泛着象牙色的光泽，只有连接他们母子的脐带是黑紫色的。

海水拍打着岩石，渐渐地涨上来了。海风送来浓烈的咸腥味……无数个吸附在岩石上的锥形贝类探出触须，迎接着溅起的浪花。

一边是死亡，一边是蓬勃的生机。梅一辰默默地转过身来，从包里拿出白色的床单，铺在了沙滩上。

梅一辰、莫高和刚刚忙完的法医，准备一起将这两具尸体抬走。法医抬着尸体的头，莫高抬着尸体的脚，梅一辰则捧着那个胎儿。三个人小心翼翼地将两具尸体移到白色床单上，特意将胎儿放在母亲的臂弯里，让他们母子俩贴在一起。

法医说，胎儿已经快要足月了，系被动出生，是被已经死亡的母体内部产生的气体挤出来的。法医还说，女尸的体表没有外伤，肺部有生前落水的特征，溺亡的时间不超过二十四小时。

没有任何能够证明其身份的东西。女子洁净的牙齿、精心修剪过的头发、细长的手指、小巧的脚踝等，都说明她不可能是海边的渔民或者其他体力劳动者，她生前的生活条件应该是比较优越的。

但是，在海边度假的游客中，并没有人报警，也没有人失踪，更没有单独行走的孕妇。

她是谁？

她和她那即将出生的孩子为什么会以这种让人匪夷所思的方式离世呢？

是自杀、失足落海，还是遭人谋害的呢？

二

过了很长时间，被害人的身份都没有确认。

根据女尸的下巴，技术人员画了一张画像，还原了这名女子的外貌。其实，这种还原风险很大，因为在人的五官中，眼睛是最易识别的。因为暂时找不到任何目击者，所以画像上眼睛这个最重要的元素只能靠想象了。数据库里没有查到被害人的 DNA，和她有血缘关系的人的 DNA 也没有查到。

莫高只好把网撒得更大一些，去核对失踪的人口，去医院查找与被害人条件相符的孕妇的资料。

像她这种经济状况的孕妇，一定会按时去做孕期检查。可是，调查的四千多名孕妇，全都顺利地把孩子生出来了，未见异常。在失踪者当中，与女尸情况相似的有一百三十个，其中的一百二十九个已经被否定了。

最后一个失踪者，她的丈夫坚决不同意提取自己的 DNA，理由是虽然妻子失踪了，但是他相信自己的妻子还在人间，自己的孩子也已经出世了，他们一家三口总有一天会团聚。这位失踪的妻子，没有兄弟姐妹，其父母在一次车祸中双双死亡了。所以，最后一个失踪者与女尸是否有关联，根本无法确定。

不过，调查的结果还是让烦闷了多日的梅一辰兴奋得跳了起来。

最后一个失踪者叫计春红，她的丈夫叫安少杰。她的婆婆和他们住在一起，一家三口住在被上海人称作“外国弄堂”的花园洋房里。安少杰的曾祖父做香水进口生意，这座花园洋房就是他建造的。当时，这座城市的上流社会女子使用的法国香水，有一半都是经他之手从外国进口的。安少杰待在家里，没有出去做事。计春红曾经给一个时尚杂志的专栏写文章，怀孕时已是高龄，一直在家保胎，不再外出工作了。

停好了车子，面前是一段马蹄形的弄堂。据说，这条用一块块小石头拼成的路和两侧的悬铃木都有近百年的历史了。这里的几十幢不同风格的欧式花园洋房，都出自大名鼎鼎的匈牙利建筑设计师邬达克之手。能住在这里的，七八十年前可能只是稳当、殷实的人家，而现在，皆非富即贵。

满树的手掌形叶子开始变黄了。阳光透过数不清的叶子，形成了极为丰富和华丽的层次。

莫高和梅一辰穿行在光影中。莫高用手杖敲击着路面，发出了清晰的笃笃声。

按了很久门铃，也没有人回应。两个人只好走进对面的一家开在花园洋房底层的咖啡屋，选了个靠窗的位置，坐了下来。这样，安家那年代久远的铸铁大门、爬满青藤的墙面和砖红色的屋顶尽收眼底。

因为是上午，所以没什么客人。他们谎称自己想在附近租房子开一家西餐馆，和咖啡店的老板聊了起来。

开咖啡店的，一般都会朝“老派”、“克勒”那个方向靠。可是，这位老板却相当时尚：格子衬衣、开襟线衫、细腿裤子，溜光水滑的发式，两只银色的耳环并排戴在一只耳朵上，说话时兰花指一翘一翘的。

他说："这一带基本上租不到房子。即使能租到，价钱也高得吓人。比如对面那家，一幢三层的房子，三百多平方米，只有婆婆、儿子和儿媳妇三个人住，也太奢侈了吧!"说完，他的眼神从对面的花园洋房移到了梅一辰和莫高的脸上，仿佛在征求他们的意见。

说的正是安家！莫高和梅一辰交换了一下眼色。

梅一辰问："老板，他们家的房子出租吗？"

"据我所知，有很多人来打听过，可是他们就是不出租。他们家解放前是做外国香水生意的，一家人都很洋派，连老太太都会开车。"

"哦，是有钱人家的派头！他家的儿媳妇，你见过吗？好看吗？嫁到这样的人家，真是好福气!"梅一辰很八卦地说。

"好福气？我看不见得。"老板也很八卦地对梅一辰说，"那个女孩子是'沪漂'，是外地人，给时尚杂志写专栏文章。有一次，她来我们这个街区采访，认识了安家的独子。安家的独子一下子就被她给吸引了。安家人说，他们家的儿子很单纯，不像这个外地女孩子那么有心计。她和安家的儿子好，是有所图。户口、房子、财产，还有家世……反正，他们不同意。就算结了婚，户口也不能进来，家产更是与她无关。其实，安公子是轻度智障，认死理儿。后来，两个人真的结婚了，租了一套小公寓。安家公子不出去做事，所以租房子要靠这个女孩子的稿费。老先生病重的时候，他们才允许这两个人回来住，条件是女方永远不和安公子离婚，并且至少给安家生一个孙子，否则无权继承安家的财产。"

"哦!"梅一辰说，"结果呢，生了吗？"

"不知是城府太深，还是真的很好，老先生死后不久，这个女孩子就和安家妈妈打得火热。哦，对了，前一阵子，她好像怀孕了。

我看见过她挺着大肚子在花园里散步，有时还浇浇花、剪剪枝什么的。不过，有一段时间没看见她了，该不是已经生了吧！”老板像是在自言自语。

“呵呵，他家的事，您倒挺清楚！”梅一辰对老板的话半信半疑，担心他是从杂志上看来的。

“我开这个店，安公子常来。美酒加咖啡，一杯又一杯！他没什么心眼儿，喝多了，话就多了。所以，我什么都知道。”老板像是看透了梅一辰的心思，接着说道。

“有门儿。”莫高和梅一辰交换了一下眼色。

梅一辰正要再问什么，突然发现一位戴着小小的褐色礼帽、穿着一身素色套装的老妇人，牵着一只小狗，站在咖啡店的窗外。那是一只白色的“雪纳瑞”，在拉便便。老妇人拿着卫生纸，耐心地等在一旁。

“喏，那位就是安家妈妈！”咖啡店的老板翘起兰花指，指点着说道。

梅一辰赶紧走出去，蹲下身子逗了逗那只脖子上挂着许多铜钱的小狗。接着，她仰头对老妇人说：“好可爱！好萌哦！老妈妈，小狗狗叫啥？”

这时，小狗已经拉完了便便，老妇人正在收拾。小狗一跳一跳地往梅一辰身上扑，像个“人来疯”。

老妇人淡淡地叫了一声：“安德鲁！”看样子，她并不想多言语。她站起身来，拉着狗绳，要过马路。谁知，小狗一步三回头，老妇人只好停下了脚步。

梅一辰趁机跟上去说：“安德鲁好可爱！”然后，她抬起头，装作不经意地问道：“老妈妈，向您打听个人！我有个朋友，名叫计春红。听说，她丈夫家住在这一带。您听说过这个女孩子吗？”

没想到，老妇人只顾着低头看狗，就像没听到她说话一样。“安德鲁，乖，听阿奶的话，回家！”她边说边牵着狗过马路。

谁知，她脚下一滑，险些摔倒。梅一辰连忙冲上去，扶住了她。一瞬间，老妇人那纤弱的身体靠在了梅一辰的怀里。

老妇人站直了之后，看了梅一辰一眼，依然没有说话，一颠一簸地向家门走去。小狗仿佛看出来了，主人不喜欢梅一辰。它朝梅一辰汪汪地叫了几声，小跑着跟了过去。

梅一辰大声说：“安家妈妈，您不愿意和陌生人多说话，这我理解！不过，下次过马路要当心点儿！您都这把年纪了，摔不起！”

听到这话，老妇人停下了脚步。

三

几分钟后，梅一辰坐在了安家紧邻花园的木制餐桌旁。此时，安家妈妈去厨房泡茶了。

梅一辰环顾了一下四周，一楼大体分成了两个空间：一边是餐厅，一边是客厅。客厅的一面墙上砌有壁炉，另一面墙上全是书架。餐桌旁的餐边柜上，立着一张安家妈妈和一个年轻女子的合影。那个年轻女子应该就是计春红！照片的背景是华丽的热带鱼缸，还有旁边的一个巨大的书架。年轻女子俯下身子，把手搭在安家妈妈的肩上，两个人就像一对情深意浓的母女。

这时，安家妈妈端着一个红木茶盘走了过来。盘子里有两个玻璃杯，杯子里是深红色的茶汤。

安家妈妈说：“天凉，喝点儿红茶吧。”

见梅一辰盯着那张照片看，她连忙说：“这是少杰拍的。对了，你叫什么名字？”

梅一辰装作没听清，大声说："春红嫁到你们家，真是好福气哦！她不在家，上班去了吗？"

听到这话，安家妈妈啜了一口茶，凄凉地笑了笑说："要真是上班去了，就好了。她失踪了，带着我那未曾见过天日的孙子……"

梅一辰装作听不懂，问："您的意思是，她怀着身孕离家出走了？"

安家妈妈垂着头，看着自己的手，叹了口气说："是啊！家门不幸，安家要断子绝孙了！"

"老妈妈，别急，我可以帮您。您能告诉我，她是因为什么走的吗？发生了什么事情？"梅一辰低头看着餐桌上的绣花桌布，避免与老妇人对视，怕给她带来压力。

老妇人没有直接回答梅一辰的问题，而是说："不必费心了。我知道，她是不会回来的。"

梅一辰说："老妈妈，别灰心。只要她还在人世，我一定会想办法找到她。"

老妇人没有抬头，也没有说话。

梅一辰又看了看餐边柜上的那张照片，对老妇人说："老妈妈，我能拿走一张她的照片吗？这样找起来方便些。"

老妇人说："不必了，谢谢。"

这个时候，小狗蹲在一把椅子上，看了看梅一辰，又看了看老妇人，仿佛能听懂她们之间的谈话。

老妇人伸过手去，慢慢地抚摩着小狗的耳朵和背部，用苍老凄惶的声音说道："还是安德鲁乖，听奶奶话，永远和奶奶在一起！"

老妇人的话让梅一辰鼻子发酸："老妈妈，我就不多打扰了，您多保重！若是需要我帮忙找她，就打电话给我。春红要是有了消息，麻烦您告诉我一声。"

走之前，梅一辰借口去卫生间，在卫生间的抽屉里翻出了一个剃须刀，又从洗衣篮里拣出了一条脏的男式内裤和两只散发着浓烈臭味的男袜。她把这些东西塞进随身携带的保鲜袋，然后按了一下水箱的按钮，才走出卫生间，向老妇人告辞。

谁知，这个时候，大门开了，进来了一个三十多岁的男人。这个男人身体健壮、面目清秀，应该是安少杰。他愣了一下，大概是没料到家里会有陌生人。

安家妈妈说："这是春红的朋友，路过这里，到家里来看看。"

"你是她的朋友？我怎么没见过你？你叫什么名字？"安少杰逼近梅一辰，连续问了三个问题。他显然是喝多了，满身的酒气。

梅一辰心里一阵打鼓，安少杰却不管她回答不回答，冲着她吼道："走，走！不要再跟我提计春红，我不认识她！这个世界上，从来都没有过这个女人……"他脚底下打滑，一个趔趄，双手正好搭在梅一辰的肩上。顿时，一股浓烈的酒气扑鼻而来。

梅一辰感到十分厌恶，要摆脱他。谁知，对方哇的一声，吐得梅一辰满身都是污渍。

没办法，梅一辰只好到卫生间去清洗。安家妈妈拿来一件外衣，说是计春红的，请她换上。

送她出来时，安家妈妈抱歉地说："春红走后，少杰一直在喝酒，借酒浇愁。"

梅一辰心中暗想："妻子带着身孕这样莫名其妙地走掉，谁都受不了。"

四

剃须刀、内裤和袜子上的 DNA 和呕吐物中的 DNA 是一致的，都是安少杰的，但都与胎儿无关。

几个月过去了，几千个人排查下来，最后一点儿希望就这样破灭了。

梅一辰一脸的沮丧，狠狠地抓起师傅的香烟盒，抖出一支烟来，噙在唇间。

莫高未作任何反应，给梅一辰把烟点上，自己也拿出一支，吸了起来。顿时，空气中充满了烟草的味道。

梅一辰说："亲爱的老大，我看，现在唯一能做的，就是等了。只有查清楚谁是胎儿的父亲，才能确定女子的身份。"

莫高闷头抽着烟，没有说话。

是啊，除此之外，还能做什么呢？

但是，DNA 库里一直没有与胎儿有关的数据。

一年后，有一天，系统突然报了警。有一名男子是胎儿生物学意义上的父亲，就住在本市，涉嫌酒后驾驶，是抽血化验时发现的。

"啊呀呀呀呀……"梅一辰大叫了起来，就差像京剧里的武生一样扬起马鞭跑马步了。

她和莫高连忙跑出去，先在外围进行调查。

这名男子是一家辞书出版社的编辑，有家室，育有一子，妻子是家大型国企的财会人员。他的工作和生活极为规律，邻居、朋友和同事均没有反映他与任何女子有染。而且，他有"惧内"这个多数上海男人都具有的优秀品质。

不会吧！没有和任何女子有染，那他的精子怎么跑到人家子宫里去了？

DNA 检验的结果，是不会含糊的。

会不会是他捐献过精子？捐献中心的答复是"没有"。那里全部是实名登记，管理非常严格，不会出错的。

莫非是这位辞书编辑的手段相当高，背地里拈花惹草，骗过了所有人？如果真是这样的话……他让某个女子怀孕之后，那个女子向他提出了某种要求。他会不会因为怕老婆，或者顾及名声，就杀人灭口了呢？

如果是，那么他就算不上一个真正的男人，真是个伪君子！

必须与这名男子见上一面！

有户籍资料里的标准照在手，两个人等在出版社外面的树荫下。

出版社所在的这条马路，可以说是这座城市里最有风韵的一条马路。这里闹中取静，两侧长满了悬铃木。沿途有著名的犹太西摩会堂，有1949年以前侨民聚居的太平花园，有宋氏三姐妹住过的宋家花园，有董建华家的董家老宅。就连出版社的这幢房子，据说也是香港的一个巨商的旧居，和安家的宅子一样，都出自匈牙利人邬达克之手。

两个人等在出版社对面的公交站牌下面，有一搭没一搭地扫视着那幢房子。

终于，那名男子出来了。他看起来眉目清朗、头发整洁，穿着笔挺的灰色西装，脚蹬锃亮的黑色皮鞋，拎了一个黑色的公文包。

莫高不慌不忙地拄着手杖，迎着这名男子走了过去。男子避开他，想从侧面过去。谁知，莫高挡在他面前说："先生，去喝一杯怎么样？"

这名男子有些诧异，上下打量了一下莫高，十分轻蔑地小声说："有毛病！"说完，他自顾自地夺路而去。

这时，梅一辰跟了上来："我觉得，这位先生的提议不错，还是去喝一杯吧。"

男子这才有些慌乱，说："可以。不过，我得知道你们是什么人。"

"好啊！"莫高接过他的话茬儿，拉开自己风衣的前襟，露出了一个银色的盾牌。

于是，这名男子便不再言声了，跟着两个人走进了茶室。

询问进行得不太顺利，男子否认自己与妻子以外的女子有染。

梅一辰算过了，用发现女尸的时间减去胎儿足月的时间，便是他和女子发生性关系的时间。梅一辰提出了这个问题，男子依旧否认。

莫高愤怒地拍案而起："你没有？那你的精子怎么跑到人家子宫里去了？人家怎么会怀了你的孩子？你的孩子和他的母亲为什么会全都死掉了呢？"

这下，男子被镇住了，脸色一会儿发白，一会儿发红。

但是，他后面说的话，却让他们感到了绝望。

男子说："是的，我需要逃逸，需要幻觉，需要感受天地之间只有性爱时那种直接和坦荡。那些基于情感的性爱，太过复杂，让人透不过气来。生活如此沉闷、无聊……我编了二十年辞书，有用吗？没用。不说辞书了，还有多少人在看书？在单位，我是个没用的人。在家里，我也是个没用的人。我升不了官，发不了财。岳父、岳母的影射，老婆的指责……我总得有个发泄的地方吧！一条缺氧的鱼，是无法呼吸的，只好冒险将头露出水面，求得片刻的放松和愉悦。幸而有这个地方，让我能正常地活下去。"

男子加入的是一个"换妻俱乐部"。说是换妻，其实也不必真的带着自己的妻子去。俱乐部一个月活动一次，费用是一千元，包括晚餐、住宿和早餐。每次最多三十人，基本上男女各半，活动地点在郊区的一幢别墅里。

男子说，别墅提供面具，男的是"鹰"，女的是"蝴蝶"，自愿佩戴。避孕套也是一样，可以戴，也可以不戴。

那一天，他并不知道和他发生性关系的女子是谁，避孕套也是那个女子帮他戴上去的。

“谁也想不到，后来会发生这种不可思议的事情！”男子说。

“我靠，难道又一次走到绝路上了吗？”在刑警队混久了，梅一辰这样的女孩子居然也学会了粗口。

这时，莫高问这名男子：“那召集人呢？你们把钱付给谁？”

“在网上注册后，会有个账号。把钱打进那个账号，就能自动生成一个电子密码。到了那里，在门禁系统的键盘上按一下密码，门就会自动打开。密码一人一个，一次有效。我是前一天晚饭前到，第二天早饭后离开。”

“你去过几次？”

“大概……十次。”

五

废弃的别墅……主人入狱，妻儿在外国……神秘的经营者……网上注册，输入密码方可进入……鹰或蝶形面具……换妻俱乐部……这一切，听起来让人匪夷所思。

得去看看，才知道故事是真是假！

梅一辰用那名男子的账户进入了这个名为“为爱绽放”的网站。“为爱绽放？为欲望绽放吧！”梅一辰不屑地想。

经查证，网站的开设者居然是一个爱好网络游戏和编程的初中男生。他是别墅主人儿子的同学，羡慕别墅主人的儿子能随时上网打游戏，便偷配了别墅的钥匙。待同学和母亲一起出国了，同学的父亲入狱了，他便经常独自去别墅玩。在疯狂地打网络游戏之余，他难免会进入一些色情网站。于是，他编了一套电子门禁程序，网购了一些食材和酒水饮料，雇用了厨师和保洁工，为那些寻欢作乐的男男女女创造了一个不错的环境。

还好，小家伙把以前的数据都留着呢！他一共为三百二十二个人服务过。尽管莫高和梅一辰知道，所有的名字都是假的，但是他们相信，一定会找到一些有用的线索。

三百二十二个人，一百七十个男人和一百五十二个女人，都要一查到底！

IP 地址、电脑摄像头、银行的付款记录、别墅区的监控录像……总之，一切有可能留下痕迹的地方都要查。

禁锢了太久之后的决堤，荒唐而又真实！堂而皇之、振振有词，又极力掩饰！追求肉体的享受，又逃避诘问……“性”在马斯洛的“需要层次论”中出现过两次：一次是在最低层次的“生理需求”中，和食物、空气排在一起，也就是俗话说的“食色性也”；一次是在第三个层次的“爱的需求”中，和尊重、友谊排在一起，属于“形而上”的范畴。

在与调查对象进行接触的过程中，梅一辰一直在想这个“需要层次论”。这些人对性的需求，属于哪一种呢？

最难对付的和最没条件的，往往都留在最后。这一百五十二个女人也是一样！只剩下两个人的时候，莫高和梅一辰没辙了。

这笔交易是用手机上网完成的，这个号码没有被用来打电话或者发送短信。和其他用于实施犯罪的电话号码一样，这个号码是专号专用，与生活无关。而且，完成支付以后，这个号码便被注销了。在电信公司，只查到了一张已经挂失了的身份证。

最后，在移动营业厅的监控录像里，梅一辰找到了一个女人的身影，她在给这部手机充话费。

那个女人戴着口罩、帽子和手套，分辨不出长相。梅一辰看了好几遍录像，也没有找到线索。突然，她发现营业厅外有一只狗……

这是一只白色的“雪纳瑞”，好像有点儿眼熟。慢着！它好像是……对，和不久前在安家看到的那条狗的品种、毛色都十分相似。不会就是那只狗吧？很有可能！小狗脖子上拴着的铜钱隐约可见。那么，这位戴着口罩和帽子的女子是谁呢？是计春红，还是安家妈妈？梅一辰的心一阵狂跳，马上就要见分晓了！

她把这张有狗的图截下来，直接去了营业厅。

营业厅的工作人员说，狗是不能进营业厅的，他们要求带宠物的顾客将宠物留在外面。根据这只狗的位置来判断，它应该被拴在了栏杆上。但是，对照片上的这只狗，工作人员一点儿印象都没有。

她又去了一趟“外国弄堂”，坐在了那家咖啡屋的椅子上。“娘娘腔”老板拿着单子过来的时候，居然还记得她。他问她找到同学了没有，她说还没有。

这时，安家的门开了，安家妈妈带着小狗走了出来。那只小狗像极了照片上的狗！

老板翘着兰花指说：“这老太太，也是晚景凄凉，把小狗当孙子了。这只小狗也怪，只跟着老太太。别人要带它出去，它一律不要！”

为了证实自己的判断，梅一辰把照片给老板看了一下。

老板说：“就是对面那家的小狗！你看，它脖子上还挂着铜钱呢！有一次，逗这只小狗玩儿的时候，我仔细看过，是‘五帝钱’，顺治、康熙、乾隆等几个朝代的钱。讲究的人家会给孩子戴，避邪、长命，老太太却给小狗戴。”

安家妈妈？可能吗？但偏偏是她的儿媳妇失踪了，偏偏有一个与她儿媳妇身高、年龄相似的女子怀孕了，而且怀的是那一百七十个男人中的一个男人的孩子。她享受了两次服务？她为什么要把自己的脸包裹得那么严实？是不想被人发现吗？很显然，是这样的。不然，她的手机里没有任何通话记录和短信记录，怎么解释？还有，去了那种地方，是不能够拿到桌面上说的。老妇人五十九岁，丈夫去世了，有可能有这样的需求——人生最后的春天。但是，实际情况是，她的儿媳妇怀孕了。她怎么可能让儿媳妇去接受这种服务呢？是她的儿媳妇盗取了她的密码吗？

梅一辰觉得自己越来越糊涂了。

“一辰，我突然想到了一件事情。在此之前，因为胎儿与安少杰无关，所以我们断定女尸不是安少杰的妻子计春红，这显然是有问题的。依我看，咱们还是先确认一下死者到底是不是计春红吧。”说着，莫高朝衣帽架上挂着的一件外套努了努嘴。

“呵呵！”梅一辰会意地干笑了两声。

莫高说：“别不好意思，我不是也刚刚想到嘛！”

是啊，怎么就没想到呢？那件外套是梅一辰去安家那次，安家妈妈拿给她的，是计春红的衣服。衣服上应该会有她留下的痕迹，比如皮屑、汗迹、毛发，等等。幸运的话，还有可能找到她的体液。凭着这些，完全能够确认女尸是不是计春红。

果然，技术人员经过查找、还原和对比，得出了结论：那具女尸正是计春红。

六

于是，他们又去了一趟位于“外国弄堂”的安家。

“你不是计春红的朋友吗？”待她说明来意，安家妈妈有点儿吃惊地问她。

“对，侦探是所有受害者的朋友。我们有义务帮助受害者，替他们寻找真相。”莫高大声替梅一辰回答道。

安家妈妈没有出声。

梅一辰打开随身携带的笔记本电脑，翻到“为爱绽放”的页面，问她：“您熟悉这个吗？”

安家妈妈的脸一下子就像刷了糨糊一样白，表情完全僵住了。

“是我。”听得出，安家妈妈说话时，舌头很僵硬，“我是为了能向安家的祖上有个交代……儿子结婚多年了，一直没有孩子。去检查过，问题出在儿子身上。一直在治疗，却一直没有改善。医生对我说，希望极其渺茫。我突然想起来，有一次去旅游时，导游介绍说，当地有个习俗，可以补救……庙会期间，婆婆带着儿媳妇到某个特定的地点与人‘野合’。只一次，由婆婆监督，男女双方都不露脸。日后，双方就没有任何瓜葛了。我私下里打听过，这种习俗真正实施起来，还是比较困难的。没办法，我只好求助于无所不能的网络了。我在一个非常隐秘的角落里发现了一个名叫‘为爱绽放’的网站，便挖空心思买了两个密码。其中一个密码由我来使用，只是去看看，观察一下。我找到了一个年轻男人，身体健康，学历也高，相貌与少杰有几分相似——这些都是必须的。春红不肯，她说她不是生育的工具。我说：‘你要是爱少杰，爱这个家，就应该去。再说，少杰父亲的遗嘱，你也得考虑一下吧。’第二个月，春红有了身孕，少杰的脸色也好了起来。他很实在，认为治疗有了效果。可是，我却十分不安。我不知道自己在做什么，是好事，还是坏事。春红一直不肯去做产前检查，说生育是最自然的事情，产检不过是杞人忧天。我知道，这只不过是个借口。她是在逃避，因为产检时，有很多项目需要夫妻双方的数据。我思考了一下，最后同意了。少杰当然不清楚这些内情，但是他知道春红是个特立独行的女子，总是坚持自己的意见，也就同意了。”

听到这里，梅一辰心想：“怪不得，四千多个孕妇……硬是没排查出来。原来，她根本就没去过医院。”

安家妈妈接着说：“预产期快到了，我告诉她，如果她不愿意去医院生产，可以到海边去借一幢别墅，到那里去生产。我学过接生……谁知，住进海边的别墅以后，就在9月23日那天，她晚饭后出去散步，就再也没有回来。”

“你们住进海边别墅的时候，您儿子在哪里？9月23日那天，他在哪里？”莫高问。

“他开车把我们送去，安顿好了之后，便回市区了。那天，他一直在家上网。”安家妈妈说。

梅一辰回过身来，用询问的目光看着莫高。

莫高示意她看一看那张照片，就是梅一辰第一次来安家时看到的那张安家妈妈和计春红的合影。

七

从安家出来，莫高问梅一辰：“有什么感觉？”

梅一辰说：“老太太说的不全是真话。”

“根据呢？”莫高问。

“人是有气场的。别人喜欢你，你能感觉到。别人不喜欢你，你同样能感觉到。一个人在说话的时候，也是有气场的。说真话和说假话的时候，气场是不一样的。”梅一辰说。

“气场？我们需要的是证据。咱们得去看看她说的那幢海边别墅，还得去调查一下安少杰的行踪。那张照片……你有什么想法？”

梅一辰说：“上面不就是两个人嘛！亲如母女的两个人！”

“还有呢？”莫高问。

“还有什么呢？”梅一辰反问道。

“照片是在什么环境下拍的、背景都有哪些元素，你观察过没有?”莫高说话时强调了一下“观察”两个字。

“观察?”梅一辰思忖着。

往往疏忽的地方正是玄妙之处!

突然，梅一辰眼前一亮：“对，书架、鱼缸……那个华丽的鱼缸没有了。可是，鱼缸怎么会没有了呢?”

“还有呢?”莫高追问道，“鱼缸里的鱼，注意到了没有?”

“鱼缸里的鱼?那些比成人手掌略大的背部深绿、腹部鲜红的鱼?您是说……”梅一辰有点儿疑惑地看着师傅。

两个人赶紧去了停尸房，拍了一张计春红头部的特写，送给了海洋大学的鱼类专家。

专家给了他们肯定的答案。

八

他们再次来到安家的时候，安家母子都在。

敲门的时候，安家妈妈听出是他们，便请他们稍等。

梅一辰怕出意外，准备破门而入，莫高用眼神制止了她。十几分钟后，门开了。安家妈妈和安少杰站在门里，衣着讲究，举止镇定。安家妈妈镇定且凛然，安少杰则镇定中透着不安和茫然。

“看来，你们已经找到答案了。恭喜!”说话的是安少杰。

安家妈妈用眼神制止了安少杰，转过身来对莫高师徒说：“非常抱歉，上次我没有把话说完。现在，请给我机会……你们有所不知，她越到临产，我就越焦虑。只要她平安地把孩子生下来，安家便有后了。可是，有一天，春红告诉我，她受不了了。她爱少杰，不愿意欺骗他。她说她要把真相告诉少杰，因为少杰有权知道真相。我说，无论如何都不能告诉少杰。有时候，只有说谎，才能更好地活着。每当少杰外出，我和春红就开始争吵。少杰回来以后，我们便假装和解。天天如此，我们相互折磨、相互指责。她说，我是始作俑者，我是在逼良为娼。我说，此事古已有之，只不过是变通了一下。她说，她在世间孑然一身，别无亲人，希望留下自己的孩子。我说，她是贪恋安家媳妇的名分以及安家的钱财……我和她都知道，这些指责、折磨和攻讦，是在求证和追问这件荒唐事的答案和走向。同为安家之妇，我和她都不知道答案是什么，事情会往哪个方向发展。但是，我知道，事情总有一天会暴露。到那时，我的颜面将荡然无存，安家的颜面也将荡然无存。指责、折磨和攻讦，让我们身心疲惫，让我们彼此怨恨，几乎到了崩溃的边缘。我知道，如果我消失了，便只有她一个人知道真相；如果她在生完孩子后消失了，便只有我一个人知道真相。这样，对她和我来说，都是最安全的选择。也就是说，我和她不能共存。于是，我带她去了海边。我犹豫过很多次，不知是该让她留下，还是该让我留下。事到临头，我还是想活下去。我顾念少杰，因为他老实，所以我不在了以后，这么大的家业一定会落到外姓人手里。于是，我把她留在了那里。”

“对不起，安家妈妈，您的故事还是有破绽。您应该再等几天，让计春红把孩子生下来，再带她去海边。用您的话说，就是把她留在海边。毕竟，这个婴儿在名义上是安家的后人。”梅一辰说。

“局势已经无法控制了。她有时歇斯底里，有时抑郁，寻死觅活。我终于明白了，如果上天没有给安家安排子孙，那么我再努力也不会有结果。人是胜不了天的！”

“谢谢您的陈述！不过，我们还有一个问题。请问，你们家那个养着食人鲳的大鱼缸到哪里去了？”莫高假装漫不经心地用手杖敲击着原来放鱼缸的那个地方。

令人窒息的沉默过后，安家妈妈那苍老的声音和安少杰那疲惫的声音同时响了起来："是我。"

接下来，两个人就被分开询问了。

安家妈妈称，她是趁着计春红昏睡时，把她的头浸在鱼缸里，令她窒息死亡的。于是，她的大半边脸被食人鲳吃掉了。然后，安家妈妈把她拖到汽车后座上，送到了海滩上。这样，她的肺部就有了生前落水的特征。她的脸没有了，腹中的胎儿亦与安家无牵连，就很难确认她的身份了。这一切都与安少杰无关。

安少杰陈述的过程与安家妈妈完全一样，只是把主语变成了他自己，把动机变成了不能容忍妻子的背叛。他说话的时候有些结巴，像小学生在背书。说完之后，他赶紧强调，这一切都与他母亲无关。

莫高与梅一辰无语地对视了片刻，刚准备将两个人带回去继续调查，安家的那只名叫"安德鲁"的小狗就出来了。它无辜地看着房间里的四个人，脖子上的"五帝钱"叮当作响，嘴巴里衔着一整根鱼骨——食人鲳的骨架。

莫高和梅一辰在鱼类专家的实验室里看到过这种鱼。

连冠家的另一个女孩儿

一

失踪了二十年的连冠终于现身了。

他没有走远，一直在后院的那棵枇杷树下。不过，他此刻已经变成了一堆白骨。

背对着夕阳，探长莫高和探员梅一辰顺着墙的豁口走了进来。那棵树和树下的坑，以及坑里的白骨，被警戒线围着，外面是看热闹的人群。

这里是上海郊区的一个古镇，曾经的海盐集散地。几百年前就鳞次栉比地立在那里的歌楼酒肆，依然能够让人联想到当年商贾云集的盛况。近些年来，如果不去看外环线上那永远望不到头尾的“集卡”巨阵，只看眼前的白墙黑瓦和小桥流水……日子就像家家户户打开后门就看得见的河水那样，不声不响地流过，仿佛从来都是这样，也一直会这样。可是，新近规划的地铁线路要从这里经过。而且，据说这古镇是某个大人物的家乡，规划部门决定在这里设一个站点。于是，这个地方的人们便骚动了起来。地价、房价雨后春笋般地涨了起来，家家户户都在房前屋后搭起了农宅。房产证肯定是办不了的，只能悄悄地建，先来个既成事实。等地铁一通，到外滩的南京路也就半个小时或四十分钟的时间。租出去的话，进来的可是白花花的银子。

白骨就是在这种情况下被挖掘出来的。

连冠失踪后，他的两个女儿把房子卖给了镇上的一户人家。据说，这户人家那个“老的”早就想多建几间房子了，可“小的”却一直反对。这一次，“小的”去北京马甸淘邮票，“老的”便立刻叫了工人进场，却在打地基的时候发现了异样。

这个地方海拔低，半人深的坑里，已经泛出水来，映出了天上的彩霞。法医套着胶鞋，站在坑底，扬起脸对莫高和梅一辰说：“可以肯定，这是一具男性的遗骨。目前还无法判断年龄、死因，以及死亡的时间。除了右小腿有六个已经锈蚀的医用钢钉以外，未见其他伤痕。”

人群中，有一个老太太，脸庞、身材，包括两只手都是宽宽的。她刚刚还在急急地阻止看热闹的人们，不让他们扯着树枝去够上面的枇杷，一听见法医的话，便插嘴说：“小腿上有钢钉，肯定是这房子原来的主人连冠。喏，这枇杷树还是他当年栽的呢！有一年，他沿着小码头的台阶往下走时，脚下的一块石头掉到了河里。他一个趔趄，摔倒在台阶上，腿一下子就骨折了。幸亏只是骨折，否则，河水正在上涨，他又不会游泳，肯定就没命了。当时，他腿上的白骨头茬子从肉里冒了出来。血顺着石头缝流到河里，像诸葛亮的八卦阵图一样。眼看着人都叫不应了，我就叫儿子开着他们邮局的车把他送到医院去了。他的两个女儿，大的叫见贤，二的叫思齐。尤其是那个老二，野得不得了，自己的老爸，管都不管。叫她输血，她跑得连人影都没有了。还是那个老大孝顺，抹着泪，乖乖地坐在那里输血。唉，只恨我这房子，从此背上了‘凶宅’的恶名……”

在现场维持秩序的派出所民警悄悄地告诉莫高，这个老太太就是现在的房主。原来的房主连冠是本地人，在县运输公司开车，又矮又壮，娶了个如花似玉的外地老婆。他老婆在镇中学当老师，生老二的时候死了。连冠没有再娶，带着两个女儿过日子，喝醉了开车，被公司开除了。没过多久，他就失踪了。

近赌远嫖，近埋远抛。老一辈侦查员总结出来的经验，不会错。

不过，埋得可真够近的啊，直接埋在了自家后院！梅一辰看了一眼莫高，莫高会意地点了点头。

莫高知道，这个地方的人相信枇杷树能给人带来福气。尤其是枇杷籽里的那一堆种子，预示着多子多福。可是，当年种下枇杷树的这个人，却被埋在了枇杷树下。抬眼望去，树上够不到的地方还幸存着一些成熟的枇杷。一只猫优雅地立在枇杷树后面的白色山墙上，好奇地看着墙里面的人群。

莫高暗想，新近规划的地铁线路、租房需求的增长、建造房屋，这些因素叠加在一起，让这堆白骨等了二十年，才终于有了昭雪的机会。

不过，要想最终确定这堆白骨是不是连冠的，还得采集他女儿的 DNA。

二

连思齐提前几分钟走进了讯问室，身上散发着浓烈的香水味，一双眼睛看上去相当犀利。她的头发有些凌乱，但是显然精心打理过。她挎着一只大牌的贝壳包，身上的衣服也相当大牌。只是，她的左耳看上去有点儿奇怪，像是从中间断开了，用一只镶嵌着珍珠的耳钉连在一起，很容易让人联想到从前的锔碗技术。

“姓名？”

“连思齐。”

“年龄?”

“三十四岁。”

“婚姻状况?”

“已婚。”

“职业?”

“这个也要问?”

“对。职业?”

“私营业主。”

“你和连冠是什么关系?”

“你们既然叫我来，就肯定知道是什么关系。这个还需要我回答吗?”

“需要。”

“我是他的二女儿。”

“他是什么时候失踪的?”

“在我十四岁的时候。”

“他是怎么失踪的?”

“这个得问你们了，我也想知道。”

……

连思齐的笔录已经做完了，血样也采集完了，那个当姐姐的还没到。

通知的时候，梅一辰先打的是连见贤的手机，但是已经欠费停机了。他只好给妹妹连思齐打电话，叫她通知一下她姐姐。连思齐说，她把电话打给了她姐夫，让她姐夫叫她姐姐来接了电话。她也不知道，她姐姐为什么还没有来。

梅一辰送连思齐离开办公区域的时候，隔着玻璃看见一个大妈模样的女人在电梯间东张西望。看见她们过来，这个女人连忙奔向了连思齐。

梅一辰猜想，这个女人应该就是连见贤。她和她妹妹长得很像，但是身材矮小、肌肉松弛，头发已经花白了，还缺了一颗门牙，穿着一件男式的中学校服。她这个样子，说是连思齐的妈也不为过。走近了，就能闻到从她身上散发出来的一股酸味，应该是有一段时间没洗澡了。

果然，连思齐像正处于叛逆期的孩子一样，大声对她说："都这个时候了，你还来干什么？就不会早点儿出门？"

连见贤显然有点儿耳背，没有听清楚妹妹说的话。但是，她从妹妹的表情里看出了不满。于是，她像认错的小学生一样，一声不吭地站在一旁。

连思齐还是不依不饶，继续训斥着她。

姐姐只好说："不是四点吗？"

连思齐又大声说："是十四点！谁说四点了？"

一对亲姐妹，区别也太大了吧！

三

资料显示，连冠身高一米六五，体重一百六十斤。毒物反应实验表明，中毒身亡的可能性可以排除。假设凶手是见贤和思齐这对姐妹，她们当时一个十八岁，一个十四岁，要想弄倒这么重的一个人，确实不太容易。如果凶手不是她们，那么在这家的后院埋一个人，要想不惊动她们，也不太容易……

莫高和梅一辰想起了那个快言快语的现任房主，决定上门了解一下情况。

他们已经问过了，老太太寡居多年，做过镇中学的教导主任。她退休以后也不闲着，热心去做各种事情。

到了老太太家，他们看见一个中年男子背对着大门坐着。听到脚步声，中年男子转过身来，左眼上卡着一个修表匠专用的放大镜。听说来人是警察，要找老太太，这名男子说，学校有事，把他母亲叫去了。

中年男子说话的时候，手上的动作并没有停下来。

梅一辰好奇地走过去，发现他面前的盘子里泡着一些邮票，邮票的背面粘着一些纸。中年男子用白皙的手指捏着镊子，正等着这些纸剥落。

“你这是在……集邮？”

“瞎弄！”

“不好意思，打扰你一下，我们想了解一下连冠家的情况。”

“连冠？不太熟。我只知道，我家买了他家的房子。”

“听说，你母亲一直想多建几间房子，你一直反对……”

“人老了，爱钱、怕死、没瞌睡。她也不想想，私建的房屋迟早都得拆。人很辛苦，钞票也用掉了，何苦呢！”

“听你母亲说，连冠的腿骨折的时候，是你送他去的医院。”

“哦，有这事。顺便的，不值一提。”

“请你介绍一下当时的情况，他是怎么骨折的？”

“我去的时候，他已经骨折了。到底是怎么骨折的，我也不知道。”

“你在邮局工作？”

“对，我是邮递员。”男人答道。

他说话的时候，那个奇怪的放大镜一直戴在他的左眼上。说完这句话，那个男人连忙转过头去，看了看漂在水里的那些邮票。然后，他头也没抬就说了一句："我在忙，恕不奉陪!"

梅一辰耸了耸肩，和莫高一起向外面走去。墙头上有一只猫，喵喵地朝他们叫着。梅一辰从口袋里摸出一袋鱼片，撕开了包装。猫立即蹿了过来，竖起了尾巴。

他们刚刚坐进车子，法医的电话就打进来了："经过DNA鉴定，连思齐和死者的基因位点不对。"

"什么情况？怎么可能？"梅一辰对着电话叫道。

法医的声调没有变："怎么不可能？DNA鉴定，我说了算，还是你说了算？"

"都不算！嘿嘿，你的机器说了算！不过，你确定没有搞错样本？"梅一辰说。

"拜托，姐姐！搞错样本？这么大的锅，我可不背。"法医说。

梅一辰说："也就是说，死的这个人不是连冠？这也太乌龙了吧!"

一瞬间，她觉得自己一脚踩了个空，思维无比混乱。

坐在一旁的莫高也听出来了："怎么可能？"

回到队里，莫高把自己关在房间里，继续看那堆材料。他的目光停留在了父女三人的照片上。这是从系统里下载的三张标准照，父亲连冠的照片在左边，长女见贤的照片在中间，次女思齐的照片在右边。看久了，他有种感觉，连见贤鼻子以上和连冠很像，鼻子以下和连思齐很像。也就是说，在长相方面，连见贤搭起了连冠和连思齐之间的桥梁。

连冠的妻子长什么样？莫高打开系统，从"历史库"里调出了这个女人的照片。他把照片放大了之后，细看了看，发现两个女儿鼻子以下的部位完全继承了这个女人的基因。简单粗暴地总结一下，可以说"连见贤的长相是连冠和这个女人长相之和除以二"。但是，连思齐鼻子以上的部分，尤其是那双眼睛，和她的母亲完全不同，也不同于她的姐姐和父亲。法医说，死者和连思齐的“基因位点不对”，说明他们没有生物学意义上的亲子关系。死者有可能不是连冠，但是还有一个可能，就是连思齐非连冠亲生。会不会是因为这个，DNA 才检测不出来？

想到这里，他隔着门大声喊道：“小梅同志，把酒拿来！”

梅一辰知道师傅的习性，只要捻着点儿自认为有价值的“线头儿”，就拿这个说事。于是，她故意怼他：“师傅，您这是发的什么疯？工作时间，请勿饮酒！说，怎么啦？遇到了什么事情，这么开心？”

“小梅，说真的，那天两姐妹来采集 DNA……讲一讲过程，怎么就只采了连思齐的？”莫高问她。

“那个当姐姐的来晚了。我送妹妹去电梯间，正好碰到姐姐上来。我看了一下手机，当时都四点多了，快四点半了。告诉您啊，这两姐妹根本就是两回事：一个高端、大气、上档次，另一个耳朵也聋了，牙齿也掉了……你猜，姐姐那天穿的是什么衣服？旧得不像样的中学男生校服！姐姐见了妹妹，像老鼠见了猫似的，奇葩吧？当时，她们争论了起来，我听了两句。思齐说，她通知的是十四点，可是她姐姐听成了四点。对了，师傅，我发现她们两个人耳朵都有问题：一个聋，一个用耳钉把豁开的耳朵锔在了一起。也挺奇葩的吧？”

梅一辰给连思齐打电话的时候，莫高就在边上，他听到她说的是两点。

连思齐肯定知道姐姐耳朵不好，有可能是故意把两点说成了十四点。想想看，除非是纸质的会议通知，日常交流中，谁会那么正式地把下午两点说成十四点？可以想象，她打电话时有可能故意把

"十"这个字说得很轻，甚至干脆就没有说这个字，反正她姐姐耳朵不好。这样，等她姐姐来的时候，采集和询问就都结束了。不过，发生这一切事情的前提是，她知道自己不是连冠的亲生女儿。那么，这具白骨就不会被认定为连冠的了。也就是说，她很有可能知道连冠之死的真相，却不愿意让真相大白于天下。

于是，他对梅一辰说："奇葩不奇葩，不要去管。马上叫连见贤过来一趟！不，你去一趟，直接采集！"

四

按照登记的那个门牌号，梅一辰费了好大劲儿才找到连见贤家。

敲开门，一股奇怪的味道散发了出来，害得梅一辰打了一个很响的喷嚏。

走到房间里，她发现这里有一条狭长的通道，只能过去一个人。屋里高高低低地堆着许多水果，有生涩的、成熟的、腐败的、发酵的……这些味道混合在一起，真的很不好闻，差点儿让她无法呼吸。

这房子确实是连见贤家的，现在租给了一个卖水果的福建人。福建人说："你们找房东？就住在这个小区，自行车棚那边。"

她走过去一看，连见贤家就住在自行车棚里边。在车棚的角落里，用废弃的钢板围出来一个隔间，勉强有个门。门里面这些家具，不管是颜色、款式，还是新旧程度，都完全不一样。低矮的饭桌旁，坐着一个男人和一个女孩儿。桌上有两个菜、一个汤，都是泛着黄绿色，不见荤腥。饭桌旁边的地上，放着一个被"烫歪了脖儿"的矿泉水瓶。角落里蹲着一个女人，从窗户透进来的阳光照在她身上。看侧影，应该是连见贤。她穿着一件十分破旧的男式校服，在筛东西。微尘扬起，有一种很不真实的感觉……

连见贤认出了梅一辰，连忙站了起来。

梅一辰笑着说："打扰了！大姐，能借一步说话吗？"

连见贤手足无措地向前走了几步，显然是没听清楚她在说什么。

梅一辰知道她耳背，便对着她的耳朵大声说："大姐，我们聊一会儿好吗？"

连见贤点了点头。她拉了拉衣襟，拍了拍身上，又是一阵扬尘。

梅一辰看了看屋内的陈设，除了那个小饭桌以外，没有能写字的地方。于是，她退了出去，在自行车的丛林中找了个稍微平一些的车座，把笔录纸放了上去。

在做笔录的过程中，男人和女孩儿都只看了看她，没有说话。

连见贤靠近了，身上依然散发着一股酸味。但是，大热的天，这个女人却在瑟瑟发抖。

梅一辰看出来了，她很紧张。于是，梅一辰便声音响亮地和她拉起了家常："大姐，刚刚在忙什么呢？"

连见贤说："没，没……只是把米和面用筛子隔开。"

"呃？"梅一辰听不太懂。

连见贤咬了咬嘴唇，说："那堆东西是从粮店的仓库里扫出来的。米和面混在一起，一块钱一堆。一堆有二三十斤，很合算的。用筛子隔一下，粒大的做饭，剩下的蒸馒头，一样好吃。杂粮，还健康……"

"大姐好会想办法啊！"梅一辰感叹道。

"没有办法，才去想办法。我们两个人下岗多年了……"连见贤说。

梅一辰听了这话，半天没言语，目光停留在了她身上那件男式校服上："你妹妹不帮你吗？"

"她也不容易。"连见贤嗫嚅着。

“她怎么不容易了？她少用一瓶香水、少买一个包，就够你们家吃一个月了。”梅一辰说。

“各有各的难处，自己的日子要自己过。”连见贤看着自己的脚。她脚上穿着一双补了好几层补丁的球鞋。可能是怕梅一辰看到她的鞋子，她低下头，局促地抠着指甲缝里的污垢。

“你妹妹家情况怎么样？”梅一辰问。

“她家？我们来往很少，只知道她离婚又结婚了。她现在的老公很不错，有钱，对她也很好。她有个儿子，是前夫的，跟我女儿差不多大。”

“她前夫是哪里人？他们是什么时候认识的？”

听到这个问题，连见贤身上的那股酸味似乎浓重了一些。她叹了一口气，说：“他本来是我的男朋友，我们在一个厂。妹妹小……父亲喜欢喝酒，喝完酒就拿我们两个人……撒气。所以，我尽量把妹妹带在身边。没想到……”

“有这种事？这是什么时候的事？”

“父亲失踪前后吧。”

“你父亲失踪的时候，你们几岁？你妹妹应该还小吧，就已经谈朋友了？”

“没有人规定谈朋友的最低年龄吧？”好像是为了维护妹妹，连见贤反问了一句。

梅一辰笑了笑，说：“抱歉，确实没有这个规定。大姐，算我多嘴，你的耳朵是天生就这样，还是后来这样的？”

连见贤沉默了一会儿，所答非所问地说：“耳朵背，不碍事。”

“那你妹妹的耳朵呢？她的耳朵是怎么回事？”梅一辰问道。

“懒惰？她一点儿也不懒，她很勤快。”连见贤说。

梅一辰只好放弃了这个问题，转而对她说：“大姐，你母亲去世时，你只有四岁，对吧？你还记得你父母之间的关系怎么样吗？”

“关帝？我们镇上有关帝庙，很大的。”连见贤说。

听到这话，梅一辰又一次无语了。谈话根本就没有办法进行下去！于是，她换了一个话题：“你父亲的死，你是怎么看待的呢？”

“他……人各有命，活到啥时候，老天爷早就定好了。”

“大姐，咱们今天不说什么命不命的，这一类问题太深奥。咱们只谈技术层面的问题，你看好吗？你认为，你父亲是怎么死的？”

“他，是报应……”

“呃，报应？他做了什么坏事？”梅一辰对此很感兴趣。

“肯定是上辈子做了坏事，报应到了这辈子。”连见贤回答道。

“那天到我们刑警队，你怎么来得那么晚？”梅一辰只好再次变换了话题。

“那天，嗯，我……我是走……走过去的。半路上，抬脚的时候，把鞋子甩了出去，被路过的车给碾了。找补鞋的，找了好久……”说罢，她的头低得更厉害了。

梅一辰心里一惊：“走过去？从她家到刑警队，有十三四公里的路，穿这双鞋？补鞋的钱，恐怕比公交车票钱还要多吧。”

五

莫高的判断是对的，连见贤和那具白骨存在生物学意义上的亲子关系。也就是说，白骨确实是连冠的，而连见贤和连思齐是同母异父的姐妹。

那么，有多少人知道这件事情呢？连思齐的生父是谁？他和连冠的死有没有关系？两姐妹的母亲——连冠的妻子是怎么死的呢？

派出所的资料显示，连冠的妻子死在医院里。她死的时候，连思齐还没满月。死因是“产褥热”，属于正常死亡。

目前，除了连家两姐妹，最有可能知情的人是姐姐的前男友，也就是妹妹的前夫。

在一家烟雾腾腾的赌场，他们找到了这个男人。

莫高知道梅一辰受不了烟味，便进去把这个人叫到了车上。他和这个人坐在后排，梅一辰坐在前排。

这个男人身材高大，长相也还可以，但是一副好皮囊被他给糟蹋了，整个人像被抽去了筋骨一样。本来应该很白的地方，比如眼白、牙齿，都泛着黄。可以想见，他跟烟和酒都很有“交情”。

见是警察找他，这个人眼里掠过了一丝惊慌。但是，一听说是要问前妻家的事情，这惊慌立刻就变成了玩世不恭。

“你们怎么才来呀？听说老头子的白骨被刨出来以后，我就等着你们来找我呢！”这个人坐在后排，往副驾驶座位上一趴，嚷着叫梅一辰把副驾驶座位往前拉一拉。把腿伸直以后，没等莫高师徒问话，他就径直说：“还好，有人收拾了这个老头子，要不然……”说完，他问莫高有没有香烟。

莫高说：“有女士在，忍忍吧。”

“好，忍忍就忍忍，我又不是没忍过！就拿这个老头子来说吧，我忍过他很长时间。当时，我想跟他学开车，可他一两个月都不让我摸方向盘，牛得不得了。什么事都得听他的，给他买酒，陪他喝酒……为了讨好他，我不嫌他家老大难看，跟她谈了朋友。你说奇怪不奇怪，为了和他家老大谈朋友，我兴冲冲地提着酒上门，可老头子却说，要等老二满十四岁才可以。反正我也不是真的喜欢老大，不谈就不谈！但是，老大总缠着我。送上门来的，岂有不要之理？我们两个人偷偷地看录像、压马路，被他知道了，拿了把刀在厂门口等着我，说我要是背着他和他女儿来往，就一刀劈了我。可是，谁叫他家女儿都不争气呢？两个人都喜欢坐我的车！一开始，老大、老二都坐。后来，那个老二，我开车出厂门的时候，十次有八次能在转弯的路口看见她。她留着像男孩子一样的寸头，穿着校服，但骨子里却很风骚。她一招手，我就停车。她费力地攀上来，坐在我旁边，摇头晃脑，开心得不得了。"

梅一辰提醒他："你提到老头子的时候，说要不然……要不然怎样？"

"要不然，我也不会去收拾那个老头子。那是犯法的，我犯不着。"这个人一翻眼皮，看了一眼梅一辰。

"他们父女之间的关系好吗？"梅一辰问。

"好不好，我只对你说一件事。见贤的耳朵是怎么聋的？是他打的！思齐的耳朵是怎么豁的？也是他打的！他们关系怎么样，你自己判断吧。"

这个人的小动作太多，刚刚翻过眼皮，现在又在晃脚，弄得整个车子都在晃。从犯罪心理学的角度看，这是心虚的表现。

"连思齐不是连冠亲生的，这个你知道吗？"梅一辰问。

"你们不说，我还真不知道。怪不得一个矬、一个妖，我怎么没往这上面想呢？"他继续晃着脚，车子也在继续晃。

"你觉得，连冠是怎么死的呢？"梅一辰问。

"我首先声明，我跟这件事情没有半毛钱关系。他们家的人一个比一个烂，老头子喝酒、打老婆，老婆死了打女儿。见贤是个木头人……不过也奇怪，这个木头人，跟我谈朋友时居然已经是二手货了。思齐是镇上出名的'小太妹'，也是个狠角色。她想干的事，就一定要干成。"

"比如呢？"梅一辰通过后视镜观察着这个人。

"我再次声明，她出去卖，跟我没有任何关系。我没有逼过她，是她自己要出去卖的。你刚才问什么来着？对，比如……事情多了去了。比如，她十四岁那年，想从她姐姐手上把我夺过去。她姐姐求也没有用，哭也没有用。比如，同样是出去卖，她能比别人卖得价钱高。比如，她想和我离婚……我知道，她无论如何都拿不出那么多钱。但是，为了为难她，我说出了一个天文数字。最后，她居然拿出来了。比如，她想嫁给一个成功的男人。不知为什么，最后她居然做到了……我看，那个男人就是一个傻瓜，居然把一个'卖货'当成了宝。她要是不听话，我就戳破她的西洋镜！"

"你当时问她要了多少钱？"梅一辰转过身来。

"这与她爸被杀的案子无关，所以我就不说了。"说完，这个人晃了晃脑袋，好像在说"你们能把我怎么样"。

"有没有关系，应该由我们来判断。警察的问题，请你正面回答。"莫高插话说。

"我告诉你们，你们会给我钱吗？陪你们说话，是会耽误我赚钱的！"这个人晃着脑袋说。

"赚钱？老兄，你好可爱呀，管赌博叫赚钱！你是欺负我们重案队不管赌博的案子，对吧？"莫高冷笑着说。

"欺负？我要是敢欺负你莫大探长，那我可就有出息了。不过，说真的，跟律师说话，是要花钱的。跟医生说话，也是要花钱的。因为，他们说的话对你来说是有用的。我说的话对你来说也是有用的，怎么不能问你要钱？"

"你要是能帮助我们破案，就肯定能得到奖励。"莫高说。

"让我好好想想……有什么地方能帮到你们。两位警官，我先走了，再会！"说着，他拉开车门就走了，把梅一辰和莫高晾在了那里。

六

回到队里，莫高翻开了连思齐的询问笔录。

前夫说，她是个狠角色，想干的事情，就必须干成。连冠失踪的时候，她只有十四岁。一个十四岁的女孩子，可以夺姐姐所爱，但是杀人这么大的事，她干得了吗？

对一个和刑法打交道的人来说，“十四”是个敏感的数字。不满十四周岁的时候犯罪，是可以不负刑事责任的。连冠失踪的时候，连思齐正好是十四岁。这些事情之间有什么必然联系吗？她为什么要去阻止公安机关采集她姐姐的生物样本……莫高又翻了翻当年的档案材料，发现连冠是在连思齐十四岁生日的前两天失踪的。这么巧？

那个买他们家房子的老太太做过中学的教导主任，对见贤和思齐两姐妹相当熟悉。上次寻访未遇，莫高和梅一辰决定再去一趟。

白墙黑瓦、小桥流水，由张爱玲的小说改编的电影在这里取过景。因此，这里渐渐地成了文学青年的“打卡地”。就连老太太家的小弄堂里，也渐渐地出现了不同口音的人。

莫高他们来到这里的时候，老太太怀里抱着一只猫，正在用生涩的汉语式英语给一个蓝眼睛、黄头发的小伙子指路。老太太穿着一件非常宽大的袍子，上面印着十分花哨的图案。见是两位警察，她热情地把他们迎进了家里。老太太放下猫，柔声说：“乖，奶奶家来客人了！听话，自己去玩儿！”

坐进老太太的书房才知道，里面铁皮文件柜、电话机、办公桌、老板椅，应有尽有，就差在门口挂个“教导主任”的牌子了。办公桌的外侧有两把简易的椅子，通常是留给下属汇报工作用的。

莫高和梅一辰相视一笑，拉出那两把简易的椅子，坐了下来。老太太给他们泡好茶之后，坐在了老板椅上。

“一个叫见贤，一个叫思齐，名字起得不错。你们根本就想象不出来，这两个孩子，从一个娘的肚子里出来，却完全不一样。姐姐见人就脸红，一句多余的话也没有。初中毕业后，她上了职高，十七八岁就进了厂子。妹妹呢，就是个‘小太妹’，脸上涂得乱七八糟，什么难看就穿什么。她逃学、在外面过夜，小小年纪就出去跟小流氓混。我一直说，女孩子在成长的过程中，不能没有母亲；男孩子在成长的过程中，不能没有父亲。我一辈子搞教育，看到的事例多得不能再多了。见贤、思齐她们两姐妹，不光是没有母亲，后来连父亲都没有了。喏，现在发现了，他被埋在了后院，害得我们一家陪他过了这么多年。不过，细想想，人死了，也就是一堆碳水化合物，没什么好怕的。凶宅不凶宅的，只是说说而已。”

“从前，您好像和连冠的妻子是同事。她这个人，您了解吗？”

“了解！怎么不了解？你们根本就想象不出来，她这种外地人，连那种打工的外地人都不如，太有心计了！明眼人都看得出来，她嫁给连冠，就是为了上海户口。要不然，一个读过师范学校的人，卖相又好，怎么肯呢？连冠想要儿子，她生了一个——不是。隔了四年，又生了一个——又不是。栽枇杷树有什么用？她自己倒好，一了百了了，害得连冠总喝醉，把工作都丢了，还把卖地分的钱给喝光了。他也是活该！当年该娶老婆的时候，条件好的看不上他，条件差的他看不上。最后，他非要娶这个外地人当老婆。外地人就是这样，为了弄到上海户口，什么事都肯做。户口骗到手了，该翻脸就翻脸！喏，老天看不过，收走了她。命都没有了，要上海户口有什么用？”

这话让莫高感到极度不适。在全国人民心目中，“上海人排外”

这个恶名，一直都洗刷不掉。不过，她说的“该翻脸就翻脸”，不管是不是有所指，实际上已经发生了，那就是出轨，甚至过分到生了孩子。

梅一辰问：“连冠的老婆和别的男人有过较为亲密的关系吗？”

“她要是敢这样，连冠还不把她大卸八块！”老太太那宽宽的嘴巴说起话来像机关枪一样，收也收不住。接着，她便开始说那个最不争气的老二了。“这个老二，把校服裙子剪得特别短。她放了学也不回家，经常在操场上荡秋千，把那帮刚刚发育的小屁孩儿招惹得像小公狗一样，围着她流口水。听说，后来她又抢了她姐姐的男朋友……”

“妈，你少说几句吧。”她儿子在门口探了一下头，左眼上依旧卡着个放大镜，“外地人怎么了？上海人往上数三代，谁不是外地人？”

老太太的声音顿时小了很多。她打开转角的铁皮柜子，从里面搬出一堆文件盒，然后准确地从其中一个文件盒里拿出一个带锁的日记本，递给了梅一辰。她悄声对梅一辰说：“这个本子，是全校大搜检的时候搜出来的。你们都想象不出来，那些学生什么都有。手抄本、黄色录像带、避孕套、毒品、大砍刀，还有带锁的日记本……你说说，还弄得好吗？”

“大搜检”这三个字，让梅一辰想起了《红楼梦》中大观园里的那次著名的“大搜检”。她在心里换算了一下，二十年前，也就是 1995 年前后。那个年代，喇叭裤和双卡收录机已经过时了，录像厅和卡拉 OK 厅遍地开花，传呼机已经开始登场了。在一个郊区的中学里发生这样的事情，她觉得是可以想象的。他们把这些被老师和家长们视为洪水猛兽的东西带在身边，不一定真的要做什么。在懵懂的青春期，他们出于好奇，对人生的奥秘进行着探索：性是什么？为什么大人们一提到这个，表情就变得很奇怪？毒品为什么会让人上瘾？上瘾的感觉真的那么好吗？那些黑社会的老大成天打打杀杀，是一种什么样的体验……如果有人引导，青春期是可以安全度过的。如果没有人引导，那可就危险了。

见莫高和梅一辰没有回应，老太太又把声音提高了一些。

她说："被我们搜到东西的那些学生，我一个一个地叫过来谈话，责令他们写检查。这个本子是连思齐的。我一看，不得了，这事也太难以启齿了。你猜，我和她谈话时，她都说了些什么？她说，这个是她编的故事。我当然不会相信了！她说，她在录像厅里看过一个美国电影《唐人街》，就模仿它编了个故事。这个破电影，我还记得。录像厅门口的海报挂了很久……还好，我没去看，不是海淫就是海盗。她这话，我倒是有点儿相信了。她经常编故事，说谎就像喝凉水一样。"

"妈，不说这些你就难受，是吧？口舌生是非，这个道理不用我给你讲吧。"隔着墙壁，老太太的儿子声音很响地叫着，老太太吐了吐舌头。

七

日记本的锁应该是被人用蛮力拧开的。一打开封面，就闻到了一股发霉的味道。纸已泛黄……笔迹很稚嫩，但字字触目惊心：

> 我要杀了他，杀了这个男人！
>
> 我从来没叫过他"父亲"。他恨我，是因为我刚一出生，就让他死了老婆。他把老婆看成是私人财产，收留了她，让她有了这个地方的户口。所以，她只能是他的工

具——生儿子的工具、发泄的工具。是我损坏了他的这个工具！我恨他！他一喝完酒，就扯我的耳朵，把我扯一个趔趄。有时候，他还会扯着我的耳朵把我的头往墙上撞——怕生虱子。我的头发被姐姐剃光了……在我光溜溜的头上，耳朵也许是最容易扯的东西。我的耳朵被他扯破过很多次，化脓之后，会愈合，但是扯开的那个豁口还在。

有一次，他满身酒气地回到家里，罕见地从口袋里摸出一颗花生给我。一开始，我不敢拿。他喘着气大笑，把花生从中间掰断，用力把一半花生塞进我嘴里，我的牙龈都被花生壳的断口擦出了血。我咬开花生壳，喷香的花生粒立刻就绽放在我嘴里，这是我从未品尝过的美味。我不知是福是祸，偷看了他一眼。他很奇怪地笑了笑，把另外一半塞进了我嘴里。接着，他把我抱起来，扔在床上，然后压在我身上……我被他压得喘不过气来，花生碎粒又呛到了气管里。我开始剧烈地咳嗽，腿脚乱蹬。他用粗壮的手肘摁住我细弱的双肩，用沉重的膝盖压着我的细腿，弄得我想蹬也蹬不了。这种被压得喘不过气来的感觉，十分令人恐惧。天塌下来了，我不知道该怎么办！

正在这时，我听到了开门的声音。接着，传来了姐姐的脚步声。我听到她把书包扔在地上，然后冲上来，哭着抱住他的手臂说："爸，妹妹太小，你放过她吧！"那个男人喷着酒气，转过头去骂道："不能便宜了她！看她那贱样，就不是我的种！要不是把她养大了，有这个用处，我早就把她溺死在马桶里了。"姐姐说："等她大一点儿吧，她还这么小！"那个男人说："我照顾她，谁照顾我？不行，是她把我老婆弄死的，这个窟窿她得填！"姐姐说：

"我给你钱，你到外面去找女人吧!"那个男人说："你能有几个钱？你的钱就是我的钱！自己家里放着现成的女人，为什么要花钱找女人?"姐姐哭着说："她是个小女孩儿，不是女人。等她长到十四岁，行不行?"于是，那个男人停止了动作。过了一会儿，他居然放开了我，拿起姐姐递过来的钱，啪地摔门走了。

那一刻，我在被子里握紧了拳头，心里念着：我要杀了他，杀了这个无耻的男人！

我一出生就没有妈妈。在我心里，姐姐就是妈妈。虽然她只比我大四岁，但是如果没有她，我一来到这个世界上，就有可能像青烟一样飘散得无影无踪。或者，我会像那个男人说的那样，溺死在墙角的那个臭不可闻的马桶里。是她把我从母亲渐渐失去温度的怀里抱出来，喂我吃米糊。没有米糊的时候，她就把她的手指放在我嘴里，让饿得连哭的力气都没有了的我吸吮。你有可能不相信，在这个鱼米之乡，我们居然吃不饱。是的，这个男人把所有的钱都用来喝酒了。喝完了酒，他就对我和姐姐又打又骂。现在，他又要做这种禽兽不如的事情。

你有可能不知道，第一次听说有人睡觉还穿衣服的时候，我有多么惊讶！我们家睡觉，从来都不穿衣服。姐姐说，睡着以后，容易乱蹬，衣服容易破。再说，有虱子和跳蚤，穿着衣服不好抓。但是，从那天以后，我无论如何都要穿着衣服睡觉，把裤子绑得紧紧的。

放学以后，姐姐要出去，我就跟着她。她经常去建筑工地，卖身给那些做苦力的人。回来之后，这些钱就被这个男人翻出来拿走了。

总有一天，我会杀了他。有一天，我终于把这句话说了出来。姐姐惊恐地捂住我的嘴：“杀了他，我们吃什么呀？”我说：“可是，不杀他，我们也没的吃啊！”姐姐黯然地低下了头。

我从来都不认为他是我的父亲。他果然不是我的父亲！我相信，我真正的父亲会在某个地方等着我去找他。

……

“您觉得，这是虚构的吗？”莫高看完日记之后，梅一辰问他。

莫高答非所问：“看来，我们得去找一趟这个连思齐。”

八

没等他们联系上连思齐，她就被人扭送到了派出所。

莫高和梅一辰赶过去时，一个老太太正在诉说。她说得嘴角泛起了白沫，一会儿气得不得了，一会儿又兀自觉得好笑。

“还好，我清醒过来了，叫我家老头子打电话问市检察院有没有这个人。结果呢，没有。老头子又叫检察院的朋友打听，区检察院、郊县检察院……结果呢，还是没有。你说这些骗子的胆子大不大？敢冒充检察院的人！敢穿着检察院的制服从检察院的门里走出来！这个女的也太会编故事了！”

听老太太说出这句话时，梅一辰看了一眼莫高。

莫高动了动眼皮，没有看回去，不动声色地继续听老太太讲。

原来，老太太在连思齐那里买了一套房子，价钱谈好了，合同也签了，还有二十万块钱没给。于是，老太太叫连思齐到她的公司去拿。

这一天，连思齐踩着高跟鞋，一扭一扭地来了。老太太给她开了一张现金支票，叫会计和出纳陪着她到银行去拿。

从公司到银行，不到十分钟的路，连思齐竟然在这不到十分钟的时间里，把老太太的底给摸清了。

她先问会计和出纳："你们公司不怎么赚钱吧？"

会计和出纳抢着说："谁说的？我们公司看着不咋样，底子可厚着呢！我们老板一麻袋一麻袋地把钱往家里搬！"

她很好奇地问："你们公司是做什么的，这么赚钱？"

会计和出纳争着说："建筑设计！其实，我们什么都不做。我们老板的老公在建筑设计院当领导，有了活儿，只在我们公司过个手，就发给设计公司，钱就大把大把地进来了。"

她又问："你们公司这么赚钱，为什么不租好一点儿的写字楼？"她已经观察过了，这家公司只有两间办公室、几台破电脑和几个破柜子，所以才这么说。

可是，会计和出纳却说："我们这是低调，你知道吗？老板经常对我们说，不能显山露水。"

思齐又问："你们公司这么赚钱，你们的收入肯定不低吧！多少钱？方便透露一下吗？"

会计和出纳抢着说："收入？笑话！我们说件事情，你肯定不相信。在这个大楼里，我们打听过了，中午吃饭，人家公司都订的是十块钱的客饭，我们订的是八块钱的饭。你说，我们的收入会怎么样？"

连思齐开始煽风点火了："那你们可得跟老板提要求了。要是不提要求，老板怎么知道你们不满意？也许人家觉得你们这些小姑娘爱漂亮，吃八块钱的餐正好减肥呢！"

会计和出纳争着说："我们要是敢这么说，老板不把我们灭了才怪呢!”

连思齐好奇地扬起眉毛:“呃，你们老板这么厉害?”

会计和出纳抢着说:“我们老板那是相当厉害呀!对面的那个楼，看到了吧!烂尾楼!为什么烂尾?是我们老板告的……告它儿证不全，告它挡了我们的阳光。我们老板这么一告，他们就造不下去了……”

几天之后，三个穿检察院制服的人来到了老太太的公司。他们身穿黑色西装，拎着公文包。公文包里面是笔录纸和传唤证……裤子口袋鼓鼓囊囊的。他们把口袋里的东西掏出来，啪地一下扔到了办公桌上。仔细一看，是手铐!

领头的男子，一脸的凛然:“这个企业的法人是谁?”

老太太马上站了起来，问他有什么事。

领头的男子说:“我们是检察院的。请跟我们走一趟，有个案子需要你配合调查。”

老太太不明白:“什么案子?”

领头的男子说:“去了就知道了。”

老太太还是不明白:“你总得告诉我个大概吧!”

领头的男子说:“大概?我们办案子非常严谨，什么时候‘大概’过?再说了，你自己做了什么事情，自己最清楚。”

老太太说:“我做什么事情了?”

领头的男子说:“你具体做了些什么，我们正在调查。调查清楚了，我们会给你一个客观的结论。不过，现在还是得麻烦你跟我们走一趟。”说着，领头的男子向同伙使了个眼色。他的同伙从桌子上拿起手铐，向老太太走了过去。

老太太的脸色大变。一瞬间，房间里的空气好像凝固了一样。

就在这时，传来了一阵清脆的嗒嗒声，有人穿着高跟鞋走了过来。

老太太回头一看，是前几天来拿钱的那个女人。

那个女人一进门就张大了嘴，问："怎么回事？"

领头的男子说："不关你的事！检察官在办案，与此案无关的人请离开！"

这个女人说："怎么不关我的事？这个人是我干妈！"

说着，她靠近老太太，问了一句："干妈，您怎么了？"

被她这么一问，老太太一下子就委屈到了极点，眼泪差点儿掉下来。碰到这种事情，这个女人没有"事不关己，高高挂起"，而是认她做了干妈，真是令她感动不已。

没等老太太回答，领头的男子便说："这家企业的法人涉嫌违法，我们要带她回去配合调查。"

这个女人说："我干妈向来遵纪守法，绝对不会干违法乱纪的事情。肯定是你们搞错了！"

领头的男子说："搞错了？这位女士，你是在开玩笑吧！我们堂堂的检察院，怎么会搞错呢？"

这个女人急了，打开随身携带的大牌包包，从里面拿出一个皮夹子，抽出一张银行卡，拍在了桌子上。她对领头的男人说："人你们就别带走了！这张卡里面有三百万，密码就写在背面。你们拿去吧，就当是保证金了。我保证，我干妈随叫随到。你看行吗？"

领头的男人把他的两个同事叫到了门外，叽里咕噜地不知道说了些什么。回来之后，他说："刚刚请示过领导，可以先把这张银行卡押在检察院。但是，犯罪嫌疑人必须保证随叫随到。"

然后，这三个人便收起了笔录纸和手铐，瘟神一样地走了。

老太太这才一屁股坐下去，红着脸，喘着气。会计和出纳一直缩在角落里，不敢说一句话。

这个女人走过去，帮老太太捶了捶背。等老太太吐出一口浊气，她才对老太太说："我就叫您'干妈'了，好吗？干妈！刚才急着救您，也没问您愿意不愿意，就直接叫'干妈'了。我今天来，是想换个收条。我回去想了想，那天那个收条写得不规范。"

说着，她把包打开，拿出一张纸，递给了老太太。

老太太一看，上面除了日期、钱数和收款人的签名以外，还加上了一句"至此，房款全部付清"。

接着，那个女人继续说："太巧了，碰到你们公司出了这事。这个收条，您看行吗？"

老太太没有答话，把纸条扔到桌子上，一把将这个女人搂住了："姑娘，刚刚多亏了你！什么收条不收条的，都是小事情！你说，接下来干妈该怎么办？"

那个女人想了想，把包打开，拿出了一根香烟。刚要点火，她好像突然想起了什么："刚才，我注意到，领头的那个男的胸牌上写着他的名字。要不，我们到检察院去找他，看这件事情能不能私了。"

老太太连忙点了点头。

于是，那个女人便开车送老太太到了检察院门口。这时，去过老太太公司的那个领头的男人正好从检察院的大门里走出来。他依旧穿着那套制服……

那个女人马上就一扭一扭地走上前去，用小手握住了那个男人的大手。她左右摇摆着，娇声说："检察官同志，你看，我和我干妈诚心诚意地来找你解决问题了。能不能给个面子？"

那个男人把手一甩，把脸一沉，说："麻烦你放尊重点儿！这里是检察院……不是我不给你面子，经调查，你干妈得罪了大人物。这个，很难解决。"

那个女人说："哎哟，难怪人家都说检察官一本正经、秉公执法，我今天算是信了！你说我干妈得罪了大人物……再大的人物，也没有你们检察官大呀！你们还不是想查谁就查谁！看在我们母女俩来求你的分儿上，帮帮忙好吗？钱不是问题！"

那个男人马上就变了脸，甩开她们就要走。他一边走，一边义愤填膺地说："你们也太小看我们检察院了！难道我们是能用钱买通的吗？"

那个女人连忙赔不是："我不是那个意思。我和我干妈是看你们办案辛苦，自愿赞助你们办案经费。"

听到这话，那个男人的语气有所缓和："看在你们诚心诚意想解决问题的分儿上，我给我们领导打个电话。可是，说好了，不保证成功，不一定有用。我只为你们求这一次情！领导答应了，就好办了。领导不答应，我也没办法。"

说着，那个男人拿出手机，背过身去，对着电话说了好一阵子。等他转过身来时，脸上已经换上了"恭喜你们"的表情。他说："领导答应晚上和你们见个面。具体怎么解决，可以谈。"

老太太舒了一口气，把那个女人拉过来说："姑娘，见面的事情，麻烦你具体操办一下。我一个老阿姨，就不方便出面了。"接着，她从包里掏出一沓钱，塞到了那个女人的包里，"这是一万块钱，你先花着。定好了地方，你告诉我，我叫会计和出纳过去买单。"

当天晚上，在一个金碧辉煌的会所里，先到的那个女人香喷喷地坐在那里。出纳和会计来的时候，她正一个人吐着烟圈儿。

见她们进来了，那个女人右手夹着香烟，左手打开包，一先一后拿出两个白色的盒子。盒子上面印的是咬了一口的苹果，有很多人喜欢它。她吐出一口烟之后，说："两个妹妹，你们一人一部手机，拿好了！”

会计和出纳争着说：“这算什么呢？我们不能要！”

那个女人说：“拿好了！这不是用我的钱买的，是用你们老板的钱买的。她今天给了我一万块钱，让我今晚请客的时候用。今晚所有的开销，都由我来……我用她的钱买了两部手机。她欠你们太多了，我都替你们叫屈。记住了，这是你们应得的！”

会计和出纳不再推脱，欢天喜地地一人拿了一部手机。见检察院的人还没来，她们索性打开手机，开始试机了。

过了很长时间，检察院的人才到。那个女人又是要大龙虾，又是要生鱼片，还要了什么“皇家礼炮”、“轩尼诗 XO”。她劝那几个男的喝酒的时候，一副投怀送抱、甘愿献身的样子，让会计和出纳这两个没见过这阵势的小姑娘手足无措。

那个女人发现两个小姑娘很紧张，便对她们说：“两个妹妹，你们自愿……愿意陪几位检察官大哥喝几杯，就继续喝。愿意早点儿回去，就早点儿回去。我知道，你们明天还要上班！”

听到这话，会计和出纳抢着说：“那我们就不陪这几位检察官大哥了！姐，你辛苦了！”

第二天一早，会计和出纳基本上同时到了公司。上楼的时候，她们发现那个女人衣衫不整地坐在公司门口的台阶上抽烟。她面容憔悴，嘴上残留的口红和脸上残留的腮红更让她显得风情万种。

她们赶紧把她扶到了办公室的沙发上。一问才知道，她们老板的事情基本上搞定了。检察官答应帮她们老板，代价是这位姐姐陪他们一个晚上。“你们不知道，那些人穿上衣服道貌岸然，脱了衣服禽兽都不如……”那个女人说完这句话，点起一支烟，幽怨地看着会计和出纳。

这个时候，老太太进门了。她看见那个女人，脸上顿时显出了急切之色。

会计和出纳争着向老板报告那个女人的各种义举——一人一部苹果手机，作用可真不小！

老太太刚才还阴云密布的脸上顿时出了太阳。她问那个女人："办妥了这件事情，还需要多少钱？"

那个女人说："五十万块钱，就差不多了。"

老太太虽然很心疼，但是一想到那几个如狼似虎的汉子，还有笔录纸上印着的黑字和闪着寒光的手铐，便默默地打开保险柜，拿出了支票。

……

"这个故事如果是编的，那她也太有才了吧！"在去看守所的路上，梅一辰感叹道。

见师傅没有反应，她又说："第一次做笔录时，连思齐说她是私营业主。难道这就是她经营的项目？那几个男的是她的员工吗？当年，一个十四岁的小女孩儿要想杀死连冠，是一定要有帮凶的。这些所谓的员工，会不会曾经帮过她？"

九

此刻，连思齐已经换上了看守所的马甲。她唇色发白，身上已经没有了香水的味道，精心修过的眉毛周围已经长出了纷乱的杂毛。她的耳钉被拿掉了，耳朵上的那个豁口丑陋地支棱着。整个人好像被漂洗过一样，淡了，也旧了。

发现提审的警察换成了莫高和梅一辰，连思齐说："我知道，比起这个案子……你们更关心连冠是怎么被埋在枇杷树下的。"

梅一辰回应道："连冠？你直呼你父亲的名字？"

连思齐说："我们都别装了好吗？他是不是我的父亲，你们又不是不知道！"

梅一辰说："好，你是个明白人，我们就直接说了吧。如果他的尸骨不被挖出来，那么你认为他去了哪里？"

连思齐说："这么说，你们认为这件事情与我有关？"

梅一辰说："有关还是无关，都得调查了以后再说。关于连冠的死，你有什么可以提供的线索？"

连思齐说："你们认为我是嫌疑人……我要是主动提供线索，岂不是太傻了？"

梅一辰说："哈哈，傻？轮到谁也轮不到你！检察院的故事，编得可真好啊！"

连思齐说："老太太的钱干净吗？说她每一个毛孔都滴着血也不为过吧。她凭什么一转手就能砍下一刀，拿到那么多设计费？小会计、小出纳为她卖命，她凭什么连十块钱的客饭都舍不得给她们订？我呀，只不过是看不惯她，劫富济贫而已！"

梅一辰接着说："如果在老太太这里是劫富济贫，那么在连冠那里就是劫强济弱了？"

连思齐看了梅一辰一眼，面露鄙夷的表情："这位警察姐姐，你们办案是讲证据的……没有证据，千万不要乱说。"

梅一辰也不示弱："你放心，我们会一个不落地把证据全部找到。"

莫高眼看着讯问快要变成了拌嘴，连忙摆了摆手，打断了梅一辰。他问连思齐："如果你成功了，那么老太太这五十万块钱，你会拿它来做什么？"

连思齐一愣，没有回答。

莫高接着说："会分给你姐姐一些吗？我记得你说过，你要劫富济贫。为了你，你姐姐付出了那么多……如果带锁的日记本里的那篇故事，你不坚持说是模仿《唐人街》编的。”

连思齐刚才还面无血色，现在突然变得满脸通红。她说：“那个老巫婆……”

十

可是，连思齐却有完美的不在现场证明。

莫高和梅一辰又去找了一趟那个老太太。如今，她又多了一个外号，叫“老巫婆”。

“老巫婆”说过，连家那个老二，放了学不回家，总是穿着短得不能再短的裙子荡秋千，惹得那些小男孩儿直流口水。这一次，她一边抚摸着怀里的猫，一边说：“有一回，她正在荡秋千……秋千突然从架子上脱落了，她整个人都摔在了地上。幸亏前面的水泥地面刚被改成了草坪，要不然她恐怕就不仅仅是骨折了。她爸呀，不去医院看女儿，却醉醺醺地跑到学校来，开口就要十万块钱。喏，这是当时给教育局写的情况说明。怎么出的事，住了多长时间医院，给了她爸多少钱，学校是怎么和生产秋千的厂家交涉的……生产秋千的厂家不承认有质量问题，拆掉了秋千……”

莫高和梅一辰感到很吃惊，老太太居然保存着应该在学校里保存的资料。

老太太正连珠炮似的说着，她儿子从门里探出头来说：“妈，你当了几十年教导主任，还没当够，居然把学校的档案材料保存在家里！你管的也太多了吧，真是奇葩！”

“是我奇葩，还是你奇葩？整天在家里弄那些破邮票！财嘛，发不了！老婆嘛，也不知道讨一个！弄得我这么大年纪了，抱个猫当孙子！你要是生个儿子让我管，我哪儿有时间管这么多？说我管的多，你管的也不少啊！老妈和客人说话，不要插嘴！我这是退而不休，发挥余热。”

趁着母子二人拌嘴的时候，梅一辰在这沓材料中发现，连冠失踪的时间，正是连思齐住院的时间。她脚上打着石膏，躺在医院里，根本就不可能把连冠怎么样。于是，她把材料拿给莫高看了看。

连思齐极力阻挠姐姐，不让她去采集信息，并且在日记中声称要杀死连冠。这个最有动机的人，此刻却被排除在外了，这让莫高和梅一辰有些措手不及。

如果不是她，那么会是谁呢？

关于她的亲生父亲，现在居然一点儿线索也没有，DNA 库里也没有他的信息。她的丈夫知道貌美如花而且很能赚钱的妻子涉嫌敲诈勒索以后，向法院提出了离婚诉讼。

莫高打电话给她的丈夫，说想和他聊聊。这个男人很冷淡地说：“我已经很受伤了，好吧！我本来以为自己额头高，运气好，可是没想到……一生的耻辱啊……”

她的姐姐连见贤，有没有作案的可能？

根据连家的实际情况，没有别的亲人，没有钱请护工……连思齐住院期间，连见贤应该在医院照顾。不过，她不需要一直都在。她是连冠的亲生女儿，为了让妹妹免遭父亲的毒手，甘愿去建筑工地卖淫，赚钱供父亲喝酒嫖娼……如果连思齐在日记里讲的是真的。

连思齐在日记里说，连冠骂连思齐是“野种”的时候，连见贤也在场。所以，她应该知道，她和妹妹不是同一个父亲所生。同时，她也知道，在妹妹满十四周岁的时候，父亲要对妹妹下手。也许，她打算在妹妹满十四周岁之前，处理掉这个禽兽不如的父亲。这个时候，妹妹恰好住院了，她完全可以一个人去做这件事情。以前，为了让妹妹免遭父亲的毒手，她竟然去卖淫。现在，她完全有可能替妹妹（也是替她自己）除掉他……

如今，看看她这个样子，让人不禁发出一声叹息。一个十几岁的女孩子，一路走来，要承受多少痛苦，才会变得如此困顿、苍老和木讷？

对，还有耳朵的问题！那天，她没有正面回答自己的听力是先天就不好，还是后天成了这个样子。梅一辰问她妹妹的耳朵以及她父母之间的关系时，也不知道她是真的没听清楚，还是装傻。她这样做，也许是想给自己留点儿颜面，因为她的世界已经千疮百孔了。但是，她的前男友——她妹妹的前夫，却毫不留情地说出了真相。

梅一辰把这些想法告诉了师傅。

莫高说："不排除这个可能性……但是，我们的抓手在哪里？"

梅一辰说："师傅，您忘了吗？您说过，我们有时候得做填字游戏，这边不通，就去那边。您要是真想填完所有的空……总是有办法的。现在，我们抓在手上的，除了连思齐，还有她那几个同伙。要不，咱们去会会他们？"

那几个冒充检察官的家伙，本来就是狱友，四处"打猎"时，被连思齐招至了"麾下"。他们众口一词，只承认骗老太太是第一次合作——都是这个套路。

但是，问起连思齐还有什么事时，那个领头的抓了抓脑袋，说："我听说，她骗过一个男人，骗了两百多万。我问过她，她没有承认，也没有否认。但是，我觉得这不是真的。"

"原因呢？"莫高问他。

"原因很简单——为了抬高身价，拉我们入伙。如果没有这样的战绩，我们哪肯听她的呀！"

"那……这个被骗的男人是谁？"

“我看，和探长你姓一个姓——姓‘莫’，名‘须有’。”

莫高大笑起来。这家伙，骗人骗得一本正经，还真挺幽默！

于是，他们再次提审了连思齐。正如他们所料，对骗过男人两百多万块钱这件事情，连思齐矢口否认。

走出看守所，莫高问梅一辰：“你觉得这件事情……有可能吗？”

梅一辰说：“抬高身价的说法，不是没有道理。但是，连思齐的那种生活方式，没有一定数量的钱财支撑，肯定是不行的。不过，师傅，她骗与不骗……和连冠被害的案子有关吗？”

“可能有关，也可能无关——调查清楚以后才知道。”莫高说，“走，看咱们是不是有本事把我这个本家找出来！”

十一

他们找到连见贤的前男友——连思齐的前夫时，这个男人居然提出了一个要求：在黄浦江边的一家名叫“东野”的日本料理店里吃一顿，外加两条“软中华”香烟。

这个人晃着眼袋，剔着牙，脸上露出了“随便你上不上钩”的神情。

莫高心想：“这家伙可真会提要求！这家店，我自己都没舍得去吃……算了，舍不得孩子，就套不着狼。至少，他说他从连思齐手里拿过钱，这个错不了！钱的来历，说不定是个突破口。”

这时，莫高的手机响了一声。他一看，是梅一辰发来的微信：“师傅，您以为舍得孩子，就能套着狼？”

“这个小梅，真是我老莫肚子里的蛔虫！一顿日料，三个人，一千块打底。两条‘软中华’，少说也要一千五……不过，这个‘孩子’不舍也得舍——万一有线索呢！”

走进这家餐厅，一看菜单，莫高暗想："看来，这只狼比想象的还要凶猛！"可是，一看窗外的风景，他的心情又舒缓了许多。这里是黄浦江转弯处的那个著名的陆家嘴，一边是水晶宫般的摩天大楼，一边是灯火辉煌的万国建筑群。一眼现代，一眼古典！江上间或有游轮经过……

莫高心想："我活了大半辈子，还不如对面坐着的那个家伙懂得享受呢！"于是，他大声喊道："来，点餐！"一个穿着和服的女孩子细声细气地应道："嗨！"

等餐的时候，那个男人吆五喝六，一会儿叫服务员倒茶，一会儿叫服务员上毛巾。毛巾来了，他又嫌毛巾是冷的。他顺手拿起一把牙线，塞进了裤袋。接着，他又拿起充当筷架的花生，直接剥开吃了。

梅一辰看了看他，又看了看师傅。

这个人边吃花生边说："莫探长，你知道我为什么点名要到这个地方来吗？"

梅一辰鄙夷地看了看他，刚要说话，就被莫高一扬眉毛，给制止了。

莫高回应道："哦，为什么？"

那个男人说："东野圭吾，知道吗？日本的大侦探，专门破各种怪案子。我点名来这里，是希望莫探长成为东野圭吾这样的神探。"说着，他拿起莫高面前的"花生筷架"，剥开吃了。

莫高听了这话，朗声笑道："谢谢你！不过，我能不能成为东野圭吾，还得仰仗你的配合。"

说着，莫高从包里拿出两条"软中华"，递了过去。这个人也不客气，两只手各拿了一条烟，直接塞到了衣服里。

生鱼片、芥末章鱼、海胆、法式红酒鹅肝、碳烤活鳗、和牛冷面都上来了，这个人一直在吃。

梅一辰十分怜悯地看着莫高，莫高只好苦笑了一下。

此时，这个人打着饱嗝，伸长了手，拿起摆在梅一辰面前的那个“花生筷架”，剥开花生，塞到了嘴里。然后，他边嚼边说：“你们总算把我喂饱了！接下来，该我喂饱你们了。抽支烟好吗？”

梅一辰平素最厌恶烟味，莫高是知道的。所以，莫高从来都不当着她的面抽烟。但是，在这种特殊情况下……

梅一辰说：“我出去吹吹风，你们两个人聊吧！”

这个人说：“警察阿姨，请自便！不过，错过了立功的机会，可不要后悔！”

梅一辰没有答话，起身走了。

“我得感谢你们，不放弃我！问题是，我也想知道真相。”这个人诡异地笑了笑，向莫高伸出了两根手指，“好奇害死猫啊！”

莫高拿出一个烟盒，刚一打开，这个人就毫不客气地拿了两支，夹在耳朵后面一支，又点燃了一支。他美美地吸了一口烟，便开始讲他的故事了。

十二

“我不知道自己算不算混蛋……反正，人生在世，总不能亏待了自己吧！我说过，这个女人，我佩服她的狠劲儿。但是……不说了，只说我为什么佩服她吧！其实，我早就听说过她。豁着耳朵，‘小太妹’一个！小小年纪就成了‘公共汽车’，买不买票都能上！跟老头子学车以后，才知道她是老头子家的老二。我追老大，也不是真的想追，只是想讨好老头子而已。不瞒你说，我心里早就惦记着这个老二了。后来，这个老二居然投怀送抱……我和她姐到哪里，她就跟到哪里，还总用眼神撩我。她姐姐是个木头人，她却是个小妖精。我又不是什么正人君子，哪儿受得了这个！我向她姐姐打听了一下她的生日，结果一算，她还不满十四岁。我也知道一点儿法律，所以我只敢偷偷地流口水。没想到，这个小萝莉不肯放过我……一次，我们一起出去玩，她趁着她姐姐去河边挖野菜的机会，钻进了我怀里。更让我想不到的是，这个小萝莉居然是个处女。不像她姐姐，已经不知道是几手货了！和我发生了关系以后，这个小妖精提出要搬到我家去住，就像自己家有老虎一样。这也太奇葩了吧！我和她姐姐谈朋友，她凭什么搬到我家去住？她不说原因，只说她这辈子跟定了我。我说，只要她姐姐同意，她们姐妹两个可以一起做我的女朋友。小萝莉抽了我一个耳光……小小的手，力气挺大的。我恼了，拎起她那只有豁口的耳朵，一顿痛打。然后，我就扔下她走了。等我回到家，她已经坐在我家门口等我了。她的嘴唇肿得要翻起来了，眼睛一只红、一只青。我没理她，转身就要离开。她追上来，告诉我：'如果你不让我到你家住，你就等着坐牢吧！'这是我第一次感觉到这个小妖精的狠……奇怪的是，在此期间，我收到过几封没写名字的信。信是用报纸上的字拼出来的，叫我不要招惹连思齐，否则……全是些小孩子说的话。看来，还有不少人惦记这个小骚货呢！"

"这些信还在吗？"莫高插话道。

"当时，我立刻就扔到垃圾箱里了。怎么，你觉得这些信有用处？要是留着就好了，莫探长肯定愿意花钱买，对吗？接着说吧！有一次，思齐和我开玩笑，问我敢不敢为了她杀人。我说：'敢啊，怎么不敢？杀谁？'思齐说：'一个想打我主意的人！名字嘛，到时候再告诉你！'我想，又是匿名信，又是要杀人，这个'小太妹'在外面欠了不少风流债啊！不过，一想到她给我的是处女之身，也就算了。

“过了没多久，老头子不见了——活不见人，死不见尸。一开始，我没多想。可是，老头子一直没找到。有一天，我突然想到了思齐问我的话，打了个冷战。后来，我知道自己是想多了，因为老头子失踪的那段时间，思齐的脚摔断了。用你们的话说，就是‘她有不在现场的证明，没有作案时间’。

“后来，她十八岁就被招进了我们厂。但是，没过多久，就砸烂了铁饭碗，我们都下岗了。那时候，我们已经是一家三口了。两手一摊，有三张嘴要吃，钱从哪里来？她说，不用怕，她会想办法。她的办法是，每天打扮得妖里妖气地出去找活儿，我在家做饭、带孩子。有时候，她一天能拿回来几百块钱。不过，有时候，却只有几十块钱。我不问她钱是从哪里来的，她也从来都不说。这张窗户纸，先让它留着。大概是在1997年前后吧，有一天，她拿回来了五千块钱。一进门，她就邀功似的把钱捧到了我面前。钱是整捆的，五十元一张，一共一百张。那个时候，在正经单位上班，每个月也就挣五六百块钱。这五千块钱……我疑惑地看着她。这整捆的钱，来得肯定没有那么容易。到底是怎么来的呢？偷的？抢的？她笑着说：‘你老婆的美貌倾国倾城，要偷要抢吗？’

“有钱真好！吃啊，喝啊，抽啊，赌啊，真快活！靠女人，吃软饭，那又怎么样呢？多少人想吃、想靠，还吃不上、靠不上呢！但是，每一次，夜很深了，她还不回来，我都会发飙。吃啊，喝啊，抽啊，赌啊，都是头顶上的绿帽子换来的！不管多晚，她有多累，等她进了门，我他妈都要把她重新扔到床上，弄个天翻地覆、鬼哭狼嚎。只有这样，才能把那股怨气给泄掉！

“大概过了半年，有一天，很晚了，她还没回来。孩子发烧了，一会儿哭，一会儿睡。我把拳头捏了又捏，焦躁地在家里走来走去，直到凌晨，才听到她的脚步声。

“门开了，我怒气冲冲地站在门口，把她吓得倒吸了一口凉气。她赶紧把挂在肩膀上的包拿下来，捧到了我的鼻子底下。

“隔着包，我都能闻到钱的味道……稍微有点儿腥气，但这腥气刚好能勾起人的欣喜。

“我拉开拉链，里面是一捆一捆的钞票，不知道多少钱。在那一瞬间，我以为自己是在做梦。我兴奋地把这些钱一捆一捆地扒出来，一根一根地扯掉封条，一把一把地抛撒着。看着它们像雪片一样飘落在地板上，仿佛厚厚的一层地毯……戴绿帽子那样的屈辱算什么？拿回来钞票才是硬道理！

“她说：‘这是十二万！用这十二万给你买辆车，以后你开出租车赚钱，我在家里带孩子。我简直乐昏了头！几秒钟之后，我回过神儿来，才明白她说的是什么。’

“‘十二万怎么够？’我说。

“‘怎么不够？我路过一家店，看过了，一辆桑塔纳标价九万多，还可以还价。怎么不够？’她瞪大了眼睛看着我说。

“买车是够了，购置税也够了，但是牌照呢？

“她仍然瞪大了眼睛看着我说：‘什么？购置税和牌照？’

“我说：‘姐姐啊，牌照比车子还贵！’急的时候，我会叫她‘姐姐’，虽然她比我小八九岁。

“我根本就没问她钱是从哪里来的——她敢往家里拿，我就敢收。但是，没问不等于我不想。谁会给她这么多钱？难道她碰到了那种怜香惜玉的恩公、大金主？或者，某个嫖客是个有钱、有权的人，被她敲诈了？一个很现实的问题摆在面前，要想把整套出租车手续办下来，这些钱不够。不如拿这些钱当本钱，去碰碰运气，说不定一天就赚够了。棋牌室那种小地方，去了也没用。要去，就得去玩儿大的。你不要对我说‘十赌九输’，万一我是赢的那一个呢？

“不用我说，你也能猜出结果来——赢过，但是又都输了。她闹归闹，我依然理直气壮。我赌钱，还不是为了买车？买了车，还不是为了让你不出去干活儿？你天天出去卖……你喜欢，我还不喜欢呢……

“半年之后，她又拿钱回来了，是用一个双肩背的书包背回来的。这回是五十万……难以想象吧！那时候，市中心的一套好一点儿的房子，也就值三四十万。她居然拿回来了五十万！

“我做梦都感叹自己有这么好的运气，找了一个这么会赚钱的老婆。绿帽子多戴几顶，又压不死人！

“她提出了一个方案，先买一套房子，她和孩子住进去。剩下的钱，我们一人一半。呵，这是要分手的架势啊！我怎么会同意？她安抚我说，买房子，是为了给孩子一个好的环境，不能让孩子走我们的老路。我说，买一套房子可以，房本上两个人的名字都要写。剩下的钱，都归我。她居然同意了！就这样，我们分开住了。我一个人住，她和孩子住。反正有那些钱在，先快活了再说！

“后来，我们为什么真的离婚了呢？我感觉，在她身上，有两个她：一个把我看成是束缚，就像蝉外面那层限制它长大的壳；一个把我看成是归途，就像泥鳅最爱的那种沾满了植物碎屑的泥浆。所以，在分居的那些日子里，每当我以为我们的关系就此结束了，她都会过来找我，带着钱，带着我爱吃的、我喜欢穿的、我要抽的……两个人关在家里，几天几夜不出门，昏天黑地。我明白，我再失败，她也是留恋我的。从某种意义上说，她是离不开我的。但是，一旦我有了这个想法，她又会消失很长时间，怎么也联系不上。后来，我也习惯了，随便她……

“有一次，我们过了几天‘浓油赤酱’的日子以后……要走的时候，她递给我一张纸。我接过来一看，是离婚协议书。开玩笑，这个我怎么会签？有了她，伸手就来钱，张口就来好吃的，还能让她陪吃陪睡……于是，我提出来：签字可以，拿一百万来！我敢打赌，她拿不来。开玩笑！一百万……我们这种人，一辈子也赚不到！

“谁知道，过了两三个月，她真的拿回来了九十万块钱，是用一个行李箱拉回来的。她说，另外的那十万块钱，去民政局办好手续再给。看着那九十万块钱现金，我真怀疑她是阿里巴巴遇到了四十大盗，要不然怎么会……

“我真的很好奇！我跟踪过她，想看看那个‘芝麻开门’的山洞在哪里。结果，我发现，她拿钱的地方，居然就在本镇……”

这时，门帘被掀开了，是梅一辰。

“在本镇的什么地方？”

“她家原来住的地方。”这个男人晃着脑袋回答道。

十三

她家原来住的地方，不就是那个被她称作“老巫婆”的老太太的家吗？

还有那个开设计公司的老太太……难道连思齐专骗各种老太太？这一次，她又会编出什么故事来？她们姐妹俩卖这套房子时的房价，和现在的房价不能比。难道她是在房价上做文章，逼老太太？如果真有这事，那老太太以前怎么没说？她是有难言之隐吗？如果有，那么这隐情和连冠之死有关系吗？

想到连思齐的那个同伙说的“莫须有”的“莫”，莫高兀自笑了起来。

梅一辰虽然不清楚师傅在傻笑什么，但是她一踩油门，载着师傅直奔那个白墙黑瓦、小桥流水的古镇。她知道，在他们的填字游戏里，还有几个字得想办法填进去，这样才能突破那几个最难的空格。

见他们来了，老太太照例把他们请到了那间“模拟教导主任办公室”，他们两个人也照例坐在了下属坐的那两把椅子上。

这一回，他们想知道老太太当初为什么要买连家的房子。

“为什么要问这个问题？我们买房子和连冠的死有关吗？”老太太身子宽宽的，像一堵墙一样坐在桌子后面，像是在课堂上问学生问题。

“不能说有关，也不能说完全无关。”莫高冷静地回答道，“所以，麻烦您正面回答……”

也许从来没有人这样问过老太太，所以老太太面露不悦之色。不过，这不悦之色很快就过去了。她沉吟了片刻，说：“已经是二十几年前的事情了……连见贤这个学生，不好也不坏，不是老师能记得住的那种。连思齐呢，保不准哪天就会给你惹事……开家长会的时候，连冠会闷声不响地坐在最后一排。无论你说什么，他都说：‘对对对，孩子我回去好好教育。’我是因为这个妹妹才知道这个是姐姐的，直到有一天听说连冠失踪了，她们姐妹俩要卖这个房子……我首先想到的是，这太好了，连思齐这个‘问题学生’终于不用在我们学校读书了，我这个教导主任也能松口气了。

“我到她家去家访过……房子造得不错，但是家里十分贫寒。唯一的亮点就是后院的那棵枇杷树……满树肥厚的叶子和欲黄还青的枇杷。一棵树尚可这么多子，我难道就得绝孙吗？我家那个‘小浮尸’一直不结婚，成了我的心病。可以说，是这棵树打动了我。

“可是，没等我和儿子谈，他就先和我谈了。

“他问我有没有听说连冠家的两个女儿要卖房子，我说听说了。他问：‘咱们可不可以买下来？’我说：‘为什么要买？’他说：‘那

棵枇杷树长得真不错。'

"哈哈，看来，我们母子连心，想法是一致的。没想到，我们都看好的这棵枇杷树，下面竟然埋着这么可怕的一个秘密。莫探长，不知道我这样回答，你满意吗？"

"我们能和您儿子谈谈吗？"莫高答非所问。

"他呀，出去了，到局门路的卢工邮币市场去了。人家男人爱女人，他就爱这个，钱都花在这上面了，不是去北京的马甸，就是去局门路的卢工邮币市场。人家靠这个赚钱，他几十年了，赚过啥钱？我都后悔小时候带他参加学校的集邮兴趣小组，当时只想着培养一个兴趣，谁知道他进去就出不来了。要不是这个，我早就抱上孙子了。"老太太说话时带着手势，像在课堂上一样。

"您儿子集的邮票在哪里？我们可以看看吗？"莫高问。

"不可以，连我都不可以。他放邮票的房间，只有他有钥匙。"老太太很生气地说。

在回队里的路上，莫高问梅一辰："对老太太的儿子，你有什么想法？"

梅一辰看着后视镜里的师傅说："您是说，他对连思齐有兴趣？"

莫高说："要不然呢？"

梅一辰说："如果那个大眼袋男人说的是真的……他为什么肯给她那么多钱？他从哪儿弄来的那么多钱？"

莫高说："我们不能断定所有的钱都是老太太的儿子给的。也许，只有最后十万是……不过，十万已经很多了。她做了什么，能值十万块钱？"

梅一辰说："他没结过婚，但是性需求应该是有的。莫非是长期的性服务？"

十四

再次见到连思齐时，梅一辰注意到，她瘦了，看守所的马甲在她身上晃来晃去。在她那豁着口的耳朵上，穿着一个用细线编的耳钉。比起从前的珍珠耳钉，这个耳钉倒是显出了几分拙朴和文艺……只有眼神还依旧犀利。

梅一辰请她坐在对面，隔着铁栅栏把老太太儿子的名字说了出来。没想到，她的表情相当冷漠。梅一辰问她是不是认识老太太的儿子，她说认识，是教导主任的儿子。梅一辰问她有没有拿过他的钱，她反问梅一辰："凭什么拿他的钱？"

"凭什么，你自己最清楚。一百六十二万五千元，真不是个小数目。那时候，买三四套房子都有余。他肯给你这么多钱，一定是有非常特别的原因。"

梅一辰发现，自己说出那个数字时，连思齐的肩膀抖了一下。但是，等她说完了之后，连思齐又恢复了平静，面无表情地盯着地面。

看来，她的前夫没说假话。

"五千、十二万、五十万、九十万，再加十万，是这个顺序吧？"莫高不温不火地补充道。

"真可笑！人家愿意给我，关你们警察什么事？"连思齐好像是意识到自己逃不掉了，反问道。

听了她的话，梅一辰心中暗喜。她至少承认了两件事情：一是她确实从老太太的儿子那里拿过钱；二是钱的数目和顺序是对的。

好，有突破，继续！

"警察的职责呢，就是保护人民群众的生命和财产安全。他愿意给你，赠予你，这是他的自由，我们当然不会管。但是，如果是编了一个故事，或者是所谓的劫富济贫、劫强济弱，那我们就不得不管了。”莫高依旧不温不火地对她说。

“他就是愿意给我！他有他的理由，跟我没关系。”连思齐说。

“愿意？他和你非亲非故，只不过是买了你家的房子，有什么理由……他为什么要给你，而不给其他人？”莫高问道。

“那你就得去问他了。”连思齐说。

“他有他的讲法，你有你的讲法。如果你不讲，我们就只好以他的讲法为依据，给你定罪量刑了。你自愿放弃了为自己辩解的机会，不后悔吗？”莫高问。

听到这里，连思齐那双目光犀利的眼睛瞬间失去了光泽。

她低下头，沉默了一会儿，然后耸了耸肩，开始抽泣了。

十五

“一个人，生错了家庭……是他的罪过吗？凭什么有的人一出生就含着金钥匙，有的人却无父、无母、无衣、无食？能靠上谁？只有靠自己！如果不努力，我的命运就会和我姐一样：住最破的房子，吃最差的食物，穿最烂的衣服。在某些方面，她甚至比我强。至少，她知道自己的父亲是谁。至少，她是在母亲的爱抚和陪伴下长到四岁的。

“我呢？在十四岁之前，我只有她。她可以为我做任何事情！她是姐姐，是母亲，是炉火，是屋顶，是我在这个世界上唯一的依靠。但是，我知道，过不了多久，她就再也保护不了我了。我得找一个能保护我的人！

“没错，我抢了她的男朋友。他帅不帅、忠诚不忠诚、有没有钱，都没有关系。关键是，他的怀抱让我有了安全感。

“那天，我和姐姐坐他的车去兜风……是那种很高的大卡车。前排可以坐三个人，我坐在中间。每次刹车和转弯，他都会伸出手来把我拦一下。下车的时候，我不敢跳，他就张开双臂接着我。我好留恋被他接住的那一瞬间的感觉啊！长这么大，我还从来没有被这么有力量的手臂抱过。我总缠着他，要坐他的车。哪怕只有短短的几秒钟时间，他抱着我，我都心甘情愿。

“他比那些小屁孩儿力气大！有了他，别人就不敢打我的主意了。有了他，我就可以不住在那个可恨的家里了。那时候，我觉得，为了这个男人，我可以做任何事情。

“在厂里，双职工家庭必须有一个人下岗。我说，我下岗吧。他开车，算是个好的工种。他没受过苦，不知道怎么和人打交道。我就不同了，什么没见过？什么没经历过？那几年，我摆过烟摊，贩过西瓜、水蜜桃、葡萄，还带着孩子。后来，他也下岗了。他说，他想买一辆出租车开。光靠卖烟、卖水果，肯定攒不出买车的钱。于是，我把心一横，做起了最古老的那门生意……你们公安局一直在抓！

“你们是知道的，干这个，不能在近处。市中心的几条小马路，是我常去的地方。那里闹中取静，人流量大……更重要的是，谁也不认识谁。不像小镇上，抬头不见低头见……

“有一天，我碰到了‘老巫婆’的儿子——小镇上的那个邮递员。谁都知道，他一直不结婚，是个怪人。

“看到他迎面走过来，我转过身去，装作看橱窗里面的东西，却在橱窗的玻璃上看到他停在了我旁边。我转过身去，快速地朝街对面走去。他追了过来……传来了刺耳的刹车声和司机的咒骂声。

“在马路中间，我质问他：‘为什么跟着我？’

“他说：‘想和你谈谈。’

“我说：‘你神经病啊！有什么好谈的？别耽误我的时间！’

“我们正在争吵，突然响起了一阵哨声。我转过头去一看，是警察一边吹着哨子，一边指着我们两个。他一扯我的胳膊，我便跟着他走到了对面的人行道上。

“谁知，警察还是跟过来了。虽然我知道那是个交通警察，但我还是有点儿心虚。

“警察走到我们跟前时，我才发现他手上拿了个包，问是不是我们丢的。那个时候，几乎每个男人都有这种一侧有手环的黑色‘大哥大包’。

“‘老巫婆’的儿子连忙说：‘是，是，谢谢警察同志！’

“他刚要伸过手去接，警察就说：‘慢点儿！里面都有什么东西？你说说看！’

“‘老巫婆’的儿子说：‘五千块钱，是一整捆的……一个传呼机、一张公交卡，还有点儿零钱。’

“警察打开包，查验了一下。我真的看见里面有一整捆五十元的钞票！

“警察教训说：‘你们父女两个，这么大的人了，连个包都看不好，还在马路上拉拉扯扯，像什么样子！’

“他结结巴巴地说：‘是，是……’

“等警察离开了之后，我的态度马上就变了，大概是因为那一整捆钞票。

“我挽着他的胳膊说：‘大哥，这个警察眼神儿也太差了，说我们是父女……你哪有那么老呀！说我们是兄妹还差不多，是吧，大哥？’

“他反而有点儿口吃了。

“我不管这些，硬拉着他走向了街边的一个开在地下室里的录像厅。我用娇媚的声音说：‘你不是想和我谈一谈吗？我们去里面谈……哎哟，走得脚都痛死了！

“那个时候，到处都是录像厅。录像是循环播放的，不清场。我们有很多生意都是在录像厅里做成的，没有开房的成本，而且节约时间。

“他果然跟着我走了进去。在脚臭味和霉味中，我在角落里找到了一个双人座。入座的时候，我直接坐在了他的腿上。他有点儿羞怯，两只手没有地方放，只好撑在了身子两侧。

“屏幕上播放的是香港的武打片，叽里呱啦地说着港味的普通话，就当是背景音乐了。我扭动着身体挑逗他，感觉他身上突然一阵潮热。

“他说：‘我找了你很久了。’

“我说：‘找了我很久了，还不快点儿！’

“他说：‘你妈要是知道你做这个事情……’

“我说：‘我妈已经死了，她不会知道。’

“他说：‘你这么聪明，不该做这个。’

“我说：‘别废话！快点儿，别耽误我的时间！’

“他尴尬地向四周看了看，说：‘这个环境不行。’

“我说：‘是你同意进来的，现在又说环境不行！你是寻开心吧……环境行不行，钱都得你付——五十块钱！’

“他没说什么，伸手拉开了那个‘大哥大包’。

“我又看到了那一捆五十元的钞票。我想……其实也只是想想，真没有几分成功的把握……能不能让这一捆钞票都归我？

“于是，我换了一种口气：‘大哥，你怎么带了这么多钱啊？’

“他说：‘我准备去邮币市场看看有没有好邮票。’

“我说：‘你明明是来找我的，怎么又说去邮币市场找邮票呢？’

“他说：‘你比邮票重要。’

“我说：‘你肯为邮票花五千块钱，肯为我花钱吗？’

“他说：‘我说你聪明，你还不承认！我就喜欢你的这股聪明劲儿！’

“我说：‘别废话，喜欢就证明给我看啊！’

“他问：‘怎么证明？’

“我撒娇说：‘钱啊！钱是最好的证明！有多喜欢，就给多少钱！有一分的喜欢，就给一分钱。有一万分的喜欢，就给一万块钱。你现在只有五千块钱，那只好给一万分的喜欢打个对折了。’

“他说：‘我喜欢你的这种说法。好吧，这钱都给你！’

“哈，我居然成功了，真没想到！

“要分手的时候，我想，这条大鱼不能放过！即使是条熟的，也没关系。

“于是，我说：‘大哥，留个传呼机号码吧。下次给你介绍一个比我还年轻漂亮的妹妹，一次也是五十元，包你满意。’结果，他还真留了……

“一周之后，我打传呼给他，他几乎是秒回的……我告诉了他时间、地点。后来，我听那个小姐妹说，他这个饥饿了很久的人，看到女人，就像看到美食一样，很是疯狂。她趁机多要了些钱……他翻了一番，给了她一百块钱。我心想，这位大哥真有钱，还挺怜香惜玉的。此后，我又给他介绍过几个小姐妹。

“第二次的那十二万块钱……我也是突发奇想。他家买了我家的房子，现在价钱不知道翻了几倍，所以他欠我的。我要他的钱，是应该的。

“克服了这个心理障碍之后，我就打传呼给他，他很快就回了。

"我说：'大哥，不好了，那个小桃死啦！'

"他在电话里'啊'了一声，说：'哪个叫小桃？'

"我说：'就是上周那个安徽妹子。你拎起裤子就走人了，也不管人家小姑娘是死是活。被人发现时，她人都硬了。'

"他接连说了两遍'那怎么办'。

"我说：'不要着急！大哥，有我呢！我找了个民工顶包！反正也不是故意的……公安局的人说，判一年就行了。但是，大哥，钱你得出。一个月一万元，一共十二万元……安抚这个民工的家人。

"他沉默了一会儿。

"我正等着他讨价还价，没想到，他居然说：'行，给我两周时间。'

"把那十二沓蓝莹莹的钞票拿到手之后，我才相信，我真的又一次成功了。

"镇上的人都说'老巫婆'的儿子怪。我看，他不仅是怪，还傻！

"我拿着这十二万块钱，像献宝一样地献给了我老公。他没有问这十二万块钱是从哪儿来的，还破例拥抱、亲吻了我……自从我做了这个之后，他就不再亲吻我了，哪怕是在床上。我知道，他嫌弃我。他的拥抱和亲吻，让我像戴上了一朵小红花一样高兴。

"他一直想要一辆车，这下终于实现了。他可以开着车去赚钱，也可以开着车带我去兜风。而且，我也不用再做……这个了。可是，他告诉我，这些钱只够买辆裸车。他为了赢够上牌照的钱，把这些钱都输掉了……

"我恨他，也骂自己傻！为什么要对这样一个没本事赚钱、任由老婆卖身的男人好呢？是为了报恩，还是因为缺少安全感，身边必须有这样一个男人？毕竟，在我只有十四岁时，他给了我温暖的怀抱……

“他把那些钱通通输掉了之后，大概又过了两个月，他开始不满足于我拿回来的那点儿钱了，故意找茬儿……我知道，是那十二万块钱吊高了他的胃口——我不应该全部拿给他。但是，他给我的奖赏，又让我着了魔似的想要拿到更多的钱。

“于是，我又想到了‘老巫婆’的儿子。

“这次，以什么理由去说呢？

“电视里的一条新闻启发了我，说有一个人死在了看守所里。于是，我又给他打了传呼。我说：‘大哥，不好了，那个民工死在看守所里了！公安局的人已经调查清楚了，这个民工是给人顶包的。他们正在调查真正的凶手……’

“他显然有点儿吃惊，也有点儿怕，急急地回答：‘那怎么办？’

“我说：‘大哥，你不用担心，我可以找人帮你搞定。不过，这次的价钱有点儿贵，你要有心理准备。’

“他沉默了几秒钟，问：‘多少钱？’

“其实，我本来想说二十万块钱的，但是把话说出口的那一瞬间改成了五十万块钱。我想，把其中的三十万块钱给我老公，可以买一辆好一点儿的车，开着舒服，赚的钱也多。他肯定能高兴很长一段时间！剩下的二十万块钱，我留着，慢慢来……

“但是，话一出口，我又有点儿后悔。如果这个数字把那个傻子给吓怕了，缩回去了，那该怎么办？如果他没有这么多钱，或者不愿意花这么多钱……如果他说，那你叫警察来好了，坐牢就坐牢。既然连顶包的民工都只坐一年牢……

“可是，让我没有想到的是，他居然答应了。

“我把钱拿回去的时候，老公抱着我亲了又亲。他说我是他的白雪公主，是他的人鱼姑娘，是他的金鱼。

“我觉得自己好可怜，别人一句肯定的话，就能让我高兴很长一段时间。我相信，他不是为了钱，而是为了能娶到我这样一个能干的媳妇而感到高兴，也是为了我对他的忠诚……想到‘忠诚’这两个字，我有点儿羞愧。于是，我把那张存了五十万块钱的银行卡拿了出来。他拉着我，急急地去街角的 ATM 取款机刷卡。我告诉他的密码，他输错了好几遍。终于，他看到了屏幕上显示的数字，并且确认了尾数。然后，他居然在放置 ATM 机的小房间里把我抱起来，顶在玻璃隔板上……

“这五十万块钱，对‘老巫婆’的傻儿子来说，肯定是伤筋动骨了。但是，我转念一想，母债子还！想一想那个‘老巫婆’对我的种种压制和羞辱，活该他们家破财！

“五年之后，在困顿之际，我再次想到了这块肥肉。还能再榨出油水来吗？他以前给我的钱是从哪里来的呢？他一个邮局的职员，能有多少收入？是他家的老房子卖的钱吗？他母亲那么强势，能让他自由支配这么多钱吗？他家祖上曾是清朝的盐商，墙里面会藏着金银财宝吗？无论如何，我都要去试试。

“他早就不用传呼机了，我又不能去镇上找他……直到有一天，孩子吵着要去科技馆。不巧，那天闭馆。返回地铁站的时候，我突然想到，他说他经常会去邮币市场。何不去那里等他？

“在去邮币市场的地铁上，我就把故事想好了。我决定，最后一次向他张口。这一次，我要一百万。

“邮币市场外面有一个街心花园，里面有长椅、健身器材。看到一个小孩子坐在双人漫步机的一个脚踏板上，两只手抱着立柱荡来荡去，我家儿子也要荡。我扶着他坐上去，他也开心地荡了起来。

“不知从什么时候开始，我感觉身后站了一个人。我回过头去一看，正是我要找的那个人。

“他说：‘这么巧，你也在这里！’

“我说：‘不是巧，我是专门来找你的。’

“他问：‘找我有什么事？’

“我说：‘看到这个孩子了吗？’

“他说：‘看到了。是你的孩子？’

“我说：‘应该说是你的孩子。’

“他的眉毛立刻就竖了起来：‘哦，怎么会是我的孩子？’

“我说：‘还记得我给你介绍的第一个小妹妹吗？她和你发生了关系之后就怀孕了。她来找我，跟我借钱，要打掉这个孩子。我想，你没有结婚，你老妈又那么想抱孙子……于是，我就竭力劝她把孩子留下来。孩子出生之后，她把孩子扔给了我。我给了她十万块钱……用奶粉和米粥把孩子养大。我这个小姐妹红颜薄命，孩子还不到一岁，她就在出租屋里被上门的客人给杀死了。我一直在犹豫，要不要把这件事情告诉你。说出来，怕你有心理负担。不说，又觉得这么大的一件事，瞒着不太好。我没有孩子，就把这个孩子当成了亲骨肉。没有人知道这个孩子是收养的……户口也报上了，很快就要上学了。我想，应该告诉你这件事情了。’

“这个男人说：‘真的？这个小男孩儿真的是我亲生的？’

“我说：‘不相信，可以去做亲子鉴定。’

“他说：‘好啊！只要能证明这孩子是我的，你提出什么条件我都答应。’

“孩子看见我和一个陌生人说话，赶快跑过来，依偎在我的腿边，指着他问：‘妈妈，这个人是谁？’

“我一边笑，一边抚摸着他的头发说：‘对你来说，他是一个很重要的人。’

“孩子说：‘什么是“很重要”？是会买巧克力给我吃的那种

“重要”吗？’

“他俯下身子说：‘小宝宝，你喜欢什么口味的巧克力？我这就去买！’

“孩子回答说：‘“重要”口味的。’

“他哈哈大笑起来，抱起孩子，向天上抛去，吓得孩子尖叫了起来。

“亲子鉴定这种事，我的一个小姐妹经历过。我知道，医院是不给做的。他知不知道，我不清楚。总得试试吧！

“等孩子又跑去荡秋千了，他说：‘孩子荡秋千的样子，和你一样。’

“我感到很奇怪：‘哦，你什么时候看到过我荡秋千？’

“他说：‘你读书的时候，我送完信件和报纸，会去学校等母亲下班，载她回家。路过操场的角落时，总能看见你在那里荡秋千。对了，那次摔得疼吗？听说，骨折了……’

“我说：‘时间长了，都忘了。’

“他的话，让我感动了好一阵子。我如此地自暴自弃，竟然还有一个陌生人这么在乎我……

“现在，正是谈判的关键节点，不是感动的时候！于是，我说：‘谢谢你！你要是做亲子鉴定的话，明天早上八点，在市第一医院门口见面。我带着孩子，你也来。如果不是你的孩子，我就马上走人，一句多余的话都不会有，毫无怨言地把他养大。如果是你的孩子……一百万，一次付清。以后，你要是联系我们，想认这个孩子，没问题！但是，我和孩子绝对不会主动去骚扰你。’

“第二天，他来了，带了一盒费列罗巧克力。盒底的那层黄灿灿的衬纸，闪得孩子眼睛都亮起来了。

“他抱起了孩子。孩子抱着巧克力盒，把头埋在了他的胸前。

口水滴在他雪白的衣服上，他也不在乎。

“我们三个人跑上跑下……所有人都说医院是不做亲子鉴定的。

“走出医院的大门，我说：‘咱们再去一家医院看看吧。’

“他说：‘不必了。他和我这么亲，不会有错的。这样吧，咱们去拜一拜我家的祖坟，让孩子认祖归宗。然后，我再想办法筹这一百万块钱。你看行吗？’

“我没有料到会这么顺利，仓皇中，不知道该说什么好了。说‘感谢’，不行——按照我编的故事，这分明是他应该给的。说‘不用这么着急’，也不行——违背了我的意愿。我恨不得马上‘落袋为安’！说‘马上给’，也不现实。一百万，又不是一万……

“于是，我憋红了脸，说了一句：‘你真好。’

“他说：‘我不好。我没有什么好的，只不过是为自己赎罪。’

“我心想，我的故事，他真的信了。他真的这么傻吗？”

十六

走出看守所，梅一辰发现角落里站着一个人，分不清男女。走近一看，是连见贤，手里提着一个饭盒。

她看见梅一辰，就像看见了救星一样。她跑过来，大声说：“昨晚，我梦见了妹妹。她说在里面吃不饱，想吃‘大壶春’的生煎包。我走了三个小时，把生煎包送来了。但是，他们不让进……”闻着她身上那股浓烈的酸味，梅一辰的鼻子酸了一下。

梅一辰说：“大姐，你放心，在里面绝对吃得饱。这生煎包，你带回去给孩子吃吧。”

看着她开裂的嘴唇、满身的汗渍和脚上的破鞋，梅一辰掏出钱包，拿出两张一百元的钞票，递了过去。

连见贤连连后退："我有钱，我真的有钱！"

说着，她从口袋里掏出一把又皱又破又酸又臭的钱，里面夹杂着梅一辰很久没有看到过的"角票"。

梅一辰没有说什么，打开车门，拿了一瓶水，准备给连见贤。此时，她想起了在连见贤家低矮的饭桌下面见到的那个歪脖的矿泉水瓶。于是，她从杂物箱里拿出了一个崭新的保温杯，把那两百元钱塞进杯子，盖好了盖子。

这一瓶水和一个保温杯，连见贤收下了。

车开出去好远了，莫高和梅一辰都没有说话。

"给予的人总是在给予，索取的人总是在索取。"梅一辰打破了沉默。

"别感叹了，小梅同志！你说说看，这个连思齐为什么交代得这么痛快？"莫高问。

"我看，无非有两种可能。一是为了掩盖更大的事情……或者罪行，比如杀人。当然了，目前的证据表明，她有不在现场的证明，没有作案时间。但是，她能不能雇凶杀人呢？二是有好胜心，就是想显摆一下。有些人，自视甚高，受不了在看守所里低人一等的感觉。哪怕是出丑，也要扳回一局……您说呢，师傅？"

没等莫高回答，她就看着后视镜里的师傅，继续说："不过，连思齐的这个故事也太离奇了！那个教导主任的儿子真的给过她那么多钱吗？他真的相信了她编的故事吗？他是真傻，还是中了邪？"

莫高说："我们去找他要答案！我看，这个教导主任的儿子不简单。他也许是我们要找的人！"

梅一辰说："您是说，他杀了连冠？"

莫高没有直接回答她的问题："亲子鉴定！还得做一次亲子鉴定！"

梅一辰有点儿拐不过弯儿来："谁和谁做亲子鉴定？"

莫高说："教导主任的儿子和连思齐。"

梅一辰说："师傅，您说清楚点儿好吗？"

莫高说："对，是他们。"

听说这两个警察突然要找自己的儿子，老太太用宽宽的身子把儿子护在身后，严肃地问他们："到底是什么事？"

莫高说："有可能是大事，也有可能是小事，得等调查清楚以后再作判断。"

儿子在母亲的身后瓮声瓮气地说："妈，你走开，让警察进来！"

在母亲的"办公室"里，这个男人提出了一个条件：释放连思齐，不再追究任何法律责任。他愿意坦陈一切……

隔着墙，在猫咪"喵喵"的叫声中，他母亲问："坦陈什么？连思齐那个小婊子跟你有什么关系？难道她比我重要？"

这个男人也隔着墙回答他的母亲："一样重要！你是我的来处，她是我的去处……"

话音一落，墙内墙外都没了声息。他母亲的号哭声打破了沉默："该死的外地女人……"猫轻轻地叫着，仿佛在劝说老太太，让她不要哭。

莫高直视着这个男人。

这一次，卡在他眼睛上的放大镜被拿掉了。在他的眉宇间，莫高发现了连思齐的影子。

这个男人也直视着莫高说："果然是个好警察！第一次见到你，我就预感到，不找出真相，你是不会罢休的。你们把我带到刑警队去也可以，在这里也可以……不过，我要提醒你们两位，从连冠失踪到现在，已经过去了二十年。二十年的法定追溯期限……"

"哈哈！看来，你不仅邮票集得好，法律也学得很好啊！你是不是日夜都在盼着满二十年的那一天？即使这样，我们也会像好奇的猫一样，需要知道真相。我们需要知道，当年连冠家小码头的台阶为什么只有一块石头松动了。我们需要知道，你母亲藏在家里的那个日记本，你有没有看过。我们需要知道，连思齐马上就要满十四岁时，是不是你在学校操场角落里的秋千上做了手脚，才让连思齐摔伤了腿，住进了医院。我们需要知道，你如此文弱，是怎么把身强体壮的连冠弄到枇杷树下的那个坑里的。我们需要知道，你是怎么说服你母亲买下这幢房子的。我们需要知道，你给连思齐的那些钱是从哪儿来的……”

“我保证，你们会得到满意的答案。”这个男人伸出了双手。

莫高和梅一辰一左一右，这个男人走在中间。那只猫“喵喵”地叫着，跟在后面。

三个人走出了大门，却见门外站着连见贤。她大声说：“是我，是我……”

砌墙的老男人

一

探长莫高到达现场的时候，被害人的父亲一言不发，旁若无人地砌着烟囱，仿佛此刻手中的活儿比女儿的死还要紧。

这是一个新开盘的别墅区，主干道两旁的行道树上还一圈一圈地缠着草绳，树叶也还耷拉着。工人们拖着橡胶皮管，懒散地挪动着脚步，任粗大的水柱恣意乱射。一路开进去，即使发动机轰轰作响，也还是听得出各种尖利的切割、挖掘或者敲击的声音。幢幢房子都像热火朝天的小工地一样……几乎到了最里面，莫高才找到了指挥中心对讲机里说的这户人家。

派出所民警拉起了警戒线。死者是在三楼被发现的，尸体还在原地。几个被鞋套、手套和头套武装起来的技术人员在勘查现场，发现尸体的那个送瓷砖的工人正在接受询问，被害人的父亲在屋后闷声不响地砌砖头。

莫高就站在这位父亲的身后。

烟囱已经和他的额头一般高了。这位父亲背对着莫高，蹲在用几根原木草草钉起来的脚手架上，低下花白的头，拿起一块砖，用瓦刀将铅桶里的灰浆铲起来，均匀地抹在砖的四个边上。然后，他把有灰浆的一面搁在墙体上，再用刀背从左到右敲实了。接着，他拿起下一块砖，重复前面的步骤，动作精准，分毫不差。

莫高点起一根烟，踱步上前，抬头看去，这才发现两行鼻涕已经逼近了这个老男人的上唇。他的目光呆滞、麻木。他的脸色如同脚边铅桶里的灰浆，苍白、灰暗。他的左小臂上有一个伤口，一用力就有血涌出来。外层的血痂混合着泥灰，已经变成了难看的灰褐色。他的两只鞋居然穿反了，既滑稽，又让人难过。

莫高到过各种各样的凶杀案现场，见过各种各样的受害人家属。眼前这位的样子，比哭天抢地更让人受不了。

送瓷砖的工人，莫高已经细细地问过了。这个人讲一口苏北话，说话的时候上唇向后缩，显得牙齿大得出奇，好像一直在咧嘴傻笑。他说，他是来送货的。这户人家预订了两种砖：一种是做旧的红砖，是用来砌壁炉的；另一种是和别墅外墙一样的浅褐色墙砖，是贴在烟囱外壁上的。送货的前一天，他打过电话。电话是男主人接的，说他一直都在。把车子开进来，停好了以后，他发现别墅的门敞开着。他问了好几声“有人吗”，都无人回应。他再次确认了一下门牌号，就开始卸货了。卸到一半的时候，他有些口渴，便到车上去拿了水杯，到厨房去接水。喝水的时候，他上楼去看了看，主要是出于好奇。他想看看有钱人家的房子究竟有多大、有多气派。走到三楼，他突然看到大房间中央躺着一个人。这是一个只穿着吊带睡衣的年轻女人，两条又白又长的腿正对着他，隐约可以看见那“神秘的三角洲”。他上楼时，那么大的动静，这个女人居然一动不动。是喝醉了，还是晕倒了？他大喊了几声“有人吗”，只听见嗡嗡的回声。于是，他动了邪念。近距离地看看也好，能知道乡下女人和真正的城里女人有啥区别。可是，走近了一看，他感觉不对劲儿。这个女人卧在地上，吊带睡衣短得刚刚盖住大腿根。血把她的一头长发粘成了一缕一缕的，淌得满地都是。她的头旁边是一个切割瓷砖、木地板用的小电锯，上面也有血。看清楚了这一切之后，他吓得惨叫了一声，一步三个台阶地朝楼下跑去。还没跑到一楼，他就听见有人噔噔地跑进来。仔细一看，是个有点儿老的男人。这个老男人手里拎着瓦刀，瓦刀上的灰浆向下滴着……一只耳机掉了下来，另一只还在耳朵里。这个老男人问他有什么事，他指了指楼上，说："死人了！"这个老男人拽着他上了楼，先是傻傻地围着尸体转了几圈，然后指着他颤声说："你……你……你……"

"不是我，不是我……我就是一个送货的，给这户人家送瓷砖的……"工人说，他本来想跑掉，可是转念一想，跑掉了反倒说不清，就打电话报了警。他打完了电话，发现这个老男人跪在尸体旁，抱起年轻女人的头颅，把自己的脸贴在她的脸上，两行泪在沾满泥灰的脸上形成了两条清晰的"河床"。送瓷砖的还说，一开始，他以为在他惨叫之后跑出来的这个老男人和他一样，也是打工的。后来，他发现不是——走路和说话的样子都不像。

他咧着大嘴，看着莫高说："我送了这么久的货，第一次看到房东自己动手砌墙。"

莫高楼上楼下地走了几趟才发现，这幢房子虽然是毛坯房，但是已经住了人——三楼有一张床，二楼有一张床。根据屋内的陈设判断，应该是女孩子住在三楼，老男人住在二楼。

莫高特意看了一下，发现二楼的床好像被宾馆服务员整理过了似的，平展展的。三楼的床还乱着……后窗旁边有个滑轮装置，转动滑轮，就可以将楼下的重物吊上来。滑轮装置旁边，堆着一些装有瓷砖、马桶和台盆的板条箱。

看完了这些之后，他又去了一趟那个老男人砌墙的地方。老男人砌墙的节奏依旧！莫高没有言语，再次点燃了一根香烟，站在边上耐心等待。他完全能够理解这个老男人此刻的悲伤……

砖砌了一块又一块，墙很快就超过头顶了。终于，当的一声，瓦刀掉在脚手架下，老男人一个趔趄，仰面摔了下来。没等莫高上前搀扶，他就翻转了身体，趴在地上，拍着地面号啕大哭。

等哭声渐渐弱下去，莫高走上前去，扶他坐起来，自己盘腿坐在对面。

莫高与他相对而坐，这才看清了老男人的样子。看得出，他对自己的身材是有要求的，大臂上的肌肉鼓着。他的发际线很高，脸上的纹路纵横交错。额头上是横纹，眉心叠了好几个八字纹，两条法令纹从鼻子的两侧一直延伸到嘴边。一张备受岁月摧残的脸，如今又要蒙上厄运的阴影……

老男人低下头，摘掉线手套，从口袋里拿出一方白手帕，擦了擦眼睛，又擤了擤鼻子。忽然，他就像刚看到左小臂上的伤口似的，拿用过的白手帕去摁了一下。等他把手指移开，血又涌了出来。

莫高问：“怎么伤的？要不要包扎一下？”

老男人长长地叹了一口气，然后颤抖着说：“包扎？您认为，我受的伤……包扎一下就可以了吗？”

莫高知道他指的是什么，没有接他的话茬儿，而是说：“对不起。我姓莫，负责侦办您女儿的案件。请您节哀，我会尽力的。”

对方并没有开口说话。莫高停了几秒钟，接着说：“我想了解一下案发前后的情况。比如说，您听到了什么，或者看到了什么。”

老男人说：“我要是听到了什么，或者看到了什么，她就不会这样了。”

说着，他咬了咬嘴唇，低下头去。抬起头时，他的眼睛已经红了。他接着说：“这是老天在惩罚我呀！她母亲五年前就走了，现在她又走了……”

原来，这家的女主人五年前患上了乳腺癌，去世了。老男人和女儿把市中心的公寓卖了，付了首付，买了这幢别墅。他们每个月既要还贷款，又要付房租，压力很大。所以，交房以后，两个人决定先搬进来住。老男人是个建筑设计师，年轻时在工地上干过砌墙、安装水电这样的事。现在，把建材和洁具买回来，只要安装一下就可以了。所以，拿到钥匙以后，他没想请装修工人来装修，想自己装。反正也住进来了，又不用赶工期，装到什么时候都行。女儿坚持要装个壁炉，老男人想了想，同意了。装上壁炉，屋子里就多了一个景观。最重要的是，冬天把壁炉一烧，整幢房子就都暖和了。他打算先把壁炉和烟囱砌好，然后再一层一层地装。从三楼开始装……装好了之后，散完了味道，两个人就都搬到三楼去住。然后，再装二楼和一楼。

老男人说，都怨那个耳机。他最后悔的一件事情，就是戴着耳机砌墙。否则，就不会一点儿声音都听不到了。

他是最近才习惯于戴耳机的。物业的工作人员说过，晚上不能装修，但却没人遵守。到了夜里，切割和挖掘的声音，隔着绿化带都听得清清楚楚。年轻的时候，他住在建筑工人的工棚里，一躺下就睡着了。现在不行了，不戴耳机根本就睡不着。白天也是……听什么呢？听电台里播放的各种音乐！听着音乐，即使在砌墙，也不觉得单调和无聊了。这个双休日，他打算把烟囱砌好了。女儿是几点回来的，他不知道，反正在他入睡前还没有回来。他是戴着耳机入睡的……人老了，醒得早。醒来以后，他去一楼的厨房煮了点儿小米粥，给女儿留了一碗。喝完了粥，又吃了块面包，他就开始在屋后干活儿了。他一直在砌墙，忽然听到了一声惨叫……

“您是几点开始干活儿的？”莫高问。

“不到六点。我和好了灰浆，正好听到电台里报了‘六点整’。”

老男人回答。

这个时候，进来了一个派出所民警，递给了莫高一张纸。纸上打印的是这户人家的基本情况：黎恩晴，女，二十七岁，未婚，某中学的英文教师；黎父，五十七岁，丧偶，某建筑设计院的高级建筑设计师。两人均无前科劣迹……这幢房子的房产证上写着黎家父女的名字，在黎恩晴的名下有一辆白色的“牧马人”吉普车。

莫高心想，怪不得转弯的时候看到了一辆白色“牧马人”吉普车。这辆车停在隔壁的一幢还没开始装修的别墅旁。这种车子本来就少见，女孩子开这么彪悍的车子，就更少见了。

“作为父亲，您认为谁最有可能对您女儿下毒手？”看完了手上的纸，莫高问眼前的这个老男人。

“您是警察，这个问题得由您来回答。”黎父用手撑着地，站了起来。看来，他是不准备把谈话继续下去了。

“没错。可是，我需要您来提供线索。想起了什么，您随时打电话给我。”莫高站起身来，摸出一张名片，递了过去。

黎父没有把名片接过来。他说：“我负责做一个好公民、好建筑设计师，您负责做一个好警察。”然后，他拎起瓦刀，爬上了脚手架。

莫高尴尬地笑了笑，说：“我会的。”

然后，他就只能眼看着老男人开始砌墙了。

二

前来运送黎恩晴遗体的车子，被黎父挡住了。他说，人死了之后，三天就要回家一次。因此，尸体必须在家里停满三天。恩晴横死，他更要守在她身边，等她的魂魄归来……

莫高问他："是替您女儿申冤要紧，还是等她的灵魂要紧？"

黎父低着头想了想，让到了一旁。

法医说："死者后枕部的伤是致命伤，小臂外侧的擦伤是抵抗伤。背部、大腿部和外脚跟的淤青，应该是凶手施暴所致。死亡的时间大致在三个小时以前，也就是早晨六点到七点之间。被害人没有穿内裤……一条脏内裤被丢在卫生间的洗衣篓里，并无撕扯的痕迹。有两种可能：一种是她洗完澡之后，还没来得及穿干净的内裤就出事了；一种是她习惯于不穿内裤睡觉。被害人生前有过性行为，已经提取了DNA。现场的血迹有三种，量最大的是被害人的。量小的有两种，其中有一种是黎父的。黎父的血来自于他左小臂外侧的伤口。我们问过了，他是在砌墙的时候不小心被瓦刀伤到了。送瓷砖的工人发现尸体后，他到过现场。精液和剩下一种血迹属于同一个人，已经拿去比对了，但愿能比对出结果。电锯的大小跟手电筒差不多，是黎父买来的装修工具。这个可以切割木材、铝材、地板和瓷砖的电锯，被凶手就地取材，当成了杀人的工具。现场的鞋印很乱，不具备提取条件。"

小区里一共有一百三十四幢别墅，有一百二十幢正在装修。在装修的工人当中，没有突然离去的。物业公司的保安也是一样，没有突然离去的。还有两类人不能遗漏：一是送建材、送快递的人；二是到这个小区来收废品的人。被害人的手机和社交平台上，不过是一些日常的订购信息和聊天信息，并没有异常。综合这些情况，后面这两类人偶然闯入这户人家，见色起意、强奸杀人的可能性就非常大了。

其实，最怕的就是这种没有因果关系的命案……没有办法按照正常的逻辑去推理，只好依靠大量的走访和排查了。

莫高把任务布置了下去。保安、装修工人，再加上送建材、送快递的人和收废品的人，都要见到本人。凡是男性，都要采集生物样本，以便做DNA鉴定。

莫高到小区的物业监控室去调取录像资料的时候，很遗憾地发现，因为还在装修阶段，所以只启用了东南大门外侧的一个摄像头，其他的都还没有启用。也就是说，不管是车还是人，进出小区都得走这个门。

莫高摸出一根香烟，点燃了，然后便开始看录像资料了。

得先搞清楚黎恩晴是什么时候回来的！看着看着，他发现，凌晨三点四十三分，黎恩晴开着那辆拉风的白色“牧马人”进了大门，车上只有她一个人。

这个时候回到家，大约两个小时以后就被害身亡了。是谁干的？

第二天晚上，各路人马把信息汇总之后，没有发现任何人的DNA和现场的吻合。

什么地方出了问题呢？是走访和排查有遗漏，还是侦查的方向错了？

三

再次去黎家，是在案发后的第三天。

莫高对现场十分迷信，尤其是侦破工作走进死胡同的时候，他总要再去一次现场。

车子停好了之后，莫高打开了车门。远远地，一种奇怪的味道强劲且固执地扑了过来。细细地辨别，是花香——栀子花的香味，还有尸臭。尸臭还真顽强，都三天了，也没有散去。

莫高进入底层的大厅，没有看到黎父的身影。

他绕到屋后，发现烟囱已经砌到第三层了。黎父依旧戴着耳机，站在脚手架上专心地工作。

莫高在脚手架后面站了一会儿，正欲爬上去给他打下手，套套近乎，顺便和他聊聊……可能是感觉到了脚手架承重的变化，黎父转过身来。他觉察到了莫高的意图，连忙用手势制止他。可能是戴着耳机的缘故，他说话的声音特别大："脚手架上站两个人，会塌的！"接着，他放下瓦刀，从脚手架上走了下来。

莫高摸出香烟，递给黎父一支，但是这个老男人不接。莫高索性把两支香烟都放在唇间，都点燃之后，再递一支过去，黎父才勉强接过去了。

两个人默默地抽了几口烟之后，莫高说："您的那些关于好公民、好警察的说法，很让我受教育。谢谢！"

黎父不语。

莫高说："我还知道，一个好公民有义务配合警察调查。如果您对此没有异议的话，那么我想知道您女儿黎恩晴有没有谈过恋爱。"

黎父吸了一口烟，说："我给自己定了一个原则，孩子的事，我尽量不参与。我早就告诉过恩晴，只要她喜欢，我就同意。"

莫高说："我需要的是正面的回答。她有没有男朋友？"

黎父说："她没有正面告诉过我，我怎么正面回答您呢？"

这种说话方式，还是承继了原先的那种"不愿意继续交流"的拧巴的说话方式。这种拧巴，不知是源于失去世间唯一亲人的伤痛，还是源于心理失衡。莫高理解，于是作罢。

他正准备到黎恩晴所在的那所中学去调查，犹豫着是先找学校领导还是先找她的同事时，突然接到了一个打到办公室座机上的电话。对方自报家门，说是黎恩晴的同事兼闺蜜，要找莫大探长谈一谈。

两个人约在了学校附近的一个茶室。

这是一个与黎恩晴年龄相仿的女孩子，身穿淡青色的真丝连衣裙，削肩，鹅蛋脸只有巴掌大，一双“吊梢眼”细眯眯的，眉毛直入鬓角，像极了林风眠笔下的仕女。可是，她一开口，就一点儿也不像仕女了。她说：“谁是凶手，我不敢说。但是，我一直劝晴儿，找‘男票’一定一定不要找黄洪亮那种‘傻逼’。不就是长了一副‘拆白党’的面孔，有一张舌头上装了弹簧的嘴嘛！帅就有免死牌了吗？要是这屁货碰到我，一千万只‘草泥马’，早把他踩个片甲不留了。”

“哦？”莫高十分感兴趣地看着这位口无遮拦的闺蜜。

“莫大探长，不知道您同意不，反正我觉得男人和女人真的是差别太大了。如果爱上的那一刻是分水岭的话，那么女人会越来越爱，男人会越来越不爱。女人要是吃准了一个人，那是死都不会改的。有好多次，晴儿哭着数落黄洪亮对她的种种背叛，哭得连气都喘不上来了。可是，只要接到黄洪亮的一个电话、一个信息，她马上就笑了。我要是敢说黄洪亮半句坏话，她分分钟就和我翻脸。她说，是她自已不够好。够好的话，一定留得住他。这个黎恩晴，真是傻得不要不要的了！我看，她就是中了黄洪亮的毒！”这位闺蜜大概是真的怒其不争。

“怎么个傻法？”莫高问。

“她贷款买了一辆‘牧马人’。认识黄洪亮以后，黄洪亮没有车子，她就把这辆车给他开了。自已省吃俭用还车贷，就为了讨‘男票’欢心，这还不够傻吗？她哪里知道，她的男神在她的车子里跟多少女人玩过车震……”

“黄洪亮的那些破事，黎恩晴都知道吗？”莫高问。

“怎么不知道？但是，只要黄洪亮一认错、一发誓……抓起她的双手，一个一个指尖地吻过，她就心软了。恋爱中的女人，真是弱智啊！”这位闺蜜仍旧是怒其不争。

“我还想问一下，黎恩晴这么一个娇娇小小的女孩子，怎么会买一辆这么彪悍的车子呢？”莫高问。

“这辆车是在认识黄洪亮之前买的。我当时也很奇怪，她怎么买了这么一辆车子呢？我问她，她说她没有‘男票’，就把车子当‘男票’了，当然得又帅又彪悍了。白色的‘牧马人’，就是一个白马王子。可是，她哪里想得到，‘牧马人’犹在，白马王子却早就变心了。”

“哦，这个黄洪亮是做什么的？”莫高问。

“凤凰男，你晓得吗？我觉得，‘凤凰男’本身不是贬义词。相反，我对那种经过努力闯出来，能够在大城市立足的男生怀有深深的敬意。他们抓到了一副烂牌，能打成这样，已经很励志了。可是，这位黄洪亮先生想要的是‘更加励志’。黎恩晴只不过是他在打猎途中顺手搂到的一只‘小兔子乖乖’。他要寻找的是诗和远方，以及能够带给他诗和远方的‘富家公举’。你说，他是过日子的人吗？连个正经工作都找不到！说起来，他也是住在‘滨江花园’的人，很高级的一个小区。与人合租的，好吗？据说，他的父母也来了，三个人住着十几平方米的小屋。他能不回去就不回去，夜夜转战于各种女人的床榻。没钱了，黎恩晴会接济他。实在没钱了，他就会编个小程序、做个文案什么的，接点儿小活儿。但凡有点儿钱，他就去健身，或者去参加英文口语班，甚至去参加艺人培训班。他连走路、说话、微笑都是练出来的。他根本就不想一步一步地走，而是想一步登天。你说，这个男人可怕吗？”

“富家公举”？莫高听出来了，应该是“富家公主”。网络时代，语言真是太生动了。一个“举”字，调侃、嘲笑、不屑和居高临下的感觉都在里面了。以黎恩晴的家境，配他这个人绰绰有余，但却配不上他的野心。莫非两个人有了冲突，然后……

“这位男神的照片，你有吗？”莫高问。

“我可没说他是男神！我看，他是披着男神皮的人渣。”闺蜜挑起眉毛，拿出手机，用手指划拉了几下，递给了莫高，“这是和黎家父女一起在‘西堤牛排’吃饭的时候拍的。侧影有点儿像那个新近和林心如结婚的霍建华，走的是高冷路线。”

“都说男人看脸，女人也一样看脸啊！”莫高感叹。

“看脸的时代嘛，谁好意思免俗！”这位闺蜜耸了耸本来就很窄的小肩膀。

当务之急，就是找到这位黄洪亮。

四

黄洪亮租住的地方，确实是一个比较高档的小区。但是，进了房间，却是另外一番景象。一个勉强能够过人的走廊，通往各个房间。三室两厅，住了五户人家。其中的一户，门上草草地写了一个“黄”字。敲过门之后，里面窸窸窣窣地响了许久，才听见了脚步声。开门的应该是黄洪亮的父母——焦黑的面孔，惊怯的眼神。这个房间就像一个仓库，靠墙摆着一个“上下铺”，下宽上窄。另一边摆着两张合在一起的旧办公桌，上面放着各种箱子，有纸板的、木板的、帆布的、无纺布的，还有皮革的。马桶和洗手池占了阳台的一边，另一边是一台电脑，显示器还是圆弧屏幕的那种。

技术人员采集完床上、枕头上的几根头发和卫生间里的牙刷就走了，莫高留下来跟黄爸、黄妈聊。

看过新闻，他们就已经知道黎恩晴死于非命了。儿子恰恰在这几天没有回家，也没有电话、短信和微信，连朋友圈都没有更新过，两个人早就在胡思乱想了。所以，听敲门的人说是公安局的，两个人相互看了一眼，觉得该来的终于来了。

黄爸说："我们已经好几天没有联系上儿子了。"

莫高要求他们给个明确的时间。

黄父用戴着金戒指的焦黄的手指扒拉了好久手机屏幕，才说出了儿子和他们最后一次联系的时间：案发前一天晚上十一点零三分。也就是说，从这个时间算起，再过四个小时四十分钟，黎恩晴就开着车经过自家小区的监控探头了。儿子发微信给他们，说次日要去瑞安，有生意要谈。此后，便再无消息。

"和谁谈生意、谈什么生意，您儿子说过吗？"莫高问。

"他就是说了，我和他妈也理解不了。"黄爸带着口音怯生生地说。

还没等莫高离开黄家，来自两方面的反馈就都来了。一方面是技术人员那边，现场提取的精液和血迹，经过DNA检测，确实是黄洪亮的。另一方面是瑞安那边，经过对包括民宿在内的各种宾馆、旅店进行排查，发现了黄洪亮订房的记录。他预订了一个晚上，但是没有去住。

那么，就是激情杀人了。他本打算第二天去瑞安，房间都订好了。即使是有预谋的，他也不会傻到在黎恩晴的体内留下精液，让自己的嫌疑变得这么大。一定是突发的杀人这件事情让他改变了计划，以某种不为人知的方式逃掉了。

那么，他逃到哪里去了呢？

就在这时，侦查员向莫高报告说，案发后的第二天夜里，黎恩晴的那辆白色"牧马人"被抛在了浦东机场T2航站楼的出发层，先是被贴了罚单，后来又被拖车拖到了停车场，至今无人认领。

莫高想起来了，他第一次出现场那天，在黎家别墅附近见到过这辆车。看来，这家伙在警察到达现场后，仍然在这个小区。等警察撤了，他才找机会开车逃了出去，直奔机场。

莫高马上开车直奔机场，他相信“黄洪亮”这三个字一定会出现在某个航班的乘客名单里。

在高速路上，一想到马上就要有突破了，他甚至有了“春风得意马蹄疾”的感觉。于是，他往汽车音响里塞了一张谷村新司的CD盘，然后把一只手伸到窗外，任风把他的手往后推，再往后推。他听不懂这个老男人在唱什么，但是喜欢他的声调，因为这声调恰如他此刻的心情。

可是，当日的乃至从案发至今所有的乘客名单里，包括国内的、国际的，都没有黄洪亮的名字，这让莫高的情绪瞬间跌入了谷底。不是填了假的身份信息，就是声东击西！莫高傻傻地站在航站楼熙来攘往的人流中，一时没了方向。

万幸的是，“牧马人”停在航站楼出发层的那段录像还保留着，车子到达的时间是案发当晚九点二十三分。在录像中，可以清晰地看到一个背影……是个上身穿灰色帽衫、下身穿牛仔裤的男人。这个男人拎着一个黑色双肩包，从车上下来，走进了二十三号门。前后一共用了七秒钟的时间！

莫高把这个男人的背影截了屏，请黎恩晴的闺蜜辨认了一下。闺蜜说：“不是这个‘傻逼’，还会是谁？”接着，他又请黄爸、黄妈看了一下截屏。黄爸看了之后，只是呆呆地坐着，没说一句话。可以肯定，这个地方就是黄洪亮最后消失的地方。

看着黄爸、黄妈，莫高心里一阵难受。他们只养了这么一个儿子！儿子大学毕业，来大城市打拼，是多么让他们自豪的事情啊！可是，这个儿子的心里却住着一个渔夫家的老太太，有了木盆，还想要大房子；有了大房子，还想要宫殿。现在，落得个鸡飞蛋打、亡命天涯。

网上追逃，抓到这家伙是迟早的事！

五

在这种情况下，案子勉强算是破了。

莫高第三次来到了黎家。一方面，他对黎父关于好警察、好公民的说法耿耿于怀。另一方面，有一些细节，他还想再推敲一下。

老一代侦查员说过，一个案子要妥帖，必须是你心中所有的疑问都解开了。在这个案件中，莫高还没有完全弄明白，黄洪亮是怎么进的这个小区和这幢房子。作案后，他为什么没有及时逃跑，而是等警察走了才开着黎恩晴的车离开呢？他是什么时候离开的呢？此后，难道黎父就没有发现女儿的车子不见了吗？

这件事情发生在案发后一周……

莫高停下车，打开车门，一股浓郁的香味扑了过来。黎家篱笆墙外的几株矮矮的栀子树还在开花。但是，仔细闻一闻，空气中仍然残留着尸臭的味道。

他嘴角一扬，笑了笑，想起了自己刚当上警察时，去过一个抛尸案现场。回去以后，他把衣服洗了好几遍，又洗了好几遍澡，还是能闻到这种味道。难道是人老了，更加敏感了吗？

屋外的烟囱已经砌好了，好看的尖顶立在屋檐上。此刻，黎父正在砌室内的壁炉。

莫高站在他身后，没有言语。黎父打破了沉默："壁炉的式样是恩晴选的，她要电影《日瓦格医生》里，尤里家老宅子里的那种。"他把电影画面做了截屏，照着样子砌。

"对了，莫探长，您看过这部电影吗？"黎父接着说道。

莫高呵呵地干笑了两声说：“黎先生，我不是来跟您讨论电影的。我是来告诉您，杀害您女儿的凶手已经确认了，只等抓获归案了。”

黎父握紧了手中的瓦刀，问：“是谁？”

莫高说：“黄洪亮——她的男朋友。”

黎父说：“男朋友？她有男朋友吗？”

莫高也没绕弯子，直接说：“您不记得了吗？您陪着女儿和他一起在‘西堤’吃过牛排……”

黎父眯缝着眼睛，朝天花板看去：“吃牛排？我想起来了！一个自己觉得自己好看得不得了的小伙子，走路、说话、吃东西，都拿腔拿调。你说，一个男人，这副腔调，是不是太可笑了？我看，他不应该叫黄洪亮，应该姓于，叫于连。他现在在哪里？他为什么要对恩晴下此毒手？”

莫高说：“是啊，我也想知道答案！另外，我还想知道他是怎么到你家的，又是怎么离开你家的。”

莫高本来想提一下车的事，但是想了想，还是等一等再问吧，先听听对方怎么说。

黎父罕见地笑了笑，说：“您是知道的，我早就睡了，而且戴着耳机。查证这些事情，还是得靠你们警察。恕我直言，纳税人养你们警察，就是为了这个时候能派上用场。当然，对于纳税人来说，这样的用场越少越好。我尊重您的职业精神……不过，答案还得您自己去寻找。”

对于黎父的这种腔调，莫高已经习惯了。他没有再说话，径直朝楼上走去。

本来装在三楼的那个滑轮装置，已经移到了二楼，旁边照例堆着各种建材的包装箱。他伸手摇了摇那个手柄，窗外粗大、结实的钢丝绳和拳头大小的挂钩一点儿一点儿地向下伸去。且不管黄洪亮是怎么进到家里的，他作案后逃走的时候，会不会是顺着钢丝绳溜下去的呢？钢丝绳垂下去的位置，在外墙的正北面。黎父砌烟囱的位置，在外墙的西侧。这两个位置完全可以形成一个视线的死角，再加上黎父的耳朵里塞着耳机，在听音乐……是完全有可能的。在案发当天凌晨三点四十三分的监控录像中，只能看到黎恩晴一个人。黄洪亮会不会以累了或者喝多了为借口，躺在后座上，有意无意地逃避监控？当时，黎父已经睡了。他完全可以在黎父毫无察觉的情况下，上到三楼，和黎恩晴一起“滚床单”。然后，就在黎父戴着耳机在屋外砌墙的过程中，两个人因为某件事情发生了争执，他便操起电锯杀死了黎恩晴。作案之后，他便从楼梯或者顺着那根垂在窗外的钢丝绳逃走了。电锯上面没有指纹，有两种可能：一是凶手作案的时候戴着手套，二是凶手作案后把指纹抹去了。还有，即使凶手不戴手套，钢丝绳上的指纹也是指望不上的。但是，会有手套的细小纤维……顺着绳子往下滑的时候，肘部、脚踝部的皮屑，或者血……得让技术人员再好好看看！

为了证实自己的猜想，离开黎家后，莫高去了一趟小区的物业公司。他想查看一下黎恩晴的那辆车离开小区的时间。可惜，物业的工作人员说，当天下午五六点钟的时候，连接摄像头的电缆被装修工人挖断了，直到第二天早晨才接上。这样一来，车子是几点离开的，就没有办法知道了。不过，问题不大，反正他最终也把车子开到了机场。另外，他想把黎恩晴开车进入小区的视频调出来，把车尾的画面做一个截图，然后到4S店去找一辆“牧马人”，测试一下后排座位上没有人的时候和有与黄洪亮体重相同的人的时候，底盘的变化。

结果表明，莫高的想法是对的，后备厢里确实有与黄洪亮重量相同的人或者物品。

没错，继续追逃！

六

数年之后，特别是“几乎把每个角落都翻了一遍”的“清网行动”之后，身份漂白了的、整过容的、变过性的……无数奇葩逃犯都落网了，只有这个家伙依旧杳无音信。

闲下来的时候，莫高总在琢磨这个案子。

现在这样的社会，要想逃得这么彻底，还真不容易。除非你意志超级坚定，割断同所有人的联系，戒掉所有能够让人联想到你的爱好。总之，让任何有可能指向你的线索都断掉。凡事都要谨慎，永远不要和公安机关打交道，不让他们采集到你的任何生物信息，比如指纹、血样。当然，你的身份证是万万不能用的，包括在邮局、银行，包括在飞机和火车上……除此以外，你还能逃到哪里去呢？

公车改革后，莫高就改乘地铁了。等地铁的时候，人家刷微信看视频，他却总是在看黄洪亮人间蒸发前的那段只有七秒钟的视频。他反复地看，仿佛想从里面找出一朵花来。

地铁进站了，他才抬起头来。排在他前面的是一个很养眼的女孩子，身穿长袖碎花连衣裙，细腰、翘臀，戴着一顶琥珀色的草帽，身上散发着若有若无的香水味。地铁就要开门了，原先松散的队伍瞬间紧凑了起来。他发现，前面那个妙龄女子的后脖颈，竟然像鸡皮一样松弛。等她侧过身来，他才发现，这个“妙龄女子”居然是位阿姨。真是吃不消啊！他想起了上海话里面有个词叫“适意”。让人看着“适意”，应该是一个人打扮的最高境界。要打扮得和自己的年龄相配，和自己的身份相配……

想到这里，莫高突然一激灵。他几乎是抖着手再次打开了那段已经看了无数遍的只有七秒钟的视频。是啊，这个人的打扮，看上去像个小伙子，可是他跨过行车道之间的隔离带时的步履，明显不那么敏捷。也就是说，已经看得出他的老态了。黄洪亮可是参加过艺人培训班的，一定不会这么走路。这个人只是看上去年轻——毕竟，真的年轻和看上去年轻不是一回事。黎恩晴的同事兼闺蜜，还有黄爸、黄妈，之所以会将这个人认作黄洪亮，是因为莫高给他们看的是截屏，是一个静态的画面。

这个人一定不是黄洪亮！为什么会有人伪装成黄洪亮呢？是受了黄洪亮的指使，使用的障眼法呢，还是为了欺骗警察而施放的烟幕弹？

无论他是谁，都得有这辆车的钥匙。最直接、最有可能拿到车钥匙的人，应该是黎父，或者是黄爸、黄妈。

先去黎家看看！

莫高走进小区的时候，已近黄昏。云像巨龙的鳞片一样闪着金光。斜阳照在主路两旁已渐丰茂的树冠上，像一顶通透的华盖。转过一个弯，有一个穿运动衣的人快步超过了他。这个人跨过马路中间隔离带时的样子，让莫高一激灵。他马上就想到了那个七秒钟的视频！没错，视频中的那个人也是这个身形，也是这个走路的样子。没错！没错！激动和喜悦让他的脚步轻快了起来。答案就要揭晓了！无论这位好公民出于什么动机……毕竟是他把车子开过去的。他应该没有他自己表现出来的那么无辜！

莫高无声无息地跟着他。等他打开自己的家门，要进去的时候，莫高用脚抵住了门，说："对不起，黎先生。正如您所期望的，我一直在努力寻找答案。可是，有个问题需要您来回答。请问，您女儿的那辆车呢？那辆白色的'牧马人'……"

对方没有说话，转身朝屋子的右侧走去，莫高跟在后面。

在一堵墙的旁边，他停住了脚步。他掏出遥控钥匙，摁了一下，墙的中间部分便缓缓地升了起来。里面赫然停着一辆车，一辆白色的“牧马人”！和在机场航站楼中停的那辆车一样，连牌照都一样！

怎么回事？莫高像傻了一样站在那里。

在他的背后，黎父未动声色。

七

交警帮他查过了，确实是两辆车——两辆一模一样的车，连牌照和各种贴纸的位置都一样。

根据车架号判断，黎恩晴那辆车的牌照是真的。抛在机场的那辆车，用的是套牌，是黄洪亮的。黄洪亮拍车牌在前，购买车子在后。可能是因为拍过三次车牌都未中，他才买了和黎恩晴一模一样的车子，方便套牌。也有可能是因为他一直开黎恩晴的车子出去混，人家都知道他的座驾是一辆白色的“牧马人”了，所以他才又买了一辆这样的车。

4S 店那边反馈的信息表明，黄洪亮买车的钱，是从一个名叫陈安妮的人的银行卡里转出来的。这位陈安妮，他们查了一下，是某位大亨的年轻遗孀。果然，吃软饭吃来了一辆车子，真是好样的！拷贝的牌照做得太好了，无法分辨黎恩晴在案发那天凌晨开的是自己的车还是黄洪亮的车。

有没有可能是陈安妮呢？莫高的眉毛拧成了疙瘩。她救小情郎心切，找个人穿和小情郎一样的衣服，只管把车子开到航站楼出发层就是了。这个人碰巧走路的样子和黎父相像，使自己做出了误判。先去看看黄洪亮那辆车子！

他被带到那辆在停车场停了很久的“牧马人”旁边时，4S 店的人已经到了。

风侵雨蚀，车身上满是尘土，前挡风玻璃上黄黄绿绿的树叶遮盖了半块玻璃，车门和脚踏板上布满了厚厚的蜘蛛网。车胎瘪在地上，边缘已经开裂了。把车门打开以后，陈旧的橡胶味和纺织物的味道猛然扑进了鼻子。

技术人员检索着最有可能留下生物痕迹的方向盘、排挡和前挡风玻璃内侧，莫高站在车外闷头抽烟。

每隔一两分钟，就会有飞机从头顶上掠过。巨大的轰鸣声，仿佛就在耳旁。机身上的文字和图标，令人眼花缭乱。想象力是上天赐给人类的最为宝贵的东西，比如这飞机，不就是一个身体里装着座位的金属做的巨大的鸟吗？人类梦想了几千年，要像鸟一样飞上天空，结果真的实现了。有了想象力，人类才会进步。破案也一样，先得海阔天空地去想象，穷尽一切可能，然后再小心翼翼地去求证，用事实和证据去证明……

莫高围着汽车一圈又一圈地踱着步。渐渐地，他被自己的步幅吸引了。一圈二十步……再一圈，还是二十步。一圈一圈地叠加……若是每一圈都有厚度的话，那么走这些圈都该把车子围成一个铁桶了。用铁桶的高度除以每一圈的厚度，不就可以算出一共走了多少圈了吗？也就是小学应用题的难度……

莫高的脑子里突然浮现出了第一次见到黎恩晴的父亲砌砖时的情景：动作精准、分毫不差，也是这么一圈一圈的。用砌墙所用的砖头数量乘以砌每一块砖所用的时间，不就可以算出砌墙总共用了多长时间了吗？他亲口说，他是六点钟开始砌墙的，一直就没停过，也没听到屋子里的任何声音，直到九点三十五分，送瓷砖的工人一声惨叫……

莫高在他身后站了很长时间，砌一块砖的时间很容易通过侦查试验去估算。三个小时零五分钟，能砌多少块砖？他真的没有在中途停下来过吗？他为什么不顾悲痛，那么急切地砌烟囱？他坚持将女儿的遗体停在家里三天，真的是因为某种习俗，而不是为了用一种气味掩盖另外一种气味吗？

想到这些，莫高已经顾不上停车场那边的事了，飞快地赶到了黎家。

黎家的壁炉已经生起火来了，一炉的柴火被烧得噼啪作响。坐在火炉旁读书的黎父透过玻璃窗看见了莫高，便摘掉眼镜，起身过来开门。

莫高说："对不起，黎先生，又是我。有个问题，我想，我是找到答案了。关于您说的那个应该叫于连的小子的下落……"

说到这里，他停顿了一下，观察了一下对方的反应。

对方并没有看他，而是转身朝壁炉的方向走去。

他看着这个老男人的背影，接着说："我想再看看您家的烟囱。是您带我去，还是我自己去？"

老男人停住了脚步，转过身来看了看他。莫高清楚地看到，他的眼睛里闪过了一丝绝望。莫高知道，自己这个好警察算是合格了。

果然，他听见这个老男人说："不必了。您的职业精神，我由衷地钦佩！既然您已经猜出来了……还是我自己来吧。"

说着，他拿起一个镬头，朝屋后走去。刚走出两步，他便回过头来问莫高："不过，莫探长，我想知道，杀死一个杀死自己女儿的人并埋葬他，有罪吗？"

老洋房里的男裁缝

一

单身有个好处，就是可以臆想出各种合你胃口的男人，比如那个越老越帅还常常会走狗屎运的上司莫高，还有那个看上去闷闷的，却能把平常的衣服做出花来的裁缝戴维。可是，谁也没有想到，这两位居然会有交集，而且是莫高这个“坏人”要把戴维介绍给她做朋友。更为悲催的是，戴维居然同意了。梅一辰在惊愕之余，心里仅存的那点儿暧昧也像云烟一样消散了。

对了，还需要解释一下“朋友”这个词。在上海话中，这个词极其多义，第一个意思，当然是大家都很熟悉的了，扩充一下便是“狐朋狗友”。第二个意思是“男女朋友”，也就是普通话中的“对象”。第三个意思，纯粹是根据叙述的需要，比如卖豆腐的可能会被称作“豆腐朋友”，吸白粉的可能会被称作“白粉朋友”。第四个意思，可以这样理解：陌生人也可以被称作“朋友”。比如，你到店里去买东西，开价二百元，你却硬要还价到八十元。这时，老板就会说：“朋友，你帮帮忙好吧。八十元卖给你，我就该喝西北风了。”揶揄、愠恼的意思都在里面了。第五个意思，稍微有点儿专业，把朋友称作了“线人”。

一开始，莫高说要给梅一辰介绍一位朋友。梅一辰以为莫高终于觉得她嫁不出去就有碍观瞻了，他这个上司也有责任。现如今，梅一辰已经过了三十四岁生日，还没有把自己成功地嫁出去。都说三十五岁是道坎，过了这道坎，就“齐天大圣”了，梅一辰当然不甘心坐以待毙。

可是，一听到他说中午一起去吃黑鱼饭，她就觉得完了，一定是“最后一种朋友”。在一线办案的侦查员，每个人手上都有几个这样的朋友。不知道其他人怎么想，梅一辰打心眼儿里鄙视这种人。一个靠出卖他人换取金钱的人，能是什么好的货色？尽管被出卖的那一方也不是什么好货色，尽管他们在客观上是在帮警方破案，尽管梅一辰是直接或间接的受益者……

如果这个时候她就知道莫高要介绍的朋友是戴维，那么她就会想出各种办法、找出各种理由，坚决推掉这顿黑鱼宴。

其实，她和戴维仅仅是顾客和裁缝之间的关系。要说有点儿特殊的话，只是比一般的顾客和裁缝之间的关系多了“卡布奇诺上面的那一层没用的泡沫”。当你说出自己想要一件什么样的衣服时，有一个人能把你的想法用恰当的裁剪和布料表现出来，甚至表现得比你想象的还要好。或者，当你从特卖会上买回来一件并不合身却能满足虚荣心的大牌服装的时候，他能帮你把它缩小或者扩大，变成适合你的尺寸。还有，更为关键的是，在你试穿的时候，他会帮你拽一拽袖口，拉一拉肩头，然后亮着漆黑的眼珠认真地看着你，真心地夸赞你，使你走出去之后能够得到更多人有声或无声的夸赞。他和你的所有交往，虽然并没有超出裁缝和客人的范畴，但却能让你心生期待。在这种情况下，你是不是会觉得这个人在你的生活中有着相当重要的地位？可是，就是这样一个人，现在却要转换身份，做你的线人。你买，他卖……你拿真金白银，他为了这些真金白银出卖某个人对他的信任。

梅一辰不相信这件事是他自愿干的。莫非是莫高这家伙使了什么诡计？

莫高这个人，你很难定义他。

首先是身份。刚到刑警队时，他是梅一辰的师傅。后来，他当上了队长。再后来，他因为动手打了一个满嘴喷粪的家伙而被免了职，成了刚刚升任队长的梅一辰（在男人堆里做队长，你是不是会把她想象成一个女汉子？不过，如果你见过梅一辰，尤其是见过她穿上戴维做的衣服时的样子，你一定会改变看法）的下级。两年以后，他官复原职，成了和梅一辰平级的同僚。没多久，他便提任了分管梅一辰这个队的副支队长。

其次是人品。莫高这个人，用他自己的话说，经常“人品爆发”。但是，在别人看来，他却总能走狗屎运。从河里捞出一段人的躯干，无包、无裹，无头、无四肢。根据法医推断的年龄和死亡时间，多名侦查员出去走访了多日，没有一点儿进展。他回过头去，久久地盯着那段可怜的躯体，终于在尸体的大腿根处发现了一小块半月形的皮肤有异样，于是便叫来了法医。法医说，应该是褥疮。这下可是大大缩小了走访的范围，被害人的身份很快就明确了。一旦明确了被害人的身份，案子就等于破了。还有一个街面抢劫案，明明在监控录像里看到劫匪跑过了红绿灯路口，可是镜头一转过去，却什么都没有了。是有同伙开车接应，还是劫匪像土行孙一样钻进了下水道？莫高反复看这段录像，终于看出了破绽。一辆出租车右转弯的时候，亮着“空车灯”，可是转过弯来之后，灯灭了。灯亮灯灭的这一点点时间，恰恰就应该是劫匪穿过路口的时间。莫非这家伙上了这辆出租车？于是，他到出租汽车公司去调查了一下，果然有了答案……每一次走狗屎运，他都能得到好处，要么受到表彰，要么升职。好在他中间被免过一次职，跌了一次跟头，否则眼红的人就多了去了。走不了狗屎运的时候，他便会打梅一辰他们这些下属的主意——请他们吃黑鱼饭。他请谁吃黑鱼饭，谁就是目标。他请你，就意味着你摊上事了，而且是把万能的他都送进了死胡同的事。所以，他那顿黑鱼饭，在梅一辰他们看来，比鸿门宴还鸿门宴。人家最少也得七八碗肉，他就一道菜——咸菜黑鱼。

梅一辰知道，他最近比较烦，手里的两个案子都没有破：一个是入室盗窃案，一个是上门抢劫杀人案。两个案子的受害者是同一户人家，前后仅仅间隔了四十天。

这户人家是做水产生意的，住在一个老式小区。他们把一个楼层的两套房子都买下来了，敲掉了隔墙，有将近二百平方米的面积。夫妻两个比较高调，出门一人一辆宝马。女的恨不得把每一根手指都戴上戒指，男的脖子上的金项链真跟自行车链条差不多粗。第一个案子，门窗都完好无缺，现场没有留下任何痕迹，被盗了六根“大黄鱼”。当时划定的范围是亲戚、熟人、前房主、装修工人、锁匠等有条件接触到他家钥匙的人，可是没有发现任何线索。范围扩大到了男主人的老酒友和女主人的牌友，还是没有结果。谁知，到了第四十天，还是这户人家，门窗依旧好好的，夫妻两个被杀死在了家里，凶器就扔在现场。家里所有的箱子、柜子都被翻了个底朝天，三件和田玉的玉器不见了。正在上高中的儿子住校，捡了条命。否则，还真的被灭了门。和第一个案子一样，现场没有任何痕迹，小区监控也没有任何异常。

梅一辰猜想，这两个案子应该是这顿黑鱼宴的由头。

“好吧，谁叫你是我梅一辰的上司呢！”

这家卖黑鱼饭的餐馆很有意思，只烧一个菜——咸菜黑鱼。一个人一小盘，二十五块；两个人一大盘，五十块，以此类推。汤也只有一个——榨菜豆腐汤。饭和汤免费。这家店一天烧多少盘黑鱼，是有数的。烧完了，再来了客人，那就对不起了，明天请早点儿来。咸菜黑鱼里的咸菜，据说是腌一天、晒一天，反复多少个回合，所以特别有嚼头。黑鱼是野生的，肉极其鲜嫩。烧的时候，再根据客人对辣的“忍受度”或者说“欢迎度”，加“干红椒”，咸、鲜、嫩、辣……倘若师傅手下留情，多给几个鱼下巴，你算是吃到“天物”了。

打开车门，咸菜黑鱼的味道扑鼻而来。梅一辰闭上眼睛，翕动鼻翼，然后跟着莫高的节奏走了过去。

你要是见过莫高的话，一定会觉得梅一辰的臆想不是没有道理。寸头、刀刻一样的脸部线条、刚毅的眼神、伟岸的身材，再穿上一件藏蓝色的军装款过膝风衣……就算是腿受过伤，走起路来一点一闪，你也会觉得这难以察觉的一点一闪是给他加分的。可惜，罗敷尚无夫，使君已有妇。

进得店来，梅一辰发现等在那里的居然是戴维，整个人都感觉不好了。难道这个戴维除了做裁缝，还有见不得人的一面？要想做线人，你就得混在坏人堆里，甚至连你自己都得是坏人。再看看他的表情，倒也镇定。

梅一辰不知道该不该告诉莫高，她其实是认识戴维的。于是，她只管埋头去吃。

二

认识戴维，实在是太偶然了。有一次，梅一辰一个人逛到一条小弄堂里，偶然间一抬头，看见一幢洋房的铁栅栏上挂了一块木头牌子，上面写着英文“DAVID’S TAILER”，下面写着中文“戴维裁缝店”，中间画着一个老式的缝纫机头。旁边还画了一只手，指向院内。

顺着那只手指的方向，在这幢洋房的亭子间里，梅一辰找到了裁缝店。

还没进门，就听见了里面的声响——缝纫机的嗒嗒声和夹杂在里面的音乐声。敲门进去，主人正坐在缝纫机后面踩着缝纫机。阳光透过窗子照进来，给他的侧脸和肩头洒上了金辉。唱机里正在放着安迪·威廉姆斯的歌……

见有人进来，裁缝师傅抬起头，问：“有什么要帮忙的吗？”

梅一辰说：“打扰了，我只是随便看看。”

他眯缝着眼睛，笑了笑说：“请便！”然后，他便又开始低头嗒嗒地踩缝纫机了。

缝纫机靠窗放着，侧面有一个巨大的工作台。相邻的两面墙上，整齐地挂满了衣物。缝纫机对面的墙边立着一排书架，上面放着衣料，也放了一些书。文学和历史方面的书比较多，还有一本英文版的圣经，扉页上龙飞凤舞地签着一个英文名“DAVID”。墙上空着的地方，张贴了一些素描的时装画。

梅一辰说：“戴维……是您吗？”

他点了点头，没有说话。

梅一辰问他：“能改衣服吗？”

他说：“可以改。不过，价钱会比较高。”

梅一辰说：“比如呢……”

他指了指门后面。门后面有一个穿衣镜，镜子的上方挂着一块木板。木板上有和铁栅栏上挂的招牌风格相同的文字和图案，然后是价钱，中英文对照的：大衣三百元，套装二百元，半身裙、衬衣、西装一百元……

“是有点儿高！”梅一辰自言自语道。

他不再答话，只是低头踩他的缝纫机。

梅一辰查看了一下那些挂着的衣服，居然分辨不出哪些是改过的、哪些是没有改过的。

他只好站起来，指给梅一辰看。

她提出要试穿，他没有同意，笑着说：“这些衣服都是私人物品，不方便试穿。”

梅一辰这才发现，他是个“非典型裁缝”，脖子上没有挂软尺，手指甲修剪得极为干净。看不出他的年纪，有可能三十几岁，也有可能五十岁。一般的裁缝，常年闷在室内，皮肤被捂成了病态的白色，他却不同，是健康的小麦色。他对自己的穿着很上心，一点儿都不马虎，连袖口的小扣子都仔细地扣好了。说话的时候，他会认真地看着你。要帮你系扣子和拉拉链时，他会先从口袋里拿出手帕，仔细地擦一擦手。书架上的时装书，没有一本像被千人万人翻过的那样破旧，更像是用来研究缝纫这门学问的参考文献。

梅一辰有件藏蓝色的羊绒大衣，牌子挺大，换季的时候一折买的，一千块钱多一点儿，是L码的。穿上去以后，用老妈的话说，像是借人家的。梅一辰没话说，老妈便得寸进尺，批判梅一辰的“贪便宜思想”，梅一辰只好不作声了。梅一辰拿给戴维的第一件要改的衣服，就是这件大衣。

梅一辰来取的时候，才知道这三百块钱花得有多值。衣服整个小了一圈儿，但是神韵犹在。

“连缝衣服的线都和原来的一模一样！”梅一辰感叹道。

他淡淡地一笑，眼角现出了细小的皱纹。他转过身去，从柜子里拿出了一顶藏蓝色的帽子。帽子是拼接起来的，有点儿像从前的那种瓜皮帽，边缘镶着一圈儿颜色相同的玫瑰。他向梅一辰示意，让她把帽子戴上。

天哪，帽子和大衣极其相配！尤其是帽子边缘的那一圈儿玫瑰，贴在额头上和耳边，说不出的端庄和妩媚。梅一辰一边欣赏镜中的自己，一边想，这个裁缝倒挺谙熟推销术的。于是，她便问他：“这个帽子多少钱？”

他又淡淡地一笑，说：“不要钱，本来就是你的。”

“我的？”梅一辰疑惑地把帽子拿下来仔细一看，还真是用从大衣上裁下来的边角料做的。可着细长的料，他卷了些玫瑰花，一针一针地用手缝了上去。

梅一辰说：“料是我的，但是工钱一定要给。”

他说：“不是你要求我做的，你不该付钱。戴着吧！”

梅一辰喜滋滋地重新穿好了大衣，戴好了帽子。

后来又做过、改过几件衣服之后，梅一辰开始感叹，自己当时竟然这么有眼力，找到了这么好的一个裁缝。她很得意，并且对他很好奇：他怎么会和写字楼里的那些假洋鬼子一样，也有英文名？他的手艺为什么这么好？他为什么甘心做一个裁缝？他有着怎样的过往？

咸菜黑鱼和两碗白米饭下肚，梅一辰终于再也吃不下去了。她放下筷子，盯着桌子边上的一只正在悠闲地搓着双脚的苍蝇，等着莫高说话。

莫高摸出香烟，请戴维抽。戴维皱起好看的眼角，微笑着拒绝了。

莫高自己点了根烟，深深地吸了一口，然后说：“戴先生，其他的话，我就不说了。感谢你……肯帮我们。以后，就由这位美女队长和你单线联系，有什么情况随时向她报告。你为我们公安局做事，只有你、我和她三个人知道。你的安全，我们会保证的。”

戴维说：“好的，谢谢！不过，对不起，我不姓戴。”

莫高笑着说：“哦，那当然。”说着，他用夹着香烟的手指拿出几张纸，让戴维签字。

戴维不易察觉地扫了梅一辰一眼，然后签了字。

收好他签过字的纸，莫高接着说：“事成之后，你的十万元酬劳，我们公安局的财务部门会打到你指定的账户上。”然后，他转过身来对梅一辰说：“你也要主动关心戴先生。戴先生有什么问题，你要想办法帮他解决。”

难怪！十万元，得踩多久缝纫机才能挣到！梅一辰忍不住鄙夷地扫了他一眼，不再说话。

三

回到办公室，莫高扔给了梅一辰一沓材料，是戴维的。

原来，他的真名叫林大伟，二十五岁的时候捅死了人，坐了十年牢。当时，他一个人在店里，有个人慌慌张张地跑进来，藏到了他的那堆衣服里。他刚要起身去查看，又冲进来一个人，手上拿了一把明晃晃的刀。

这两个人冲进来之前，他正在裁衣服，把裁缝专用的那种长柄剪刀拿在了手上。这个后来跑进来的人以为林大伟要杀他，便拿起刀刺向了他。两个人经过一番搏斗，拿刀的那个家伙倒了下去。

他再去找那个最先跑进来的人……早就已经不知去向了。倒下去的那个人，后来死在了医院里。于是，林大伟被判了十年刑。

那个先逃进裁缝店的人十分感激戴维，因为戴维救了他的命，还为他吃了十年的官司。所以，戴维出狱时，他率领众兄弟为戴维压惊，并且当着众兄弟的面和戴维歃血为盟、桃园结义。

在他服刑的时候，狱警见他心气平和，不像个杀人犯，倒像个谦谦君子，就把他和几个外国人关在了一起。十年里，他认真学习英文，说了一口流利的英文，并且信了天主教，教名“戴维”。这就是“戴维”这个英文名字的由来。

资料里还说明了林大伟在这幢洋房里开裁缝店的缘由。

他祖母年轻时，是这幢洋房主人家的住家裁缝，没结婚便生下了他母亲。他母亲在这幢洋房里长大后，嫁给了一个在中学里当语文老师的返城知青。他出生后不久，这个返城知青带着学生秋游时遭遇了车祸，去世了。他母亲带着他回到了洋房里，跟着祖母学裁缝。

洋房主人家的孙辈里没有男孩子，所以他们有心让这个外孙子认祖归宗。他从小到大，受到了良好的教育。虽然他高考的分数很高，可以读上海顶尖的几所大学，但是他选择了纺织学院的服装设计专业。毕业后，他不愿意出去找工作，就跟着外祖母学裁缝了。

他捅死了人，被判了刑。外祖母一口气没上来，去世了。母亲患了恶性疾病，没等到他出狱，也去世了。洋房主人的孙辈们，也就是他的表姐妹们，都移居国外了。走的时候，她们留下话，说亭子间和后楼的一个大房间归戴维所有，其他房间由戴维负责出租。

这样，戴维就继承了外祖母的裁缝店，成了这幢洋房的“代理主人”。

“他不用买房子，也没有家人需要供养，裁缝这门手艺足以让他衣食无忧。他要那么多钱做什么？如果他真的信奉天主教，那么天主教有‘十诫’……不杀人、不害人、不贪图他人的钱财，他这个教徒做到了吗？人真的都是贪的、嗔的和痴的吗？谁也别去考验谁，考验谁就是毁掉谁。要毁，让别人去毁吧！饶了我梅一辰吧！”想到这里，梅一辰去了莫高的办公室，直接质问他：“你不能仗着自己帅，是上司，就胡乱拉郎配！这个人跟我有什么关系，让我做他的朋友？”

莫高神秘莫测地笑了笑，拿起指甲刀，锉起了指甲。他边锉边说：“你那件藏蓝色的羊绒大衣好像变合适了嘛！那顶镶着一圈儿花的文艺兮兮的小帽子，是变魔术变出来的吧！”

“有一个既聪明又总比你高上一筹的上司真可怕！”梅一辰心想。

莫高吹了吹指尖的碎屑，继续说：“我忍你很久了，尽量由着你的那点儿小情调。这不，没辙了，我才请你出马的嘛！黑鱼饭，二十五块钱一位，你们两个花了我整整五十个大洋，你当我是钱多了烧的？”

梅一辰仍然没有出声，心里却气愤得不得了：“他凭什么研究我的私生活？”不过，她想了想，戴维也算不上是她的“私生活”，气便消了一些。

莫高继续说：“说好了，这两个案子要是能拿下来，我给你请功。你做这个小队长，时间也不短了，该动一动了。”

唉，男人总以为女人跟他们一样，醉心于仕途！梅一辰倒是宁愿先把自己嫁出去。不过，仔细想一想，还是男人比女人可怜。他们只有华山一条路，成了就成了，败了也就败了，不像女人，进则进入职场，退则退回自家的安乐窝，没人会说你没出息。

见梅一辰还是不作声，莫高坏坏地笑着对她说：“我说，咱们俩的关系不一般，你就不能牺牲一下色相帮帮我？这个戴维，我研究过了，唯有对你，他才肯……鬼知道你是怎么搞定他的！”

莫高换上了一副正经的面孔，继续说：“第一个跑进裁缝店的那个人的资料，你也看了。我怀疑他是这两个案子的主谋，但是没有证据啊！这个朋友，在江湖上被称作‘头狼’，又偷又抢，样样都干，并且手段凶残、不留痕迹。这个‘头狼’只信任一个人，那就是戴维。他认为戴维是他的恩人，也是他的贵人。更重要的是，戴维比他身边的那些乌七八糟的人都靠谱。说不定啊，会向他透露一些私密的甚至性命攸关的事情！人啊，没有不需要倾诉对象的！所以，这个戴维，你得好好把握。”

说完，莫高幅度很大地点了点头，以示加重语气。

四

梅一辰又去了一趟戴维的裁缝店。这是身份转变之后的第一次会面，梅一辰心里有种说不出的感觉。

戴维却像什么都没有发生过似的，指着工作台上的一个用花花绿绿的碎布做的花环说：“有情况要汇报的话，我会把花环挂在店外的招牌上。”

“哼，有意思！我是喜欢这个小情调，但是也得看在什么情况下、和谁……都什么年代了，手机呢？”梅一辰心想，“现在，他是我的线人。和他交往是我的工作，得由着他。我自己的那点儿小性子……哪儿凉快就到哪儿去吧！卡布奇诺上面的那层没用的泡沫，根本就是我自己臆想出来的。他用大衣的下脚料做成的帽子，还有他的那些眼神和动作，只不过是一层用来迷惑人的面纱。要遮掩的，还是裁缝和客人之间的交换关系，和他答应做我的线人毫无二致。”

此后，梅一辰每天路过这里，都要特意看看这个店的招牌。

四天之后，梅一辰终于看见了那个花花绿绿的花环。于是，她马上就上了楼。

戴维不动声色地钉完手边的几粒扣子之后，起身从放衣料的柜子里拿出几样东西给梅一辰看，说是“头狼”交给他保管的。

梅一辰接过来一看，眼睛顿时就亮了——是一块金砖和三样玉器！看样子，金砖是在小的金店里熔掉后潦草地铸在一起的，边角很粗糙，原来的铭文也不见了。这些玉器正是水产店老板家的。玉器的照片，他们上案子的侦查员人手一份，连玉器长什么样子都背下来了。

梅一辰给莫高发了信息之后，莫高连续发了三个翘着的大拇指给梅一辰，并且告诉梅一辰，金砖就算了，最好能把玉器拿回来看看，鉴定一下。

梅一辰把莫高的意思说给戴维听，戴维犹豫了一下，答应了。

可是，他刚把那些东西包好，放进梅一辰的“驴包包”里，就听见有人进门了。她没有回头，装作在那些做完的衣服里找自己的衣服。

那个人脚步很重、呼吸很粗，一进门就把一样东西扔到台子上，大声嚷嚷着：“戴维，你娘娘腔啊！好好的一个招牌，挂这么个破玩意儿干什么？”

听这语气，应该是“头狼”。

梅一辰心里一惊，怕他要看那些东西，戴维拿不出来，麻烦可就大了。于是，梅一辰装作找到了自己的衣服，对戴维说：“老板，我试试！麻烦您和这位先生回避一下！”

戴维摊了摊手，示意来人和他一起到走廊里去站一会儿。

两个人刚一出去，梅一辰就赶忙把那几样东西放到了柜子里，然后换上了一件不知道是谁的连衣裙。

打开门之后，戴维看了梅一辰一眼。梅一辰用眼神回答了他，然后开始抱怨裙子“这里太长，那里太宽”。戴维说：“对不起。你换下来，我给你改一下。”

这个时候，一个金发碧眼的外国女人走了进来。她看到梅一辰，满眼狐疑地上下打量了一番，然后用英文开口说道："戴维，我的衣服做好了吗？"

梅一辰知道，要坏事。看她那眼神，梅一辰身上的这件裙子有可能是她的。如果穿帮了，那个男人会不会……

这个时候，梅一辰听见戴维用英文说："哦，小姐，您的那件，我送去做整烫了，下午才能拿到。"

那个女人继续满眼狐疑地扫视着梅一辰，说："整烫？"

戴维说："对。你们英格兰的面料是全球顶尖的，用我这里的熨斗熨不出效果，所以才送到专门的店里去熨了。"

说着，他走近梅一辰，指着她身上的衣服，继续用英文说："这位小姐身上的这件衣服，是你那件衣服的仿制品。但是，面料不如你的那件。你那件衣服的面料比这件衣服的面料要好很多。"

那个女人的目光这才柔和了起来，甚至伸出了与她的金发碧眼形成强烈反差的兰花指，划拉了一下戴维，嘟着嘴说："你呀，以后再也不许帮别人仿制我的衣服了。我请你做，就是想成为那个'唯一'。那就说好了，我下午再来。"说完，她替戴维拿掉了肩膀上的一个线头，不屑地扫了梅一辰一眼，幅度很大地走掉了。

梅一辰暗暗地松了一口气，赶忙再次请两个男人出去。她换回了自己的衣服，逃出门去。

刚一出门，梅一辰就听见那个男人对戴维说："那几样东西，有大老板感兴趣，想看看……"

果然是这样！她出了一身冷汗，腿都软了。

回去以后，梅一辰把情况一一汇报给了莫高。

谁知，莫高说："你笨死了！东西拿不回来，难道不知道拍几张照片？有了照片，局长再问起来，我也不至于还是两手一摊。"

听了这话，梅一辰觉得挺委屈，心想："我已经很努力了，好吧！刚才那阵势，要不是我的小脑筋不那么死板，还不知道会发生什么事呢！”但是，她转念一想，算了，他是你的上司，你跟他讲什么道理？

他接着说：“接下来，你要想办法拿到东西，交给技术人员进行鉴定。最起码要拍到照片……另外，告诉戴维，下次和‘头狼’聊天时，试着提一句水产店老板夫妇被杀的事，观察一下他有什么反应。”

裁缝店的招牌上不会再有布做的花环了，梅一辰便提着二十几岁时买的一条快要拖到地上的波西米亚风格的裙子，找他改短。

听了梅一辰的指示，戴维说：“三样玉器，‘头狼’已经带走了，去给下家看了。金砖还在……要拍玉器的照片，还得再想办法。”随后，他便默不作声地拿出软尺，给梅一辰量尺寸。他在她的旧裙子上画了线，裁剪完了之后，用一根长针仔细地挑了挑原来裙边上的线。他把挑出来的线一条一条地搭在工作台上，然后再缠到线圈上。怪不得那件藏蓝色的大衣改得那么妥帖，原来连缝衣服的线都是这么来的。

梅一辰坐在他的对面，用手指勾起他挑出的线，照着他的样子缠在线圈上。

窗外，大雨如注，连近在咫尺的树和楼房都看不清。坐在窗户里面，竟如坐在孤舟之中。屋内悄无声息，如果没有做朋友、做线人、做买卖这些事，也许那个旖旎的梦还可以再做得久一些。

熨烫好了之后，他便主动出门，留下梅一辰在屋内试穿。排除那些乱七八糟的想法，纯粹从技术层面上考虑，戴维的手艺真的是可圈可点。

就在梅一辰站在镜前感叹这鬼斧神工时，有人敲门。

她打开门，看见门口站着一个陌生男子，手上握着一把滴着水的遮阳伞。他的相貌说不上难看，但脸上的每一块肌肉里都镶嵌着猥琐。他说："咦，戴……戴维不……不在？"

"哦，林先生应该就在附近，我帮您去喊他。"梅一辰说。

"不……用了，我……我进来等他。小姐是……戴……戴维的朋友？"这家伙尽管嘴巴不利索，可眼神却极不安生，朝梅一辰的胸前一瞟一瞟的。

戴维会交这种朋友？不过，也不好说。他自己相貌堂堂，不是也为了钱而出卖朋友吗？看这家伙这副"贱不死"的样子，会不会是"头狼"那条线上的？从现场看，水产店老板家的活儿肯定不是一个人干的。莫非眼前的这个家伙也参与过？

于是，梅一辰决定忍受并迎合他那猥琐的目光。她偷偷地把领子朝下拉了拉，凑近他，用嗲得要死的声音说："朋友嘛，算不上，不过是常来做衣服的客人。先生您呢？"

"我……我……和戴……戴维是朋友，铁……铁打的朋友，白……白……白茅岭下……来的。"说这话的时候，他拍了拍胸脯，相当自豪的样子。

"哦？"梅一辰假装吃惊，"白茅岭？从白茅岭上下来的，可都是'模子'。"

梅一辰看了一眼穿衣镜中的自己，事业线露在外面，居然装出了一副既缺心眼儿又不失风骚的模样。

"那……那……当然。"这个人的唾沫飞起来了。他神秘而猥琐地凑近梅一辰，眼睛一瞟一瞟地看着她的前胸。

梅一辰一阵恶心，但还是忍住了，继续装作崇拜的样子，迎着他的目光看了过去。

"知……知道虹……虹口乍浦路吧，狼哥我……我们……"大概是因为嘴巴实在忙不过来，他用手朝脖子上快速地一抹，正要比画下去，门开了——是戴维。

他温和地问梅一辰："小姐，您的裙子合适吗？"

梅一辰说："合适。谢谢您，林先生！"

"那……还有什么需要我做的吗？"他这是送客的意思。他和这个结巴有事情要谈，不希望梅一辰知道。

"好啊，不让我知道，我偏要知道！"梅一辰一边想，一边趁着把裙子装进袋子里的机会，悄悄地摸出一部手机，拨通了自己的另外一部手机。然后，她摁下"免提"和"录音"两个键，把手机顺手藏在一本时装杂志里面，便告辞了。

结巴说："'头狼'让我来拿金砖。"

戴维说："'头狼'没有什么金砖放在这里。"

结巴说："我们兄弟拼命弄来的东西，你没出力，凭什么拿着？"

戴维说："拼什么命？哪有那么严重？"

结巴说："当然了！死了两个人，还不算拼命？"

戴维的惊讶应该是装出来的："死人了？"

结巴说："那一对夫妻，就是两个守财奴，要钱不要命。既然是这样，死了也活该……"

虽然结结巴巴地着实让人听起来发急，但是这些话无疑证实了莫高的推理。

梅一辰正要听下去，突然传来了一声巨响，然后是结巴的声音："戴……戴维，这……里怎……怎么会……有一部手……手机？"

坏了！不过，梅一辰知道，通了这么长时间话，手机的屏幕一定是暗的，在挂断的瞬间会亮一下。梅一辰如果立刻打进去电话的话，后面的亮可以冒充前面的亮。

于是，梅一辰迅速挂断电话，又打了过去。铃声响了好一会儿，才有人把电话接起来——是戴维的声音。

梅一辰说："对不起，我好像把手机落在你的店里了。方便过去拿吗？"

戴维很冷淡地说："对不起，我马上就要离开店里了，请改天再来拿吧。"

他要是翻一下通话记录，就知道梅一辰的把戏了。这样的话，除了先前的不屑，现在又加上了不信任——很"悖论"啊！在大学里上这门课时，教官说："侦查员和线人之间，首要的是信任。你是猫，他是鼠。他混在其他鼠中间，把探听到的、看到的别的鼠干的坏事告诉你。你给他钱，还要提防他玩小花样或者黑白通吃，却说'首要的是信任'……"

梅一辰飞奔回去，向莫高报告了这个情况。

莫高沉吟了许久，说："还是那句话，证据呢？检察院和法院相信的是证据。没有证据，我们怎么抓他？你说金砖是用水产店老板家的五条'大黄鱼'熔成的，怎么证明？手机里的那段录音模糊不清，无法当作证据。现场没有痕迹，凶器丢在现场……"

"大人息怒！小的办事不力，向大人请罪！"梅一辰用揶揄的口气逗了逗他。

"那你说说，这罪怎么请？"他居然蹬鼻子上脸了。

"走，先去吃黑鱼饭，我请客！吃的时候再告诉您！"梅一辰说。

"这还差不多！"莫高装作很受用的样子，从椅背上拿起了他那件"招牌风衣"就往外走。

两个人坐在桌前，黑鱼和咸菜的味道直往鼻子里钻。梅一辰殷勤地挑出一个鱼下巴，放到了莫高的白米饭上。

莫高说："这个小马屁就算了，要拍就拍个大的！"说着，他把鱼下巴夹到了梅一辰的白米饭上。

梅一辰说："小的大的都要拍！问题是，您得给我机会。"

莫高说："给你机会？给你机会继续和那个裁缝朋友玩儿暧昧？"

"头儿，您这话是什么意思？我发誓，我只喜欢您。"梅一辰挤了挤眼。

其实，这个时候，梅一辰真正想说的是："我这个年纪的女人，又有警察这个身份，听到和看到的阴暗的东西实在是太多了。哪怕仅仅是对一个男人有好感，也已经是件很难办到的事情了。我和戴维好不容易才有了那么一层'可怜的泡沫'，还不是在您的'辣手'之下轻易地就'胎死腹中'了？"

莫高继续蹬鼻子上脸："好，喜欢我可以，不过是有代价的。帮我把这几件事情做了……"

"然后呢？"梅一辰继续逗他。

"然后，下次黑鱼饭，我买单。"他狡黠地眨了眨眼。

"哼！"梅一辰不再和他贫嘴，低下头，正准备塞几块又嫩又弹又辣又鲜的黑鱼到嘴里，却看见了自己的事业线，联想起了那个在裁缝店里看着她，几乎要流口水的结巴。梅一辰突然有了主意："这家伙，结巴，还嘴巴大，又色，得让他在这上面付出代价！"

听了梅一辰的主意，莫高半天没吭声。

待到一根香烟抽完之后，他才说："妞呀……唉，罢了……舍不得孩子，套不到狼！谁叫我这个做上司的无能呢！你一定要注意安全，咱们宁可不破案……"

"屁话！谁不知道案子是您的命？"当然，这话只能在心里说——梅一辰还没有傻到要拆穿自己上司的地步。

五

梅一辰要想和结巴有交集，只能去戴维的裁缝店。但是，她不能进去。于是，她选择了马路对面的一家咖啡店，坐在靠窗的位置上，点了一杯最便宜的咖啡。盯了几天，她终于看见结巴远远地走了过来。他背了一个双肩包，里面鼓鼓的。

时不我待，梅一辰冲出了咖啡店，站在他要经过的路边，迅速调整好呼吸，低着头划拉着手机。

果然，他路过的时候，停了下来，用眼睛扫了扫她。

机不可失，梅一辰抬起头，夸张地和他打了声招呼："你不是去过白茅岭的那位大哥吗？真巧！"

他笑得眼睛都快没了，两条难看的眉毛耷拉成了"外八字"："是……是……小妹，阿哥……请你……喝……喝杯……杯咖……啡……行不？"

"好呀！"其实，这家店的咖啡，梅一辰都快要喝吐了，但还是假装无比愉快地答应了。

他们进去之后，那个女服务生有点儿鄙夷地看了一眼梅一辰。是啊，露着事业线，坐了几天，只点了几杯最便宜的咖啡，这会儿又钓上了这么一个不靠谱的男人，心里可能早就开始嘀咕她的职业和她的品味了。

管不了那么多了！

点完了咖啡，结巴便开始不安分了。梅一辰忍住恶心，假装崇拜地看着他说："大哥派头这么大，一定是做大生意的。"

结巴眉开眼笑地说："那当……当然。"

"小妹最近很无聊，又没钱买漂亮衣服……可不可以带一带我，让我也发点儿小财？”梅一辰发着嗲，两只手臂向内一拢，挤出了更深的事业线。

“我们……这生……活，不是你能……够……过的呀！”

“那我能做什么呢？做压寨夫人，可以吗？”梅一辰挑逗他。

眼看着这家伙的口水就要流出来了。他笑眯眯地说：“压……寨夫……夫人，好……好啊！”

说着，他的手就伸过来了。看着他那长满了毛的黑不溜秋的手臂，梅一辰一下子就起了一身鸡皮疙瘩。但是，她仍然若无其事地说：“当压寨夫人是有条件的，哥哥要给我买漂亮衣服，买‘驴包包’……”

“什……什么……驴？”

“‘LV’呀！‘路易·威登’！”梅一辰伶牙俐齿地说。

“哦，那……当然。”说着，这家伙打开双肩包，拿出了一个防尘袋，里面铺着一层一层的防潮纸。打开这些防潮纸，里面是一尊玉菩萨。

梅一辰顿时就两眼发直了。这正是她差一点儿就拿到的东西中的一个。

她伸手过去，刚要摸，他就缩了回去，说：“这……可值……大价……价钱，卖了给你……买漂……亮……衣裳……买驴……包包。”说着，他红着眼睛，又朝梅一辰的前胸伸出了他那毛茸茸的手臂。

梅一辰嘟着嘴，一个“兰花指”，拦住了他的手：“这玉菩萨好漂亮啊！我拍张照片，行吗？”

“行……行，还有……有更……值钱的。”他索性把包里的东西都拿了出来。一共三样，都是莫高梦寐以求的。

梅一辰大喜，连忙拍了几张照片。

他则喜滋滋地凑过来，嘴巴里的臭气扑到了她脸上。

这个时候，他的电话响了。他赶紧接了电话，说："狼……狼哥……是……马上就……到！"

挂上电话，他依依不舍地瞟了几眼梅一辰的前胸，说："你的……电话……号码给我……东西卖了……以……以后，我们去……去买'LV'，去外……外地……"

梅一辰狂奔回办公室，给莫高看了那几张照片。

莫高激动地撸了撸梅一辰的后脑勺说："妞，你终于行了！有了这些照片……"

"就可以抓人了吧！"梅一辰利索地接起他的话茬儿。

"我的妞，你以为'头狼'是谁？单凭这个，只能定那个结巴窝赃。你信不信，连窝赃的事情……'头狼'都会把自己洗得干干净净的。"

"那怎么办？难道现场真的一点儿痕迹都没有吗？"梅一辰问。

"留下痕迹的话，就不是'头狼'了。"莫高站起来，在办公室里来回踱步，风衣在他身后绕成了一个大的"布蝴蝶"。突然，"布蝴蝶"在梅一辰身边停了下来。只听他说："你有没有想过，水产店老板家的门到底是怎么开的？"

"两个案子，门窗都完好无损，不是'软进门'，就是有钥匙。可是，盗窃案发生在前，抢劫杀人案发生在后。第一个案子案发的时候，家里根本就没有人。所以，这一次，'软进门'是可以排除掉的。第一个案子不是'软进门'，那么第二个案子就更不需要'软进门'了。是用钥匙开的门！"梅一辰想了想，说道。

"分析得不错！问题是，钥匙是从哪里来的呢？'头狼'他们是从哪里拿到的钥匙？还有，这把钥匙会不会还在他身边呢？"莫高热切地盯着梅一辰问。

“‘头狼’如此警觉，这么重要的物证，会吗？”梅一辰说。

“会还是不会，都得试试。我们没有别的办法了，只能试试。还是得靠戴维，让他想办法把‘头狼’钥匙串上的所有钥匙都拓个印，拿回来比对。成了的话，你负责给他申请，赏金加三万。”

梅一辰再次走进戴维的亭子间，里面正在播放鲍勃·迪伦的歌：“How many roads must a man walk down? Before they call him a man... The answer, my friend, is blowing in the wind. The answer is blowing in the wind.”这首歌就像一个巨大的讽喻……一个为了钱而出卖别人的信任的男人，是否能够被称作男人——答案只能在风中飘荡。

梅一辰把莫高的意思告诉了他，但是没说加赏金的事。

过了半晌，他才淡淡地说：“试试看吧。不过，得加钱。”

梅一辰恨死他说的这句话了，心想：“你怎么这么爱钱？你有那么缺钱吗？”

虽然心里这么想，但是她却对他说：“好的，我一定帮你申请。”

“多少？”他看着梅一辰说。

“尽量多吧。不过，你也要尽量快。”梅一辰面无表情地说。她心想：“以后再也不找他做衣服了！一个如此贪财且没有底线的人，做的衣服再漂亮，穿上去也是又丑又臭！”

去戴维的裁缝店，不能太频繁，免得被暗处的“头狼”他们察觉，可是莫高又催得那么急，梅一辰只好装模作样地拿着各种衣服或面料上门了。随便什么式样，随便什么做工……梅一辰不再关心了，反正以后也不会穿了。是工作，就由不得自己！这样也好，排除了感情因素，大家都轻松。

两天之后，梅一辰提着一件衣服，来到了裁缝店门口。她正要敲门，里面就有人推门出来了。是“头狼”！他穿了一身精致的新西装，掩饰了他身上的暴戾之气。

他瞟了一眼梅一辰，下楼走了。

“头狼”走后，戴维告诉梅一辰，“头狼”要参加一个浴场的开业仪式，请他做套西装。试衣服的时候，他用梅一辰给他的特制的泥，把“头狼”裤子口袋里所有的钥匙都拓了下来。

可是，梅一辰把那些泥模子拿回去之后，刑科所的技术人员却说，没有一把是水产店老板家的钥匙。

其实，这个结果是意料之中的。但是，这对莫高的打击很大。他像困兽一样在办公室里来回踱步，受伤的腿“点闪”得更厉害了。

看着他这个样子，梅一辰竟对这个从来都很强大的男人生出了怜惜之情。

再去裁缝店，戴维只是面无表情地坐在那里，嗒嗒地踩着缝纫机。

梅一辰坐在他对面，拿起斜插在线团上的一根细长的缝衣针，替他拆一条裙子上的线。她有求于他，得小心地陪着他。

太阳渐渐地西斜了，房间里的光线越来越暗。窗户开着，一串走街串巷收旧货的铃铛声飘进了屋里。不知是谁家在煎带鱼，略带腥气的香味随风飘了进来。

嗒嗒嗒的缝纫声终于停止了。

他走到梅一辰身旁，递给了她一样东西。

梅一辰认得出，这是他的手绢。她打开手绢，里面是一把系着红线绳的钥匙。银白色的钥匙，边缘已经泛起了黄铜色。

梅一辰不解地抬头看着他。

他说：“拿去吧。有了这个，你的任务就算完成了。”

听到这话，她马上就明白这是哪里的钥匙了。他倒是知道，钥匙不能用手碰。

“这钥匙是从哪里来的呢？戴维，你能告诉我吗？”梅一辰问他。

戴维的眼角又皱起了好看的皱纹。不过，这一回，他笑得有点儿凄冷和无奈。

他说，“头狼”请他去朋友的浴场洗澡的时候，他发现“头狼”的脖子上系着一把钥匙，像个吉祥物似的。脱衣服的时候，“头狼”把钥匙摘下来，放到了更衣柜里。回去之后，他找了一把和那个钥匙外观差不多的钥匙，用红绳子系好了。两个人再在一起洗澡的时候，他趁“头狼”洗完澡之后躺着喝茶的机会，去更衣室把钥匙换了过来。

“那你……”梅一辰有点儿口干舌燥，不知道该说什么好，“你怎么知道这把钥匙是水产店老板家的？”

“这把钥匙与我有关。”他顾不上看梅一辰张大的嘴巴，继续说，“水产店老板的太太也是我的客人。有一次，她试穿衣服的时候，把钥匙落在了我的店里。她钥匙上拴着一只玉兔子和一只金子做的挖耳勺。她专门说过，那只玉兔子是用一只碎了的镯子雕刻的，所以我认得。我打电话给她，她说正不知道把钥匙丢在哪里了呢。我随手把钥匙放在了书架上的那个放零钱的盘子里。有一次，‘头狼’来玩，拿起老板娘的钥匙，把玩那只玉兔，还随口问我是哪里的钥匙。我说，是一个客人的。水产店老板的太太来取钥匙的时候，一如既往地披金戴银，脖子上、手指上、手腕上都金灿灿的。‘头狼’看见了，眼睛里闪着光。老板的太太拿到钥匙之后就走了，‘头狼’也随即告辞了。我听说水产店老板家的事情之后，觉得应该是‘头狼’趁我不注意，把钥匙拓了下来，然后跟踪了水产店老板的太太。没想到，他居然第二次上门……唉，要不是我，她也不会被‘头狼’盯上。他们夫妻俩就不会……我很抱歉。”说着，他深深地低下头去，半晌无语。

六

拿到钥匙，提取完指纹和生物痕迹之后，莫高便带着梅一辰去物证室试那把从水产店老板家门上换下来的锁了。

把钥匙插进去，转动了一下，“咔嗒”一声，她心中的郁结便像这锁一样陡然打开了。

在回办公室的路上，莫高接到了技术人员打来的电话，说钥匙上有“头狼”的指纹和DNA。

下了车，莫高的脚步变得异常轻快，风衣的下摆在身后形成了一个大的“布蝴蝶”，脸上的线条也柔和了很多。

他低下头，对梅一辰说：“我说这个戴维为了你肯做这件事吧！果然啊……妞！看来，你的魅力大大的！有钥匙，有指纹，有DNA……凭着这三样，‘头狼’可以抵赖说，钥匙是他捡来的。但是，结巴这里一定可以突破。拿到他的口供，再让你那个戴维出庭，证明‘头狼’让他保管过赃物……即使‘头狼’零口供，也能证死他。你告诉戴维，请他务必出庭。我打报告，再给他加三万元赏金。”

“那不是要他死吗？”梅一辰顾不上计较莫高将戴维说成是她的了。

“哪儿有那么严重？‘头狼’和结巴肯定是死刑。”他说。

“那其他人呢？从白茅岭上下来的喽啰多了，个个都心狠手辣。在江湖上，出卖朋友的下场……你懂的。”

“我们可以保护他。”莫高说。

“保护他一时，还是一辈子？”梅一辰朝他吼道。

“那你说怎么办？你总不能眼睁睁地看着我的这条大堤上就差这小小的一筐沙土吧？”莫高不顾自己身为上司的风度，也向梅一辰吼道。

吼归吼，梅一辰还是去了亭子间。

他们依旧没有说什么，戴维踩他的缝纫机，梅一辰坐在对面的一把椅子上，一根线一根线地拆要做的衣物。

梅一辰不知道该怎么开口。

数度，他停下机器，问梅一辰：“有事？”

梅一辰只是摇头，不说话。

突然，一阵脚步声打破了室内的静默。进来的是“头狼”！他见梅一辰在，瞪着眼睛不客气地说：“这位小姐，请你出去一下！”

梅一辰放下了衣物。这回没有时间拨手机了，但她仍然装作不经意的样子，把手机放在了正在拆的衣物下面，给等会儿再进来找个理由。

谁知，这个小伎俩被“头狼”发现了。他提醒说：“小姐，你的手机！”

梅一辰“哦”了一声，拿起手机，走了出去。

梅一辰当然不会真的走了，但她还是一步一步地走下了楼梯。梅一辰知道，“头狼”如此狡猾，一定会探出头来确认她是否真的走了。

果然不出所料，她用眼睛的余光看到了“头狼”伸出来的脑袋。

关门的声音很大。然后，她蹑手蹑脚地返回了楼上。

是钥匙的事情！他发现脖子上一直挂着的钥匙被换过了。那把钥匙，他每天都在把玩，上面已经有了包浆。换上去的这把钥匙没有包浆，他一摸就能摸出来。

他问戴维："这件事情跟你有没有关系？"

梅一辰心里一惊，连忙发信息给莫高，让他立刻带人来裁缝店。

再听里面，戴维并没有说话。

"头狼"凶狠地大声说："这把钥匙，我从来都不离身。那天和你一起洗完澡，回去就发现……我只要你一句话，这钥匙跟你有没有关系？"

戴维还是没有回答。

"头狼"接着说："不回答就是有关系。为什么是你？为什么偏偏是你，戴维？在这个世界上，我最信任的人就是你！出卖我的人，偏偏也是你！"

"头狼"喘着粗气，继续说："出卖我的下场，你是知道的。即使你救过我的命，也不行。你把我出卖给谁了？一定是警察！信警察，还不如信鬼呢！我说呢……刚才那个小婊子，撞见过好几次了，她是警察吗？"

"不准你说她是小婊子！"戴维第一次开口，声音很响亮。

"呵，不准说她……那就是你跟她有一腿！为了一个小婊子，你敢出卖我？""头狼"的话咄咄逼人。

"与她无关。"戴维回答道。

"那好，这是你说的，跟那个小婊子无关！看我等会儿抓住她，不操死她！""头狼"说。

梅一辰气得嘴唇发抖。

"我说过了，与她无关。我不为任何人，只为我自己。"戴维说。

"为你自己？""头狼"说。

"是，没有我，就不会有那把钥匙，更不会有那些偷盗和杀戮。

你说，我说的对吗？”戴维说。

“哈哈，我亲爱的戴维，你太幼稚了！”“头狼”发出了一阵狂笑。接着，他冷冰冰地说：“不过，你得为你的幼稚付出代价。我这辈子认定了你，如今你却要送我上断头台！我也得拖上你，是不是？省得你在人世间寂寞！”

“要杀、要剐，请便！”戴维的声音异常镇定。

正在这时，楼梯下面出现了几个身影，是莫高带着人来了。

梅一辰把开启了录音功能的手机贴在门框上，然后悄声下楼，大致和莫高说了一下情况。

现在，当务之急是防止“头狼”伤害戴维！

就在他们商量行动方案的时候，门开了，“头狼”冲了出来，脸上带着杀气。

梅一辰心里一紧，迈步冲了上去。

“头狼”见楼梯下面有人，反身朝楼上冲去。

莫高已经在各处布置了人，他逃不掉。

梅一辰冲进亭子间，只见戴维倒在地上，衣服上、身子下面都是血。

莫高拨打了120急救电话。梅一辰撕下布条，给戴维止血，然后不断地在他耳旁轻声呼唤他，不让他睡过去。

梅一辰知道，如果他睡过去了，就有可能再也醒不过来了。

他拼尽了力气，掏出手机，递给了梅一辰，然后就昏了过去。

七

把戴维送进急救室以后，梅一辰等在外面的椅子上。她拿出他的手机，准备研究一下。她想知道，他为什么要把手机递给她。

果然，草稿箱里有一个准备发给她的短消息。短消息里面说，如果发生了意外，他有三个请求。一是把给他的赏金汇入一个账号，再把房子请梅一辰帮着出租了。亭子间和后楼的租金都汇入前面说的那个账号，其他房间的租金存在另外一个账号里，给他的表姐妹。二是那些做好的衣服的口袋里都有客人的电话号码，麻烦梅一辰打电话请客人们把衣服拿走。没有做成衣服的衣料，也务必还给客人。三是他的骨灰，随便帮他撒到哪里，黄浦江、苏州河、东海……

梅一辰用对讲机和指挥中心联系，请银行协助查询。反馈的信息是：这个账号的开户人是一个正在上大学的男孩子。她把男孩子的姓名报给了分局的情报中心，经调查核实，这个男孩子正是水产店老板家那个幸存的儿子。她又跟男孩子所在的大学联系，得到的答复是：这个男孩子不幸得了肾病，正在治疗，每周都需要透析。

梅一辰呆呆地坐在医院走廊里的长椅上，脑子比眼前来来往往的脚步还要乱。

他那么需要钱，原来是有这个用处——他是在用“出卖”得来的钱赎买自己的过错。不要！你不要死，戴维！梅一辰闭上双眼，双手合十，为他祈祷。

七天之后，戴维终于被救过来了。不过，他还很虚弱。

梅一辰一有空就去医院陪他。她切碎了各种水果，混在牛奶里喂他，并且帮他翻身、接大小便。

能靠着坐起来的时候，戴维请梅一辰去一趟裁缝店，帮他把柜子里的一个装“白色恋人”巧克力的铁盒子带过来。

梅一辰照着做了。

出院那天，梅一辰先去了一趟花店。花店的老板介绍说，黄玫瑰代表道歉，也代表祝福。

梅一辰买了一大把，捧到了他胸前。

护士说："林先生真是好福气，女朋友这么漂亮，又这么贴心！"

他没有看梅一辰，也没有回答，只是埋头嗅着怀里的玫瑰花。

护士离开后，他打开那个铁盒子，拿出一串东西，示意梅一辰俯下身子。仔细一看，是一朵朵用暗绿色的布缝制的玫瑰花，做工精致，每一朵都比指甲盖还要小。他说，因为住院，所以正好有空。他还说，他记得梅一辰有一双这个颜色的鞋子，应该会比较搭。

回到亭子间以后，他出过两次庭，其余的时间都在专心地做他的裁缝。

闲下来的时候，梅一辰常常去戴维的裁缝店，碰到过几回金发碧眼的外国女人。那个外国女人看见梅一辰，会很明显地用嫉妒的眼神上下打量她几遍，然后故意用英文和戴维调情。

梅一辰在心里微笑着，不声不响地帮戴维拆线。她喜欢他歪着脑袋认真地给她量身的样子，喜欢在试穿完新衣服以后他那漆黑的眼珠里的欢喜，喜欢他眼角可爱的皱纹，喜欢他专心缝纫时洒在他宽厚的肩上的太阳光，喜欢听他时常播放的鲍勃·迪伦……他们谁都没有再提草稿箱里的那条短信，也没提起过"头狼"。

梅一辰仍然经常被莫高差遣，常常要在他的风衣后摆卷起的旋涡中跟上他的脚步，常常去吃他请的黑鱼饭。

然后，依旧单着。

白首不分离

一

电子显微镜下，那少得令人发指的几缕纤维，像水底的青荇一样妖娆地扭动着身躯。

刑科所的理化专家转过头来，对莫高和梅一辰说："可以肯定，这些小可爱来自淮河流域的棉区，和三十年前的那些成分、形态完全一致。"

"我靠，不声不响三十年，这位老兄真耐得住性子啊！不过，这次既然出来了，就他妈别想再缩回去了。"梅一辰叫道。

干这活儿的时间长了，女人难免会有一些男人的做派，莫高已经见怪不怪了。但是，一句话里面用了这么多"标点符号"，也太接地气了吧！要是在平时，莫高肯定会说她几句，但是看在这几缕可爱的纤维的面子上，也就算了。

三十年前的老对手再次向他们发起了挑战，岂有不兴奋之理？

六月初的上海，天将热未热，梅雨将来未来，万事万物都是兴奋和蓬勃的。马路两旁的行道树、屋顶的瓦松、微信里的八卦公众号……比如这个案子发生了，八卦公众号的标题党们就会出来发声，比如"沪上花园洋房民宿住客遭电击幸惊醒，三十年前旅馆连环电击狂魔重出江湖”“悬！富商临危得神助！惊！电击狂魔偶失手！”……呱啦呱啦地满屏皆是。

“重出江湖？哼，有那么夸张吗？”莫高摸出一支烟，放在鼻子底下闻了闻，饧眼看着梅一辰说，“我再去现场看看。你找到表师傅，告诉他，如他所愿，他日里夜里都在想的那个家伙活得好好的，等着和他老人家过招呢。”

梅一辰白了他一眼，说：“我看，还真就这么夸张！日里夜里都在想这个家伙的还有哪个人，你自己知道！另外，告诉你一件事：日里夜里想，那叫‘寤寐思服’。”

莫高呵呵地笑着，嗓子哑哑的。笑之前，听得到喉咙里的喘息声。笑到最后，又变成了剧烈的咳嗽声。从案发到现在，他连鞋都没从脚上脱下来过，烟也不知道抽了多少。三十年了，他欠白崇福一个交代，也欠自己即将结束的职业生涯一个交代。

当年，白崇福只是一个跟着他办案的联防队员，凡事冲在前面，临门一脚数他踢的最多。那时，队里出台了一个规定，表彰归表彰，一旦抓到了够得上刑拘的对象，首先扑上去的那个人，不管是正式警察还是联防队员，一律奖励二十元。治安拘留的打对折，十元。1980年初，一块大排只要一毛七分钱。想想看，二十块钱，购买力该有多么强大啊！

有很多人说，白崇福的一双眼睛总盯着钞票，莫高却不这么想。老白是工人纠察队出身，身上确实有那么一点儿江湖气，好喝点儿黄酒。喝多了，他会指着自己的鼻子说：“我老白搞不定的事情，有吗？有也是明天才有！”或者，他把胸脯拍得啪啪响：“我百分之一万地保证……”这样的人，你不能要求他有多高的境界，管好用好就行了。况且，他还有一大家子人要养。毕竟是很危险的……那个时候，经济犯罪还没有那么多，够得上刑拘的，多数是砍砍杀杀的“朋友”，身边都有“家伙”。

莫高经常提醒老白注意安全，安全第一。有人议论的时候，他也会为老白说几句公道话。不论动机，抓到坏人就有功劳。谁能料到，最后他没有死在这上面，却死在了睡梦中，成了旅馆连环电击杀人案的第一个被害人，而且是在莫高撇下他之后外出办案的时候。

莫高心里那个愧疚啊！从那个时候开始，他一直揣着……越揣越沉重，越揣越无望，直到今天……

让莫高没有想到的是，和他一样揣着这件事的人，还有表师傅。

表师傅退休那天，局长专门过来切蛋糕。局长没有叫他的大名“吕小土”，而是跟着刑警队的年轻人叫他“表师傅”，还一本正经地问了这个绰号的来历。

大家哄堂大笑，莫高也坏笑道：“姐有表姐，哥有表哥，师傅当然也有表师傅了。”

局长说：“莫高，你少来……让表师傅自己说！”

表师傅笑道：“他们这帮坏人，总是欺负我这个老头子。我只不过是做个表格，就被他们作践成这个样子了。局长，你得替我做主啊！”

局长问道：“爱做表格，怎么说？”

梅一辰摆出一副欢乐的样子，插嘴道：“局长，你相信吗？表师傅一天不做表格，就浑身不舒服。不管你啥时候要，也不管是陈年的勘查记录还是某个案子的侦查日志，他把表格一查，就能立等可取。有一次，他在外地，遥控指挥着我从哪个抽屉的哪个位置拿到一把钥匙，然后去他家开哪个门，在哪个抽屉里拿出来什么……一丝一毫都不差。他那个脑子，我看就是比‘EXCEL’还‘EXCEL’的大表格……”

没等梅一辰说完，莫高就插嘴道：“大表哥？小梅，你不要趁机给自己长辈分，揩人家表师傅的油，好吗？接下来，由我来汇报。”

说着，他把头转向了局长：“局长，你不知道，表师傅在‘文革’的时候被下放到工厂去扫厕所，一个人干三个人的活……也难不倒他。他把厂里所有的厕所和三班倒工人的下班时间、行走路线都做成了表格……啥时间、扫哪个，都研究好了。结果，厕所的地砖亮得能当镜子照。他那飞机跑道一样直溜溜的头缝，就是对着这个‘大镜子’梳出来的。对吧，表师傅？”

吕小土反驳道：“我啥时候留过头缝？”

莫高说：“打个比方嘛，那么认真干啥？还有啊，据说那几个厕所的苍蝇，也必须按照他画的表格起飞和降落……”

局长笑道：“否则呢？”

莫高笑道：“否则，全部判死刑，立即执行。对吧，表师傅？”

吕小土笑而不语。

莫高接着说：“局长，你知道吗？他走的时候，人家厂长舍不得，说表师傅是最佳所长，‘厕所’的‘所’。哈哈哈！回到局里，在看守所，他又玩起了表格——给死刑犯做了个‘九宫格’，做填字游戏。一两个月的时间，监房里那种‘一点就着’的东西就完全没有了。这些家伙一个个都成了学究，还讨好地管他叫‘所长’。这回终于不是‘厕所’的‘所’了……”

闹够了之后，切蛋糕时，局长看表师傅的眼神已经与几分钟之前完全不同了。他说：“表师傅，你许个愿吧。”

听了局长的话，吕小土顿时收敛了笑容。他双手合十，放在胸前，看着蛋糕上正在燃烧的蜡烛说：“真的不甘心！做了一辈子警察，有两件事最让我感到遗憾：一是最终还是没有找到弟弟。十四岁那年，元宵节的时候，我带着弟弟去豫园看灯，不小心把他给弄丢了。不瞒你说，局长，我考警校、当警察，动机没有那么纯。本想公器私用，但是当了一辈子警察，到退休了，都没有找到弟弟。唉！二是那个旅馆连环电击杀人案没有破。我一直在琢磨，这个一直在暗处的对手，现在在哪里？他为什么这么冷血？老天有眼，千万别让他死掉。即使我不能亲手抓到他，有朝一日，我也要和他见一面。我要亲眼看看，他究竟是个什么样的人。我要亲口问问，他为什么要杀死那些无辜的人。”

表师傅小时候把弟弟弄丢了的事，莫高倒是第一次听说。但是，他的第二个愿望，像拳头一样砸在莫高的胸口，闷得他差点儿透不过气来。

这次案发，莫高像打了鸡血一样，日夜泡在现场。那只受过伤的腿时常会痛，他就忍着。他相信，现场会给他灵感。他也相信，对手近在咫尺。局长要派给他年轻民警，他说：“仇要亲手报才痛快！局长大人，请你相信我们这些老侦查员的战斗力。”

二

有人把梅雨季节叫作“上海的第五个季节”。前有春情萌动，后有烈日灼心，这硬生生多出来的一段时光，就像外滩那上百年的建筑群一样……它们一个在时间上，一个在空间上，共同烘托出了这座城市的那份独有的情调。

就在这样的雨中，梅一辰一只手撑伞，一只手打电话给吕小土。她没说案子的事，只说要见个面，叫他选地方。

吕小土说：“就东风饭店吧。我知道，他们家的大堂里有好喝的咖啡。给你一个贿赂我这个老头子的机会！”

听他还叫着这家饭店的旧名，梅一辰笑道：“人家饭店改成现在的名字都几十年了，你还不肯改口。”

吕小土回答道：“他们又没给我改口费，我凭啥改？”接着，又是一串笑声。

隔着电话，梅一辰完全能够想象出他的样子：留了几十年的“姿三四郎头”、眉间那道想问题时才会出现的川字纹，以及有光的左眼和无光的右眼。

问他的时候，梅一辰就想到了他很有可能选这家饭店。对于她和吕小土来说，这家饭店有着特殊的意义——这是他们第一次见面的地方，也是旅馆连环电击杀人案的第一个案子发生的地方。

第一次见他的时间要稍早一些，是在一个婚礼上。闺蜜姗姗结婚，梅一辰是伴娘。整个婚礼，新郎的眼睛就像粘在新娘身上了一样，她到哪里，他的目光就到哪里，那叫一个“一往情深”啊！新郎是姗姗的同学兼同事，名字有点儿土，叫韩兴旺。用姗姗妈妈的话来说，一看就是外地人。韩兴旺除了脸上的青春痘多了点儿以外，没有明显的缺点。他人长得器宇轩昂，也有才华，拿过全市的物理教学竞赛第一名。据说，毕业的时候，他能留在上海，也是因为成绩好。他的板书写得很漂亮，隶、篆、草、楷随意切换，样样都行。一块黑板报，他一个人就全部承包了。但是，在姗姗的妈妈眼里，所有这些优点加起来，都抵不过他是外地人这一个不足之处。唉，上海人那点儿可怜的偏见啊！偏见归偏见，如今，罗密欧与朱丽叶终成眷属。

酒过一巡之时，忽听司仪说：“下面，我们进行一个新的节目——请新郎和新娘互赠信物。”只见新娘接过新郎双手捧过来的一块表，交给了身边的妈妈。妈妈接过表，笑容有点儿僵。还好，有掌声衬着，不那么容易被人觉察。然后，新娘又拿出一块绣布，递给了新郎。两个人看着对方的眼睛，甜蜜一笑。四只手展开，只见白布上绣着五个彩色的字“白首不分离”。此时，全场再次响起了掌声。

就在这时，梅一辰发现婚礼现场突然间多了几个人。虽然她刚做警察没几天，但是这点儿敏感还是有的。

先是莫高，然后是跟着他的联防队员白崇福。莫高站在前门的门口，手里抓了一把瓜子，正在嗑。他把瓜子皮随手一扔，一看就是这个环境里的人。白崇福站在舞台的一侧，像豹子一样不错眼珠地盯着台上，随时准备“捕食”，吃相有点儿难看。

梅一辰马上转头朝后门看去，那里有模有样地站着一个西装革履的男子，梳着姿三四郎的那种发型。这个电视连续剧正在播放，全民皆追，也不晓得是他理这个发型在先，还是电视剧播放在先。他若无其事地抽着烟，倒像是男方或者女方家里有点儿身份的亲戚。虽未曾谋面，但是根据站位判断，“姿三四郎头”也是自己人。

她撇下新娘、新郎，摸到前门问莫高这是怎么回事。

莫高吐掉瓜子皮，朝台子上的新郎努了努嘴。

她愣住了，问：“为啥？”

莫高悄声说：“喏，那只‘欧米茄’是新郎贪污了学校买实验器材的钱买的。学校举报了，已经查证属实了。”

“啊？这样啊！”在这一瞬间，梅一辰真的不知道该说什么了。这两个人走到一起，经历了各种艰难，她都知道。姗姗的爸爸因工伤而去世了，妈妈一个人把姗姗带大了，后半辈子当然得指望女儿、女婿了。她知道姗姗找了个外地人，没钱也没权，坚决不同意。姗姗不听，一定要嫁。姗姗的妈妈赌气说：“嫁给他可以，但是得叫他给你买块表，瑞士的‘欧米茄’坤表！”一块“欧米茄”表，值五百多块钱呢，而且要用侨汇券买，韩兴旺不吃不喝一年也赚不到这么多钱。结果，没过多久，“欧米茄”坤表还真买回来了。说出去的话，收不回来，姗姗的妈妈只好同意了。

“但是，现在……”梅一辰看着莫高说，“要么，再等等，等人家先把婚结了……反正也跑不掉。”

可是，没等莫高回答，老白就已经三步并作两步地奔上了台子，一个“大背跨”把新郎摔在了地上。本来正在展示的那块绣着字的布，缠在新郎身上，缚住了他的手脚。

姗姗、姗姗的妈妈，还有司仪，几个人都愣住了。场子里，一阵杯子、盘子破碎的声音和尖叫声。

走出饭店的时候，起风了。寒风卷起衣角，刺骨地冷。

五个人挤在一辆三轮摩托车上：白崇福骑着摩托车，新郎戴着手铐坐在他和“姿三四郎头”中间，莫高侧身坐在车斗的边缘上，只有梅一辰一个人是正经坐着的。

风大，吹得人透心凉，把白崇福的头发吹得乱糟糟的。他侧过头来对莫高说：“领导，回去马上兑现啊！”

莫高白了他一眼，说：“啥时候少过你？说话注意场合！”说着，他把头轻轻地朝他身后一摆。白崇福会意，兴冲冲地冲着前面说：“我就知道，你莫领导百分之一万有信誉！信誉是啥？男人的立身之本啊！”说上海话时，前鼻音和后鼻音是不分的，所以这里的“信誉”，乍一听像是在说“性欲”。

梅一辰刚刚还替姗姗难过呢，听了这句话，愣了一下才回过神来，扑哧一笑。

莫高问她笑啥，梅一辰没有作声。

莫高扔下这个话题，突然想起了什么似的：“哦，对了！这位表师傅，你认得吗？从看守所刚刚过来的……”

梅一辰把眉毛一扬：“表……师傅？”

“对，表师傅。怎么个‘表’法，回去再和你细说。”莫高笑着朝后座上的“姿三四郎头”眨了眨眼。

那个人把手伸过来说：“别听他胡说！来，认识一下——吕小土。”

因为是朝同一个方向坐着，再加上冬天穿的多，转身困难，梅一辰偷懒，把左手伸了过去，自我介绍道：“小梅，梅一辰。”

吕小土的手心温暖而干燥，让她那冻得指尖发痛的手瞬间缓了过来。她要把手抽回来的时候，听到吕小土说：“小梅同志，我记得，握手的时候，是应该握右手的。我说的对吗？”

梅一辰有点儿尴尬，但还是把右手伸了过去。立刻，右手也暖和了起来。再一次抽回手的时候，梅一辰看了一眼韩兴旺。他那空洞的眼神，不知道在注视着什么地方。但是，可以肯定，与周围这一切无关。

一眨眼，三十年过去了。吕小土依旧留着姿三四郎的那种发型，只是头发日渐花白，头顶也日渐稀疏，唯有腰杆子还算笔挺。

看到他朝自己走过来，梅一辰耳根子有点儿发红，不敢看他的眼睛，尤其是那早就没有视力了的右眼。于是，她低下头，笑盈盈地站起来，把手伸了过去。

吕小土的手心依旧温暖而干燥。他笑着问：“小梅，有个问题，一直忘了问你。你知道见面时为什么要握右手吗？”

梅一辰没有直接回答他的问题，而是反问道：“表师傅，你怎么会想到问这个问题？”

吕小土说：“主要是显摆一下本人的知识存量！我告诉你啊，人的右手攻击力最强。握手是为了告诉对方‘我手心里没有武器，你是安全的’。有道理吧？不过，今天我可是带着武器来的。”

说着，他拎起咖啡杯，喝了一大口，然后才坐下来，从包里掏出一个透明的夹子，里面是他的那些宝贝表格。

时间久了，纸有些泛黄，但是上面的字迹依旧清晰。看到这个，梅一辰笑道："你怎么知道我找你是为了这件事？"

吕小土笑道："你当我是兵马俑啊！我吕某人等得花儿都谢了，才等到这个家伙又出来。快告诉我，这次是什么情况？"

"你的花谢了，人家那副手套可没卸，还是只有那几缕纤维！不过，这家伙还不算最不懂事的，留了这点儿念想给我们。"梅一辰说道。

四个案子，都从现场提取到了这种微量纤维。他们判断，这家伙作这几个案子时戴的是同一副手套。不在现场留下指纹，应该是他考虑的第一个问题。当然，也有可能是由于某种迷信或心理暗示。

第一个案子就发生在这家饭店地下室的四十二号客房——一个三人间。

那段时间，莫高和白崇福在侦破一个夜间的系列盗窃案，夜里要蹲坑守候，到后半夜才可以回去睡几个小时，第二天接着干。莫高家住宝山，白崇福家住闵行，一南一北，"夜宵线"的车子到不了。于是，两个人便商量着，在这里开了个房间。那个时候，两人间一个床位一块钱，三人间一个床位五毛钱。白崇福要住五毛钱的房间，莫高没有坚持。如果"夜宵线"能到家，一来一去也就三毛钱，比五毛钱划算。他自己不算这个账，但是得替白崇福算。抓到人了还好说，十块或二十块钱就到手了，可要是没抓到，这些钱可就赔进去了。住到第三天的时候，白崇福说，要是有点儿酒就好了，可以解解乏。莫高会意，自己掏钱买了黄酒和糟毛豆。白崇福顿时眉开眼笑，净忙着吃喝了。天亮以后，莫高已经酒醒了，可白崇福还在呼呼地睡，叫也叫不醒。莫高索性撂下他，一个人出去查案子了。到了傍晚，他打电话回来，让服务员叫白崇福听电话。一阵脚步声过后，又是一阵脚步声。服务员说："你的同事叫不醒。"莫高有点儿奇怪，说："睡了这么久，怎么叫不醒呢？就是摇也要把他摇醒！"又是一去一来，两阵脚步声。服务员说："不好了，你的同事真的叫不醒了……"

在接下来的四五个月里，又发生了三起同样的案件，地点都在旅馆里，杀的都是同住的旅客，手法都是"从插座里引出电线，电击致人死亡"，被害人随身携带的财物都被抢走了。

三十年过去了，这四个无头案一直没有破，硬生生地成了吕小土、莫高和梅一辰他们这辈子的"滑铁卢"。

当年的地下室客房，如今已经变成了水草养殖场。下台阶的时候，吕小土把身体侧过来，两步一个台阶。梅一辰本想扶他一把，可是手刚一伸出去，就又放下了。她只是跟着他，他怎么下台阶，她就怎么下台阶。

荧光灯下，门没了，能拆掉的墙都拆掉了。在一个个巨大的玻璃缸里，有很多种绿色的水草。墨绿、深绿、浅绿、嫩绿、鹅绿、透明的绿，仿佛全世界的绿色都集中在这里了。叶子的形状也很多，针形、卵形、星形、手掌形、羽毛形……还有彩色的珊瑚、彩色的热带鱼，宛如梦幻的世界，丝毫没有三十年前的那种气息。

走了几步，吕小土又退了回去，从最下面的一级台阶下面开始迈步。看得出，他在数数。数了若干步之后，他停住了脚步，指着其中的一个房间说："没问题，就是这里。"

接着，他指着玻璃缸里的那些水草、珊瑚和鱼说："老白的床在这里，桌子在这里，日光灯管的架子在这个位置。服务员来扫过地，擦过床头柜和桌子，整理过另外两张床上的枕头和被子。那时候，没有那么高的技术水平，什么痕迹都没有提取到。老白身上盖着被子，满身酒气。服务员只说他还醉着，还在睡。后住进来的那个家伙不在，也没办退房手续。唉，本以为有用的那两样东西……

介绍信是假的。旅客登记表上的笔迹，核对了成百上千人，也没对出个所以然。只有灯架上的那个插座边缘钩到的几缕纤维，也许能帮得上我们。”

“只有它们……”吕小土转过身来说。有巨大的玻璃缸衬着，梅一辰感觉，即使是他那只右眼，也是有光的。

三

梅一辰和吕小土赶到那个花园洋房里的民宿时，莫高他们已经把几个人的笔录做好了，摊在客厅长长的台子上。台子的尽头，一枝栀子花水漉漉地从窗口探了进来。

民宿在襄阳南路，是一幢巴洛克风格的独幢洋房。建筑物四周是草坪和雪松，外面的人是不能随便进入的。这一次的受害人是个民营企业家，名叫陈不凡，生意做得也像他的名字一样不凡。整幢洋房，他包了两个晚上，请生意上的朋友来度周末，一共请了四对夫妇。

陈先生诚心请朋友来玩，把位置好的客房都让给了朋友。五间客房，他和太太住位置最差的一间，在一楼，朝北，紧靠大门口。陈先生很注意养生，十点半必须睡觉。于是，他把打麻将应酬的任务连同准备输给生意伙伴的钱都交给了太太。太太们打麻将的地方和他住的这个房间隔着一条走廊。睡到半夜，陈先生突然感到脖子上一紧，像是一条蛇爬了过去，极快、极烫，又极凉。他惊叫了一声，但是人要想醒过来，就像在深海里拼命要浮出水面一样，得拼命挣扎。他睁开眼睛时，房间里没有第二个人，但门是开着的，并且在小幅度地晃动。

莫高问：“从你开始叫喊到你睁开眼睛，中间隔了多长时间？”

他回答说："难以估计……几秒、十几秒都有可能。"

这个问题，在那边打牌的四位太太和两位旁观的先生都无法回答。他们六个人刚刚吃完夜宵，就开始打下半场的牌了。打牌的声音很大，说笑的声音也很大。陈先生冲进来时，他们才知道发生了这么可怕的事情。

首要的问题是，得研究清楚这个人的进口和出口。也就是说，必须弄清这个家伙是从哪里进来的，又是从哪里出去的。

老板坚持不在这幢洋房里安装监控设备，这竟然受到了有钱人的追捧，成了这幢洋房的卖点之一。一个兼做夜间保安的值班经理可以作证，案发前后没有人进来，也没有人出去。也就是说，这是一桩密室凶案。

既然是密室凶案，那么凶手就应该在现有的人里面。现在的刑侦技术，比三十年前要高得多。事情一出，莫高就派人封锁了现场。技术人员赶来之后，便开始采集物证。一根头发、一个脚印、一枚指纹、一丁点儿皮屑，甚至尘埃……然后，一点儿一点儿地分析，再一点儿一点儿地排除。雁过留声，只要有人到过这里，就会留下某种信息。

陈先生的那些生意上的朋友，莫高一个一个地调查过了。互相之间有陈年恩怨的、有债务纠纷的……非法经营的、嫖娼的，等等。把他们翻了个底朝天，甚至还翻出了多年前的一个交通肇事的逃犯……

陈先生被"电击"的时候，四位太太在打麻将，有两位先生陪着——看牌、支招兼倒茶。剩下的两位男客也没闲着，其中的一位在房间里和地球另一端的小情人视频，而他的太太，借口去楼下打麻将，却和另一位正在打麻将的太太的先生，在床单上打起了"激情双人麻将"。这些过程，都有笔录相互印证，也有充分的痕迹物证来证明。也就是说，陈先生请来的客人，不管是男的还是女的，都有不在现场的证明。

于是，他们只好去排查民宿的几个管理人员和服务人员了。根据技术人员分析出来的结果判断，兼做夜间保安的那个值班经理没有进入过陈先生的客房。在浴缸的水龙头上、墙角的绿植上、床头灯的灯罩上、小吧台上找到的痕迹，已经确认过了，是清洁工、水暖工、花匠和电工留下的，只有床边插座上的那几缕纤维还不知道来源。

黄梅天，雨急一阵、缓一阵，栀子花的香气也浓一阵、淡一阵地飘进了屋里。三个人坐在长条台子的两侧，一页一页地看笔录。

吕小土拿出几张 A4 纸，横平竖直地写上几笔，一个表格就出来了。姓名、性别、年龄、职业，还有来民宿工作的时间、最近一次进客房的时间、碰过哪些部位、在何处留有痕迹，等等。画好表格之后，他想了想，又加了一列——笔录所述是否和勘查结果一致。

莫高困了，几次拿起香烟，刚要点燃，看了看梅一辰，又放下了。

把这张表填满了之后，吕小土还是不满意。他一言不发地盯着表格，眉间的川字纹越发地深了。他只有左眼有视力，所以他的头稍微偏右边一点儿，灰发丛中的那些白发在灯光下闪着银光。

梅一辰坐在对面，继续翻看着笔录，间或抬头看一眼他。她喜欢他盯着表格时的专注神情，好像非要看出点儿什么似的。再看莫高，这个“半老头”终于累了，那只受过伤的腿翘到了写字台上。他的头一点一点地，打着瞌睡，嘴角也亮晶晶的。口水好像也在犹豫，要不要流出来破坏一下主人的形象。

就在这个时候，一个小巧而饱满的男人，腿上像装了弹簧一样，一弹一跳地进来了——是民宿的值班经理。

他搓着小手，殷勤地说道："夜深了，各位警官辛苦了！我让厨师下碗面给大家吃。我们这里的奥灶面，在上海滩可是数一数二的。红汤鲍鱼面、白汤卤鸭面……我们可是只烧给住宿的客人吃。警官们可能不信，有的客人就好这一口，为了一碗奥灶面，专门订我们的房间。"

莫高擦掉口水，嚷嚷着："我肚子饿！"

值班经理说："稍等片刻，马上回来！"

四

有的事情只需等待片刻，有的事情却要等待几十年，就像这个案子，线索不算少，但是哪一条都是"断头路"。

当时，电击杀人这个手法在上海刚刚出现，再加上被害的是个联防队员，局里格外重视，派去了全局三分之一的警力。他们到各家旅馆去走访，看有没有这样的人去住过，并且向全国各地的公安机关发函，询问有没有碰到这类案子，是否已经侦破了。

此时，莫高心里憋着一口气。如果当时醉倒在床上的人是他呢？如果他们两个人都醉倒在床上，这个家伙会不会就不敢动手了呢？这样的话，白崇福就不至于赔上性命了。难道这个家伙胆敢一次干掉两个人吗？

局长懂他，便派他去办查介绍信这个最"刀下见菜"的事情。

那个时候，身份证这个东西尚未出现，所以住旅馆得靠介绍信。第三个住进四十二号客房的这个家伙，用的是齐齐哈尔市中医医院的介绍信，上面的姓名是"李畅春"。管登记的小姑娘回忆说，这个人说话时操的是东北口音。

于是，莫高带人去了一趟齐齐哈尔。这家医院是有的，但是没有这个人。他们把在职的、退休的、过世的、被顶替的、被开除的都查了一遍，甚至还查到了家属，结果一无所获。

莫高不甘心，叫医院办公室的人把他们用过的所有版本的介绍信都拿出来看了一遍，结果没有一个版本和他手上的这张介绍信格式一样，公章的大小和上面的字体也不一样。

他们给上海方面打了个长途电话，局长又派了三组人来，由莫高调度，一个派出所一个派出所地跑，跑得嫩江上的冰一天比一天厚，跑得几个人说话差点儿带上了东北口音，才把整个齐齐哈尔的户籍资料翻了个遍。叫李畅春的，有男的，也有女的；有八旬老翁，也有少妇；有十几岁的少年，也有孩童，就是没有他们要找的那个人。既然单位都能造假，那么姓名也能造假。东北这么大，除了知道口音，其余的一概不知，这可咋整？

于是，长途电话又打回来了。吕小土觉得，还得再去一趟东风饭店。他和梅一辰到了那里，直奔主题。这一回，管登记的小姑娘坚持说，这个人肯定说的是东北话。

吕小土说："我们先不下结论……我先说几句不同地方的方言，你听听。然后，你告诉我们，这些都是哪里的口音。"

结果，小姑娘把山东话听成了河南话，把甘肃话听成了东北话。梅一辰当场就差点儿晕倒。

在回去的路上，吕小土说："目击者的话可靠吗？不可靠。不是说他们成心误导……比如这个小姑娘，在前台接待，每天接触那么多人，肯定会先入为主，印象最深的就是介绍信上的那行字——齐齐哈尔市中医医院。然后，她会自我暗示，认为那个人是东北口音。得，咱们还是老老实实地从案子本身抓起吧。"

莫高只好耷拉着"翅膀"从东北那边回来了。

可是，就在这一片茫然之中，接下来的半年里，又发生了三起案子。没回过神儿来，就发生了一起；还没回过神儿来，又发生了一起。有人给局长提建议，得弄个石狮子什么的镇一镇了。

局长摆了摆手说："细节就是最好的石狮子。白崇福的案子是基础，一个一个地都得扎扎实实地查清楚。"

案件的性质是什么，过了很长时间都定不下来。最明显的特征就是为财杀人，行话叫"财杀"。

通常，白崇福每个月的零用钱是不会超过五块钱的，常常是这个口袋里有几张毛票，那个口袋里有几枚硬币，这个莫高知道。案发后从他口袋里翻出来的钱，差不多就是这么多。他的手腕上原来有一块明晃晃的"上海"牌全钢手表，是花了一百二十块钱凭票子在南京路上的永安公司买的。前一天晚上睡觉前，这块表还在，夜里一直在嗒嗒地走个不停。虽说喝了酒，但莫高还是听着这个声音进入了"黑甜乡"。案发后，这块表就找不到了。虬江路、中华新路、牛庄路、东街，他们在所有旧货市场都布置过了，凡是卖这个牌子的男表的，一律报告派出所。

那个时候，"上海"牌全钢手表，不光戴着有身份，还几乎相当于硬通货，周转不开时，拿出去就能换钱。来旧货市场买这种表的人，都是图实惠，不要票，还肯定比新表便宜，所以供销两旺。有一次，在虬江路市场，一个卖表的小青年听说派出所要找卖这种表的人，撒腿就跑。那个时候，莫高的腿还没有受伤，一般人都跑不过他。他追上去，直接把那个小青年掀翻在地。你猜怎么着，原来这家伙是偷了学校老师的表来卖，想买一条刚刚流行起来的米黄色喇叭裤，再剪个"飞机头"。其他卖表的，有的是孩子结婚，买彩电、冰箱的钱不够；有的是要给女朋友堕胎；有的是为了在黑市上买咖啡，送给领导，求领导签字，好去办护照，到日本去留学……五花八门，啥人都有。但是，偏偏没有他们"寤寐思服"的那个人。

情杀吧……一查，还真把莫高吓了一跳。

白崇福当工人纠察队员时，对手脚不干净的女工也手脚不干净。后来，一个又黑又壮的姐姐相当迷恋他，要离婚，和他天长日久地过。他一直拖着——床嘛，是要上的；婚嘛，就是不离。他当联防队员时，马路上的女阿飞常常用身体贿赂他。真没看出来，女工和女阿飞的丈夫、男朋友、兄弟或者父亲……筛了一遍，结果筛子上面空空的，啥东西也没留下。

梅一辰说："吕小土，人家死都死了，连这么一点儿隐私都被你们翻箱倒柜地翻出来，作孽啊！"

吕小土说："怎么办？隐私遇上了杀人案，这条路不让也得让出来。"

梅一辰说："查来查去，洪洞县里没好人啊！"

吕小土说："没有这个承受能力，当什么警察？"

那就只有仇杀了！于是，几个人便坐下来继续分析。

吕小土说："白崇福江湖气重，爱财，难免会去揩油。抓人的时候，他总是冲在前面，难免遭人报复。"

莫高没有说话，转身叫内勤去整理一下白崇福领过奖金的案子，然后找出相应的当事人。白崇福被害的时候没有被关起来的，全部都要找到。要一个一个地见面、谈话，还要对笔迹。当然，不能让这些人知道要对笔迹。做完笔录，要写上"以上笔录我已看过，和我说的一样"，然后再签名。当时，在东风饭店的地下室进行住宿登记的时候，这家伙除了有介绍信，还有在旅客签名栏中留下的签名。

白崇福从工厂的纠察队调到公安机关做联防队员，七年多的时间里，直接抓到了一百五十二名犯罪嫌疑人。除了几个老贼，还有一些偷鸡摸狗的、打架斗殴的，以及一些流氓阿飞，百分之八十以上是城市里的闲散青年。照片上，有留长鬓角的，有留小胡子的，也有留“飞机头”的。他们的眼神里有羞怯，也有颓废。去掉为数不多的几个女性，再排除在案发时间被关起来的那些人，一共剩下一百三十九个人。这些人，要一个一个地调查清楚。

那几天，刑警队里很热闹，就像医院的门诊部一样。食堂的长椅摆在走廊里，一排排坐的都是人。

坐到下午三四点时，梅一辰写笔录写得中指侧面都肿了起来。

在一个人进、一个人出的间歇，她一抬头，隔着窗子看到了在外面排队的韩兴旺。

要不是对上了眼神，她一下子都没认出来他。韩兴旺完全变了个样子，留着小胡子，梳着“飞机头”，穿着格子衬衫、喇叭裤和尖头皮鞋，全身上下都是当时最时髦的“装备”，嘴里好像还哼着小曲。她本来急着要找他，可是看他现在这个样子，不免有些心灰意冷。

当初，他贪污学校的钱，给姗姗买了手表，为爱情吃了官司，被判了三年刑。此刻，梅一辰对他还是有点儿同情的。在此期间，发生了很多变故。姗姗的妈妈逼着姗姗离了婚，后来姗姗又匆匆忙忙地嫁给了教育局的一个丧妻的官员。一年后，姗姗因为难产而死掉了。姗姗的妈妈落了个“膝下空虚”，真的是很惨。

姗姗临终的时候，留下了一样东西，请梅一辰转交给韩兴旺，同时要告诉他，和他离婚实属迫不得已……和别人结婚，也是迫不得已。她是想通过这种方式来摆脱妈妈的控制，等他出狱以后再离婚，然后和他复婚。没想到，天不假年，不给她这个机会。

她请梅一辰转交给韩兴旺的，是婚礼上他们展示过的那幅绣品的一半。姗姗说，她去探监，叫他在离婚协议书上签字时，把另外一半给了他。两个人约定，终有一日，破了的布要重新缝到一起。如今，只有来生来世再见了。

这时，轮到韩兴旺了。他进来时，装作不认识梅一辰。

吕小土提问，梅一辰记录。此时，韩兴旺的上海话已经说得很地道了。

“姓名?”

“韩兴旺。”

“年龄?”

“二十五岁。”

“籍贯?”

“安徽颍上。”

“职业?”

“本来是中学教师，出狱后在街道的饮食店工作。”

“服刑时间?”

“1981 年 1 月 1 日到 1983 年 2 月 28 日。”

“婚姻状况?”

“离婚。”

……

写完“以上笔录我已看过，和我说的相符”这一行字并且签上了名字以后，韩兴旺站起身来，要往门外走。梅一辰连忙追了上去，请他留步。

韩兴旺停是停下来了，但皮鞋的尖依然朝着门外的方向，转过身来脸上是玩世不恭的表情，问：“警察同志，什么事?”

梅一辰说：“姗姗的事情，我想和你聊聊。”

韩兴旺说：“姗姗是谁?我不认识这个人。”

说完，他走了，喇叭裤一扫一扫地。

梅一辰大声说："姗姗有东西留给你。"

韩兴旺停下脚步，没有转身，迟疑了片刻，又迈开步子走了，喇叭裤依旧一扫一扫地。

望着他的背影，梅一辰想："也好……"

笔迹做下来，让吕小土、莫高和梅一辰感到十分绝望——全部一百三十九个人都被排除掉了。于是，只剩下那几缕少得可怜的纤维……

五

奥灶面端上来时，夜晚好像被这面的香味给唤醒了，倏地变成了黎明。

莫高要的是白汤的，吕小土和梅一辰要的是红汤的。稀里哗啦地吃进去，身体的每一个角落都很舒坦。

莫高嚷着："换一换，我要一碗红汤的，他们两位每人一碗白汤的！"

小巧而饱满的值班经理搓着手说："抱歉，刚才那三碗面是我们这里的最后三碗面，用光了浇头和面汤——这种奥灶面要在本店谢幕了。"

"哦，为什么这么说？"吕小土转过头去问。

"大厨身体不好，辞职走了。"经理回答道。

"得的什么病呀？要紧吗？"梅一辰插嘴道。

"请各位放心，肯定不会影响食品卫生。其实，也不是很要紧——高血压和心脏病。"经理回答道。

"他是哪天走的？"吕小土来了兴趣，翻出了做好的那张表格。

"我明白警官的意思。不过，他是案发那天烧好了晚饭走的。

本来要早几天走的，可是陈先生他们这批客人订房间的时候点名要吃奥灶面，我就只好请他多留几天了。一开始，他说他一定要走。不过，他最后还是挺够意思的，不声不响地压了大概有十来斤面，浇头和汤也烧了好几天的量，放在了冰箱里。都弄好了，他才走的。”小个子经理说道。

“你是亲眼看着他走的吗？”吕小土问。

“那倒没有。不过，我看到他整理了一个大的行李箱，还自己打了一个木条箱，说第二天快递公司的人来拿。快递费，他已经付过了。第二天一早，快递公司的人果然来拿了。他们把小皮卡开进来，把行李箱和木条箱装上去了。”小个子经理又说道。

“哦，他在你们这里做了多久了？怎么会有这么多东西？”吕小土皱着眉头问道。

“时间倒是不长，只不过这个人很节俭，吃住都在厨房后面的一间屋子里。客房里要扔掉的布草，他都要，所以毛巾、被子、毯子、枕头积了一堆。”小个子经理接着说道。

“这个人有什么特殊的爱好吗？”吕小土问。

“别的倒是没什么，就是喜欢锻炼身体，俯卧撑也做，拉力器也玩儿。都这么大年纪了，还一身精肉。”经理说道。

“他没说他辞职以后要去哪里吗？”吕小土问。

“这个人少言寡语……人家不说，我们也不好多问。”小个子经理摊摊手道。

“他是哪里人？”吕小土问。

“应该是上海人——上海爷叔，讲一口上海话。”小个子经理接着说道。

“这个人叫什么名字？身份证复印件，你们留了吗？”吕小土说道。

“没有，始终没见过他的身份证。他自称姓王……”小个子经理两只小手一摊，说道，“事到如今，我不敢对各位警官有半点儿隐瞒。当时，这个人来找工作，我首先要他的身份证。他说，身份证的事情不着急。他先烧奥灶面给我们吃，如果不满意，他就走人。满意了，再往下讲。结果，奥灶面烧出来了，连老板都把汤喝得碗底朝天。然后，这个人说他的身份证丢了，正在补办。但是，一直补到现在……我承认，在这件事情上，我们有私心。他没有身份证，我们就不用和他签劳动合同了，也不用给他交各种社保了，开销节约了不少，老板乐得这样。”

“这个大厨和受害人有过接触吗？”吕小土问。

“陈先生一住进来就要见大厨。我笑着说：‘陈先生吃到一个鸡蛋，觉得好吃，又何必去认识下蛋的母鸡呢？’陈先生说，他和他的朋友都是‘奥灶面控’，经常会为了一碗面开几个小时车去昆山。如果在上海就能吃到……他们会常来这里住的。这话让我心动了！在我们这里，一幢洋房包下来，确实蛮贵的，所以这个客源还是得维持好。这个大厨不干了，还能找到其他会烧奥灶面的师傅，不一定比他差。陈先生再来的时候，如果说面的味道不对……谁知道是不是他的口味变了呢，对吗？于是，我就去后厨找大厨了。大厨忙着压面、烧浇头、烧汤，一直没说话。我进去看了好几遍，好不容易才等到他有空了，他却不愿意见我。我摸出五百块钱，塞进了他的口袋。他不吭声，低着头干活儿。我又摸出了五百块钱塞进去，他又没说什么，只是对着镜子把厨师帽戴好，把头发都仔细地抿进去，把厨师服刷干净，把鞋子也刷干净，然后套上鞋套，把手洗干净，就跟着我出来了。”小个子经理说道。

吕小土皱着眉头，转身看着莫高说：“这个情节，笔录里怎么没有？”

莫高摊开双手说道：“老大，这个有什么关系？”

吕小土说：“有没有关系，不是你说了算，也不是我说了算。任何情节都有可能……”

说完，他转身看着经理说道：“见面的经过，麻烦你讲一下。怎么进去的，怎么出来的，坐在哪里，都干了些什么……不要有任何省略，全部讲一遍。”

小个子经理搓着手说道：“我走在前面，大厨走在后面。走到门口以后，我等在外面，他进去了。陈先生要和他握手，他尴尬地抖了抖手说：‘抱歉，手是湿的。’结果，手没握成。陈先生请大厨坐下，大厨鞠了一躬，恭敬地坐在了沙发的一角。陈先生问他是哪里人，是在哪里学的烧奥灶面。他回答说，他的祖上跟奥灶面的发源地没有任何关系，他是自学的。陈先生说，自学的好啊，自己琢磨出来的比跟师傅学的更有味道。说着，陈先生泡了茶，递给了他一杯。他诚惶诚恐地接过来，啜了几口，一直把茶杯拿在手上。”

听到这里，吕小土翻出了那些材料，问莫高：“那个杯子，后来到哪里去了？怎么没看到在现场提取的记录？”

莫高挠了挠头，刚要回答，就听见小个子经理说道：“那个杯子是我们客房的。离开陈先生房间的时候，大厨说要带走，洗干净了再送回来。”

“后来，他把杯子送回来了吗？”吕小土问。

“这个，我没留意。”经理说道。

“他具体是几点走的？”吕小土问。

“从陈先生的房间里出来之后，他对我说，他就要走了，感谢多年来我对他的关照。我也客气了几句，请他多保重……养好了身体，如果能做得动，我们随时欢迎他回来。然后，他就去了后厨，我就去了办公室。后来，我就再也没有见过他。”经理说道。

吕小土增加了一列表格，把大厨加了进去，然后不声不响地瞅着，眉间的川字纹越变越深了。

刑科所的技术人员反映，现场的房间里没有“无主的信息”了。这个大厨进陈先生的房间之前，把头发全部塞进了厨师帽，把衣服刷得很干净，并且套好了鞋套。他是有这种习惯，还是有意不留任何痕迹？如果是习惯，那就好说了。如果是有意不留痕迹，那就有问题了。进一步说，如果大厨是凶手，那么就只有回到最初的疑点了——他是什么时候走的？是怎么走的？

目前，当务之急就是找到这个人。

六

“找啊，找！当刑警，一辈子都在找！找人，找某种奇怪东西的出处，找某个难题的答案……”皓月当空，铁道线旁，梅一辰躺在水泥地中间的草席上，隔着蚊帐看着广阔的蓝天、从蓝天上飘过的白云和白云深处的繁星，感叹道。

“然后，我还多一个……找弟弟。”躺在另一个蚊帐里的吕小土加了一句。

长江三角洲平原的夏夜，像蒸笼一样燠热难耐。水泥地被太阳晒了一整天，更是像热锅底一样。

天快要黑的时候，吕小土到河边去端了几盆水，泼在水泥地上，激起了一阵烟尘。他又拔起几把草，当成扫帚，把这块水泥地扫干净。然后，他打开背包，拿出一堆东西，有煤油炉、小锅、卷子面，还有两个搪瓷碗和两双筷子。接着，他又拿出了麻油和装海米的瓶子。梅一辰到火车站的值班室接了点儿自来水，烧水煮面。吕小土去挖了点儿野菜，等会儿下到面里，增加点儿维生素和粗纤维。

他们两个人已经出来二十几天了，为的就是那几缕纤维的来源。四起旅馆电击杀人案，查到最后，唯一没有见底的就是它们。

莫高去东北查介绍信、吕小土串并全国同类案件的时候，梅一辰去查手套了。全上海生产手套的厂家，还有卖手套的百货公司、杂货店，以及农村的供销社，凡是有手套卖的地方，她都跑遍了，买回了各种各样的手套。有些厂家、商店的人听说手套是查案子用的，干脆就送给她了。

每天回到队里，梅一辰都大包小包地拎着好多手套。这个时候，她跟着表师傅学乖了，把表格做好了，再把手套编上号，记好来源。但是，没有一副手套和那几缕纤维对得上。

二十世纪八十年代初，人员和物资很少流动，“守着上海查手套”只是第一步。查不到，当然得先把调查的范围扩大到长江三角洲地区了。这个地区，自古手工业、商业发达，出现了许多家庭作坊、乡镇企业。手套技术含量低、需求量大，投资也少，所以大大小小的手套厂遍地都是。本来是吕小土和莫高两个人出差的，但是莫高从东北回来以后没缓过来，这次去平湖，只跑了一天就上吐下泻了。

他在当地派出所把电话打到队里，队长很无奈地说：“严打的第一个战役开始了，天天加班……要抓、要审、要关，实在派不出人手，只有小梅……”

于是，梅一辰便出发了。公交车、火车、长途汽车、马车、船等各种交通工具换了个遍，才赶到平湖。她和吕小土一起借了一辆板车，把莫高送到了金山。他在金山县医院吃了药、打了针，金山刑警队的同志又开着三轮摩托车，把他送回了市区。

剩下吕小土和梅一辰两个人，继续找手套。碰到有集镇的地方，住店、打尖都没问题。碰不到的时候，饿了，就自己煮面吃。天黑了，把铁路边的随便一块平地扫扫就能睡。

这会儿，忽然听到吕小土说起找弟弟的事情，梅一辰坐了起来，探过头来问他是怎么回事。

吕小土说："小梅，你信命吗？"

梅一辰说："有时候信，有时候不信。你呢？"

吕小土说："和你一样。我小的时候，算命先生说我父母命里只有一个儿子，但是到了我十二岁的时候，妈妈又生了弟弟。家里人都说，算命先生说的不准。弟弟三岁那年，元宵节的时候，他吵着要去豫园看灯。爸爸妈妈晚上要去学习，没有时间陪我们，便给了我一块钱，叫我带着弟弟去看灯，还叮嘱了几句：'过马路要看好……人多的地方，要拉着弟弟的手。给弟弟买个兔子灯……吃南翔小笼包还是宁波汤团，你是阿哥，你做主……'妈妈说什么，我们兄弟俩都点头，两个人的心早就飞到豫园去了。都怪我，猜灯谜的时候，在手心里画字……手一松，再回头，弟弟连影子都没有了。前后只有五秒钟，真的只有五秒钟，弟弟就不见了。从此，再也没有见到他。他是死是活，现在在哪里，过得怎么样，有没有娶妻生子，我都不知道。唉，一松手，就是一辈子……"

远处，青蛙在呱呱叫。近处，蚊子在嗡嗡哼。此刻，吕小土的声音渐渐地低了下去。

梅一辰不知道该怎么安慰他，也沉默着。

这个时候，吕小土那边又有了声音："说来可笑，我做表格，也是从那个时候开始的。豫园周边小马路、小弄堂特别多，为了找弟弟，我把那些小马路、小弄堂都画出来了，做成了表格，拿着他的照片一家一家地去问。一条马路问完了，就从表格上涂掉，再问第二条……"

青蛙还在呱呱地叫着，蚊子还在嗡嗡地哼着。静夜里，两个人刚要沉沉地睡去，突然听到不远处有沉闷的倒地声。接着，传来了杂乱的脚步声和轻轻的呵斥声。

他们把耳朵贴着地，听得格外清楚。吕小土一下子就坐了起来，低声命令梅一辰把蚊帐收起来，藏到树丛中。接着，他便去探寻声音的来源了。

隔着一堵矮墙，在距离这里二三十米远的地方，有一个铁路的仓库。仓库的门半开着，有五六个人在往外搬麻袋。有人推着板车，把麻袋往外运。刚才的那声闷响，应该是麻袋倒地的声音。他看到的，至少有八个人。

“一个对八个。”吕小土停顿了一下。

突然，他的背后传来了脚步声。吕小土的心一紧，回头一看，是梅一辰。

梅一辰紧张地问：“怎么办？”

吕小土沉吟了片刻，说：“你去铁路值班室叫人，我在这儿看着。贴着矮墙的影子走，脚步轻点儿！”

梅一辰刚走出去不远，便突然扑通一声掉进了水里。她叫喊了一声，在水里一沉一浮……

几个人影定格了几秒钟之后，有人慌忙地收拾东西，有人跑了过来。跑过来的人跳到了水里，朝梅一辰游了过来。

吕小土一急，跳过矮墙，掏出手枪，向空中开了一枪，大叫：“警察，不许动！”

那几个黑影停了一下，可能是发现只有一个人，便不管不顾地继续朝梅一辰游了过去。水塘不大，他们马上就要游到梅一辰身边了。

吕小土不知道梅一辰会不会游泳。不过，即使会游泳，在上海长大的女孩子，也顶多会在游泳池里扑腾几下。

怎么办？他的枪里只有两发子弹，刚才打掉了一发，只剩下一发了。况且，他们几个人纠缠在一起，距离又不是很近，伤了梅一辰怎么办？他如果不下水，梅一辰就有可能淹死，或者被那几个人摁到水里；如果下水，从那边再过来几个人，太容易把他们两个人弄死在水里了……

由不得他多想，那边梅一辰已经被他们抓住了。她拼命呼叫着、咳嗽着，显然是已经呛水了。

他跳到了齐肩深的水里，把枪举过水面，大叫："住手！放了她，否则我就开枪了！"其中的一个人抓住梅一辰湿漉漉的头发，把她拎到了自己的胸前，笑道："开呀！看你是先打死我们，还是先打死这个妞儿！"

吕小土大声喊道："你们只不过是偷东西，判不了几年。但是，袭击警察……弄死警察，可就不一样了。我劝你们……还是放她过来，上岸投降吧！"

那个为首的笑道："我们是东北南下的游击队，见钱抢钱，见枪抢枪，从来不知道'害怕'这两个字咋写。最看不起你们这些南方人了，个个娘娘腔！我看，你还是乖乖地投降吧！把枪交出来，我们就放你们两个人一条生路。不然，这个水塘就是你们的坟墓！"

可能是枪声惊醒了铁路上的值班人员，远远近近地有几个房间亮了灯。接着，跑过来四五个拿着电警棍的人，围住了半边水塘。那几个没下水的东北人也围了过来……

贼人手里有梅一辰，把梅一辰的头往水里一摁，大叫："都退后，让我们走！走到安全的地方，我们自然会放掉这个女人！否则，大家一起死！"

银色的月光下，梅一辰的头一次一次地被摁到水里，又一次一次地被拎出来……只有粗重的喘息声和咳嗽声。

吕小土心里一急，划着水朝前走了几步，说：“还是让我来换她吧！按照你们的要求，我跟你们走！”

为首的那个人说：“不换！谁知道你又要什么花招！”

吕小土说：“你们记着，如果这个女警察有个三长两短……我就是不当这个警察了，也要跟你们拼到底！”

为首的那个人说：“呵呵，这话我爱听！像个爷们儿！看来，我得听你的了。这样，你先把枪扔到岸上……扔给我们的人。然后，你就过来。你过来之后，我们就放了这个女的。”

转头望去，月光像碎银子一样洒在波浪起伏的水面上。再往远处看，只见那些盗贼的腿像树桩子一样立在岸边……

吕小土在水中走了两步，把枪朝那人说的方向扔去。枪一个抛物线，快到岸边时，咕咚一声掉进了水里。

为首的那个人日爹操娘地骂了一通，又拎着梅一辰的头浸了一次水。

吕小土见状，不管不顾地哗啦哗啦游过去，把梅一辰抢到手里，托出水面，在几个贼人的挟持下跌跌撞撞地游到了岸边。

一上岸，他就左右开弓，挣脱了几个贼人。他脱下上衣，垫在矮墙上，把梅一辰抱上去，让她面朝下，一挤一压……从梅一辰的嘴里喷出了一股一股的水，但她还是没有任何声息。

吕小土把她抱下来，让她仰卧，捏起她的鼻子，往她的嘴里吹气。吹气的间歇，他把双手叠在一起，用力按压她的胸部。他光着的膀子，肌肉凸起，在月光下一收一缩……几个贼人一直围着他们两个人，不让他们有脱身的机会，而铁路上的那些人则围在贼人的外面。

终于，梅一辰呼出了一口气。

吕小土站起身来，从矮墙上拿起自己那件上衣，盖在了梅一辰身上。然后，他朝一边走了几步。两层包围的人就像被他这个圆心牵着一样，他到哪里，他们就到哪里。

离梅一辰躺着的地方远了，他便向铁路上的那些人使了个眼色，然后一个绊子，先把为首的那个人绊倒在了脚下。旁边的几个人见势不妙，一阵拳打脚踢。有人捡起了场地上的一根铁棍……铁路上的人也加入了进来。打斗中，吕小土的右眼一阵刺痛，好像被刺穿了一样。他听到铁路上的人吆喝着："不准跑，都不准跑！"

这个意外碰到的盗窃案，让吕小土失去了两样东西，也得到了两样东西。

首先，他失去了右眼。为首的那个东北人把钢筋戳进了他的右眼，如果不是躲闪及时，再戳得深一些，他就有可能上烈士名单了。血淋淋的他被拉回上海之后，摘除了右眼球，因为感染而发了高烧，一直处于昏迷状态。梅一辰去医院看望了几次，吕小土的老婆守在那里，一直没给过她好脸色。

梅一辰很识相。为了救她，人家的老公伤成了这个样子，心里有恨是应该的。

吕小土醒过来的时候，他老婆握着他的手说："咱别干这个了，好吗？"

吕小土虚弱地说："这件事，回头再说。镜子！麻烦你，给我个镜子！"

他老婆说："你连命都不要了，还要好看……"

吕小土说："我是想看看，我现在还能不能配得上你。"

他老婆被他气得扑哧一声，笑了。随后，她又拉下脸来说："我知道，'回头再说'的意思就是'还要干下去'。接下来，我说的话，你如果觉得对，就听。如果觉得不对，你可以反驳……"

吕小土说："老婆大人说的从来都是对的！"

他老婆说："现在不是贫嘴的时候，我是认真的。你这个人啊，太自私，只考虑自己……自己能破多少案子，能破多难的案子……根本就不考虑我和孩子的感受。"

吕小土说："我就说嘛，老婆大人从来都是对的！我承认，我对不起你和孩子。"

他老婆说："一句'对不起'……能帮我把煤气罐扛上五楼，还是能半夜里抱着发热的孩子去医院……还是能让我整日整夜不担惊受怕？"

吕小土说："都是我不好……"

他老婆嘤嘤地哭了："嘴上承认有什么用？得拿出行动来！"

吕小土说："除了这个，我什么也干不了啊！"

他老婆哭得更厉害了："你这是借口！我没有逼你的意思，但是有句话我必须说：你要么换工作，要么和我离婚。"

吕小土沉默了一会儿，说："如果你想离开我，那么我没有任何理由不同意。作为一个男人，总是让老婆担惊受怕……我不称职。"

他老婆说："你该不是顺水推舟吧！难道那个姓梅的小姑娘等不得了？"

吕小土闻言大怒，挣扎着要起来："人家小姑娘清清白白……你怎么说我都没问题，不许说她……"

没过多久，两个人就离婚了。吕小土只带了些自己的衣服，住回了父母家。用现在的话说，他这是"净身出户"。

比起失去的，那些得到的简直不值一提，但他却特别珍惜。同样是个人一等功，同样是关于棉纱的知识……

那些东北人偷的是一家国营棉纺织厂的棉纱。这批棉纱刚刚从新疆运到这里，暂时存在铁路的仓库里。那些东北人摸到了这里，已经连续偷了好几个晚上。他们把偷出去的棉纱存在一家乡镇企业的仓库里，全部被查获了。

这家国营厂的人非常感激吕小土和梅一辰，但是感到非常奇怪，不知道为什么是上海的警察来办这个案子。于是，梅一辰便把对纤维进行调查的事情说了出来。

负责采购的副厂长拍着胸脯说，一定尽全力帮他们。这位副厂长用技术人员的显微镜仔细看了一下他们在四个现场分别采集到的那些纤维之后，告诉梅一辰："这一种纤维的产地应该是江淮平原。如果再大胆一些，把范围缩小，应该是淮河流域。这个地区的棉花质量较差，远远不如西北内陆棉区和黄河流域棉区的棉花。你们可以去那个地方看看！"

听完专家的话，梅一辰拿出地图，请他指点一下。然后，她学着吕小土的样子，把产棉区的名称做成表格，然后再去查手套。不管是生产厂家，还是家庭作坊……还有商店、集贸市场……查过一个地区，就把它画掉。可是，到了最后，结论依旧让人绝望。

如果吕小土还能得到什么的话，那就是梅一辰的内疚，可能还有仰慕。

她恨自己一失足掉进水塘里，让吕小土差点儿丢了性命。其实，她不是失足。在夜色中，水面是平展展的。她以为那是路，便一脚踩了下去，根本就没有防备。她失声叫了出来，再加上落水的扑通声，引来了贼人。被贼人摁在水里的时候，她的意识有些模糊。但是，吕小土的话，她全都听清楚了。一个愿意为你而死的人，你遇到了，是命，也是幸。

吕小土的家事，她听说了。关于她的那些话，让她更加不安了。当然，也有几分被维护的感动……

还没等义眼配好，吕小土就急着回来上班了。他戴着一只眼罩，在旁人看来可能有些滑稽，但是在梅一辰看来，更添了几分男人的英武之气。“破坏别人家庭”的名声不好，她尽量避免和他接触。

但是，有了这个人在先，别的男人，竟也没有能入她的眼的。她受不了别人同情的目光，便有意跟男同事学粗话，好让自己变得大大咧咧。

吕小土的心思是，他是一个离了婚的男人，人家是个小姑娘……他比人家大了十七八岁。如果他们之间发生了什么，怎么看都像是欺负人家、害人家。于是，他便故意疏远她，为的是让她早点儿对他死心，好早点儿找到合适的男人……

就这样，吕小土离婚后一直单身，梅一辰一直未婚。使君无妇，罗敷无夫……但是，谁知道呢！花开未折花，花落未折枝……一下子蹉跎了这么多年。

终于，这个案子让她有机会光明正大地和他在一起了。她很开心，也格外珍惜。他能激发她的潜能，能引领她。

七

找到了那家快递公司，也就弄清了民宿的那位王姓大厨的行李箱和木条箱要递往何处。

这里是郊区的一个空置厂房的门卫室。车子驶进厂区，只听到车轮碾过水泥地接缝处时发出的哐当声。在墙根和地砖的缝隙里，一种名叫“一枝黄花”的野草密密匝匝地长了有一人多高，正好做掩体！于是，莫高把车子开到了野草丛中。

等得坐立不安时，莫高摸出一支香烟，走到离梅一辰和吕小土几步远的地方，刚要点上，手机就响了。电话是那个要配合他们调查的人打来的，说车子坏在路上了，只好在电话里给他们介绍情况了。

莫高只好关掉打火机，揌下了手机的免提键。听筒里传来了有着郊区口音的年轻男声，有点儿结巴：“这个人……人是刚招的保安，没……没见过面。听声音，五六十岁，说是……是刚刚退休，和家人脾气……气不和。007 也没……没关系，绝对安心待在这里给我们看……看厂房。”

“007？”莫高十分疑惑地插话道。

“就……就是每天零点到零点，一周七……七天的意思。”在电话里，那个人继续说道，“开价也不高，一个月两千五……五。他说，原先的厂子里还有事没处理完，行……行李先叫快递公司运过来，一周之内……内上班。”

“打断一下，‘007’是这个人的原话吗？”莫高问。

“不是，是我……我翻译的。有什么问……问题吗？”对方回答道。

“哦，没问题。不急，你慢慢说。这个人怎么知道你们招保安？”莫高问。

“我们在……在《新民晚报》上登了广告，他看……看到了。”对方回答道。

“这个人叫什么名字？你们看过他的身份证吗？”莫高又问。

“姓……姓王，名字没说。听口音，是上海……海市区的。要他上……上传身份证照片，他说不……不会操作。身份证，上班的时……时候会带过来。”对方回答道。

“不急，你慢慢说。那么，快递公司的人怎么进的这个门？”莫高又问。

“有钥……钥匙啊！”对方回答道，“钥匙在窗台上那个花……花盆里，看见了吗？是盆吊兰，两层的盆，把上面的盆……盆拿起来。我们叫他用完了，还依……依旧放进去。”他每说完一句话，都好像完成了一项任务，松了一口气。

“不急，你慢慢说。”莫高十分贴心地说，“你们的钥匙一直放在这里吗？”

“对，一直放在这里，没……没人偷。”对方回答道。

三个人穿好鞋套、戴好手套，从花盆里拿出钥匙，打开了门。一股潮湿发霉的味道扑鼻而来，呛得梅一辰连续打了几个喷嚏。门卫室大概有七八平方米，大白天也黑漆漆的。莫高啪地一下打开灯，只见几只蟑螂慌忙地四散而逃。床上整齐地摊着绣有民宿标识的旧床垫、旧毯子和旧枕头。行李箱立在地上，木条箱不见了。

莫高蹲下去，朝床底下看了看，发现拆下来的木条整整齐齐地堆在那里。他跪在地上，把木条一根一根地拖了出来。

吕小土从里面拉开窗户，伸出胳膊试了试，果然能够到那盆吊兰。然后，他又拿起莫高拖出来的木条，查看了一下钉子留下的痕迹。

梅一辰把行李箱放倒，把拉链拉开，里面的东西露了出来。行李箱里装的全都是男人的衣物，不值什么钱，但却像竹筒一样，卷得很整齐……固定衣物的卡扣妥妥地扣在上面。

梅一辰犹豫了一下，把箱子里的东西倒了出来。箱子里有鞋子、剃须刀、治疗高血压的药，还有一个相当旧的拉力器和一件洗得连“经纬线”都出来了的衬衣，里面卷着一张《新民晚报》，上面刊登着这家公司招聘门卫的广告……

“曹冲称象！”拼木板的时候，吕小土很突兀地说出了这四个字。

莫高和梅一辰听了之后，会心地大笑了起来。

“是，曹冲称象……这个可以有。但是，没有办法称，怎么办？”

梅一辰说，可以让技术人员开过来一辆密封的车子，把东西运回去。称重和采集 DNA 的问题，可以一次性解决。

吕小土用那只有光的左眼看着梅一辰问：“你确定，这样不会惊动这些东西的主人？”

梅一辰反问道：“那你说怎么称？”

就在这时，传来了一阵脚步声，有人来了。

正在说笑的三个人一愣，同时停止了动作，压低了身子，一个挨着一个地溜了出去。

梅一辰是最后一个出来的。她快速地把门锁上，把钥匙放到了兰花的套盆里，和前面的两个人一同躲进了茂密的“一枝黄花”丛中。

有人骑着电动三轮车，锃光瓦亮地进来了。进来的是个男人，头上戴着一顶草帽，身上穿着短袖衬衫和短裤，脚上穿着皮凉鞋。梅一辰联想到了行李箱里那些衣服的样式和尺寸，跟这个人身上穿的如出一辙，心里顿时有了底。

这个人停下三轮车，直奔门卫室。到了门口，他回过身来，左右看了看，然后熟练地拎起花盆，拿出钥匙，十分利索地把钥匙插进了锁孔。

三个人屏住了呼吸，等这个人进去之后，蹲下身子，围了上来。吕小土和梅一辰来到了门口，莫高来到了窗外。

吕小土藏在门外，梅一辰敲了敲门。那个男的好像是吓了一跳，整个身子都定住了。

梅一辰又敲了敲门。他走过来，把门打开了一条缝：“啥人？”

上海市区口音，年龄大概五六十岁。更加有戏了！

梅一辰问：“先生，我想打听个人。对面那个厂房的老板，最近来过吗?”

那个男的说:“没见过啊!”

梅一辰又问:“先生，您是住在这里吗?”

那个男的回答说:“对，对，我住在这里。”

说着，他便要把门关上。梅一辰把脚往前一伸，拦住了门。她又问了一句:“先生，您在这个地方住多久了?”

那个男的说:“没多长时间，刚刚搬来。”

听了这话，吕小土一闪身，跳了出来。窗子那边，莫高也站了起来。

这个人见势不妙，一阵惊慌。

三个人交换了一下眼色。梅一辰拿出警官证，给他看了一眼，说:“警察！跟我们走一趟!”

那个男的说:“你是警察，关我啥事?我又没干什么坏事，为什么要跟你们走?”

梅一辰说:“干没干坏事，等我们调查了以后再下结论。”

那个男的说:“我真的没干什么坏事。我只不过是……”

梅一辰说:“只不过是把自己装进木条箱，让快递公司运过来了?”

那个男的说:“这位小妹，你讲的是什么?我听不懂!”

梅一辰说:“奥灶面烧得那么好，中国话听不懂吗?”

那个男的说:“小妹，你讲的是中国话里面的上海话，好吧?我只不过是……”

原来，这个人确实是上海市区人，本来住在杨树浦路一带，动迁之后搬到了这个地方，住了有一两年了。人家郊区的人靠着卖地分的钱，打打麻将，喝喝老酒……他没有这个资本，看不惯，也闲不住。平时，他会出去收一收垃圾。有一次，他路过这里，看到有人这样打开门卫室的门，便弄清了放钥匙的地方。收垃圾累了，他便把门打开，进来歇歇脚。没想到，这次进来，发现屋子里竟然有人来过了。惊讶之余，他正想“收”几样“垃圾”回去，却碰到了盘问他的人。他不敢说出实情，便顺口胡诌了几句。

“你收垃圾，有秤吗？”莫高问。

那个男的虽然不知道莫高为什么这么问，但还是顺从地跑到三轮车那边，拿来了秤，殷勤地双手递给了莫高。

那边，梅一辰手上已经有了快递公司承运的重量，减掉他们三个人吭哧吭哧地称出来的重量，得数是二百，单位是公斤。不对吧！二百公斤的人，那得有多胖？根据箱子里那些衣服的尺寸判断，不太像！那么，是他们的判断有误？

三个人你看看我，我看看你。

还是莫高反应最快！他把秤拿出去，问那个收垃圾的上海大叔：“你说实话，我保证不打你。你这秤准吗？”

那个男的满脸堆笑，说：“我刚要讲给你听……这秤是一个外地人转卖给我的。我已经发现不对了……收人家报纸的时候，我真的会主动把斤两加上去。我们上海人，海纳百川、追求卓越、开明睿智、大气谦和……这规则嘛，我是最讲的。”

莫高听到这家伙这么糟蹋上海的城市精神，想笑，但还是虎着脸问：“怎么加？”

那个男的继续满脸堆笑，说：“这是七两秤。加、减、乘、除，警察大哥，你肯定比我会算。”

这边话音刚落，那边吕小土就算出来了。七十二公斤，基本上是一个普通男人的体重。

梅一辰记得箱子里那些衣服的尺寸，完全对得上。如果真是这样，那么这个人的智商真是不低。他堂而皇之地让快递公司把自己从花园洋房的密室里运了出来……运到了这间屋子里。其他人都走了以后，他打开了木条箱。钥匙在花盆里，招聘的人告诉过他。吕小土已经试过了，只要打开窗户，就能从里面拿到钥匙。

收垃圾的人等在外面。莫高虎着脸，把秤还给了他，说："收垃圾就收垃圾，顺人家东西的事情，不能再做了。听到了没有？"

那个人连忙说："谢谢警察同志！以前没做过，今后也绝对不会做！"

莫高继续虎着脸说："你的身份证，让我看看！"

那个人一愣，忙从口袋里掏出了身份证。

莫高把身份证接过来，看都没看就递给了梅一辰，说："拍一下，留个底。"然后，他转过身来，对那个男的说："今天在这里看到的事情，不要对任何人讲。记住了吗？"

那个男的连连点头："我们上海人，海纳百川、追求卓越……"

梅一辰打断了他，说："给你！把身份证还给开明睿智、大气谦和的你！确实没有任何违法犯罪的记录，要保持啊！"

那个人连连点头，把身份证接过去，便骑着三轮车跑了。

两天之后，DNA 检验的结果出来了。这些物品的主人叫韩兴旺，有过两次前科。

韩兴旺？

在这一瞬间，梅一辰有点儿发蒙。姗姗的前夫不是叫这个名字吗？不会是同名同姓吧！

她把回车键一摁，资料就跳了出来："安徽颍上人，曾经是上海某中学的物理教师。1981 年 1 月 1 日，因贪污而被刑拘，后被判处有期徒刑三年。1981 年 1 月 1 日至 1983 年 2 月 28 日，在白茅岭劳改农场服刑。刑满释放后，在虹口区四川北路的一家餐饮店工作。1983 年 9 月 10 日，因涉嫌流氓和聚众淫乱而被抓获，后被判处死刑，缓期两年执行。1983 年 9 月 10 日至 2012 年 2 月 3 日，在青海德哈令劳改农场服刑。”

涉嫌流氓和聚众淫乱？

梅一辰想起了最后一次见面的时候，他的那副“破样子”。要和他谈姗姗时，他表现出了这种态度，倒真像是干这种事的。同时也说明，他已经把姗姗放下了。杀人毕竟不是小事情，既然放下了，他怎么还会去杀白崇福？当然，白崇福被杀的案子在先，她最后一次见他那副“破样子”在后。但毕竟是这么大的一个转变，不是一夜之间就能完成的。

梅一辰提示了一下，吕小土和莫高便同时想起了这个人。

莫高大叫了一声，然后说道：“不可能吧！寤寐思服……这幸福也来得太突然了吧！”

吕小土也大叫了一声，然后说道：“是他？如果这一系列的案子都是他作的……杀死白崇福是可以想象的，因为是白崇福在婚礼上把他抓走的。但是，后面的几个受害人，包括这个陈不凡……他应该根本就不认识。为什么要下手？”

四起旅馆电击杀人案，都发生在 1983 年 3 月至 9 月之间。前面的四起案件，发生在他第一次出狱之后、第二次入狱之前，而这未遂的第五起案件，发生在他第二次出狱之后。也就是说，他有作案的时间。

吕小土在手绘地图上把韩兴旺服刑的两段时间和五起案件发生的时间、地点都清楚地标了出来。接着，他又在时间轴的上方重重地写下了四个字：安徽颍上。

梅一辰看到这四个字，心里有种说不出的滋味。

如果韩兴旺生在上海，姗姗的妈妈就不会有那么多偏见了。没有了偏见，他就可以和姗姗在一起了。如今，他也应该是快退休的人了。买一买菜，带一带小孙子，喝一喝小酒，练一练毛笔字……

傲慢与偏见，毁掉了人间多少幸福啊！

对了，韩兴旺写了一手好字，篆书、隶书、草书、楷书，各种字体随意切换，让姗姗自豪得不得了。三十年前，采集笔迹时，怎么没想到这个问题呢？梅一辰差点儿捶胸顿足。

八

推理归推理，目前掌握的证据只能证明韩兴旺在最后这起电击杀人案的案发现场——民宿做过厨师。案发前，他说要走，并且请快递公司运输了物品。这些物品的重量比侦查员查获的物品重量少了七十二公斤。这七十二公斤，基本上是他自己的体重。要把他列为嫌疑人，需要更多的证据。

莫高和梅一辰被局长派到了安徽颍上，退休侦查员吕小土请缨陪同。

确定了“对象”之后，“对象”的老家是一定要去的。多少年来，刑警队的侦查员们一直都是这样做的。当然，他们不指望“对象”会乖乖地等着他们来抓。但是，他们知道，去这些人的老家挖线索，从来都不会空手而归。

到达颍上的时候，天已过午。韩兴旺的家乡，现在是一个生态旅游区。

他们三个人把车停好，打扮成游客，便按照户籍迁移的历史资料上登记的那个地址，去找韩兴旺原来的住处了。

找到这个地方之后，他们看到门口挂了一个铜牌，上面有“非遗保护”的字样，顿时觉得有点儿丧气。

来都来了，就进去看看吧。进门的时候，他们听到了一阵哐哐的声音。再一看，是一位老妇人正坐在那里织布。

老妇人满头白发，穿着一身印花蓝布衣服。她面前的机杼上，卷着织好了的布。白底，红色和蓝色的格子，十分稚雅、朴素，但也显得有些单调和沉闷。午后的阳光斜射进来，把老妇人的面庞照得一半阴、一半阳，再加上纵横交错的皱纹，极有质感。天井里坐着五六个小青年，有男有女，皆是“文青”打扮。每个人面前都有一个画板，抬头看，低头画……

梅一辰打开手机，说了一句“老人家，往这边看看”。老妇人转过身来，张开嘴巴笑了。她的嘴巴里边黑洞洞的，没有牙齿，有点儿吓人。接着，吕小土和莫高走进了镜头，一左一右，站在老妇人身后。

拍完了照片，莫高指了指手中的杯子，向老妇人讨热水喝。于是，老妇人便指了指后院。莫高道了谢之后，走了进去。

这个时候，从暗处走出来一个脸上长满了粉刺、脖子上挂着胸牌的人，对梅一辰说：“这位女士，老奶奶是我们景区的形象代言人，给她拍照是要付费的。”

“好啊，没问题！不过，我想了解一下，老人家为你们景区代言……代言的是什么呢？”梅一辰问。

“代言健康长寿啊！我们这里水好土好……老奶奶快九十岁了，还在织布。这还不能说明问题吗？”挂着胸牌的人回答道。

“哦！不过，我想把钱直接付给这位老人。”梅一辰说。

没等挂着胸牌的人回答，老妇人便张开没牙的嘴说：“我要钱没用，不要给我。”

挂着胸牌的人得意地看着梅一辰，说：“老奶奶除了为长寿代言，还为我们这里的织布工艺代言。你看，这里的每一块布都是独一无二的……不像你们上海的布，是大机器生产的，千篇一律。”

“啊，你怎么知道我们是上海人？”吕小土很感兴趣地问。

“但凡两个上海人凑在一起，就会讲上海话，这个全国人民都知道。”那个人得意地回答道。

吕小土意味深长地看了一眼梅一辰。

交钱的事情办妥之后，梅一辰蹲下来，轻抚老妇人织的布，说：“老人家身体这么硬朗，年纪这么大了还能织布，真是儿孙们的福气啊！”

“唉！”老妇人长叹了一声，泪水滚落了下来。

她放下手中的梭子，刚要拉起衣角擦眼泪，旁边的一个正在写生的女孩子便大声叫道：“老奶奶，等等！那滴泪……等我几秒钟，让我画……”

于是，老妇人就让眼泪挂着。阳光照上去，那滴眼泪显得更加浑浊了……

老妇人说：“对有的人来说，长寿是福。对我来说，老天爷让我活这么长，是对我的惩罚。一家人，走的走，散的散，把我一个人留在这世上……”

老妇人的最后一句话，竟像是在说吕小土。

梅一辰看了吕小土一眼，对方没有回应。吕小土俯下身子，揽住老妇人的肩膀说：“老人家，抱歉……不该勾起您的伤心事。”

老妇人说：“伤心？我早就不伤心了。只盼着老天爷早点儿把我收回去……”

梅一辰赶紧换了个话题：“老人家，您的布织得这么好，恐怕方圆多少里都数得上吧！”

老妇人布满皱纹的脸上露出了一丝笑容：“是啊！年轻时，我搓捻子、纺线、织布，一个村子的姑娘、媳妇都比不上我。”说着，她又拿起梭子，织了起来。

看着布一点儿一点儿地在老人的手腕下面变长，梅一辰的心一颤。突然，她想起了姗姗留给她的那半块布。

他们一直在找手套的生产厂家，哪怕只是个小作坊。为此，吕小土还赔上了一只眼睛。难道韩兴旺作案时戴的手套是用另外那半块布缝的？难道那块布是他母亲织的？她没敢轻举妄动，又和老妇人聊了起来。

“老人家，贵姓？”她问。

“姓王。”老妇人腾出手来，在空气中写了一个“王”字。

梅一辰一听，有点儿糊涂：“这是您娘家的姓吧？”

挂着胸牌的那个人过来制止道：“抱歉！你们照片也拍好了，热水也倒好了，请尽快走吧，不要影响写生的同学……”

老妇人白了一眼挂着胸牌的那个人，瘪着嘴巴说：“对对对，我娘家姓王。我嫁到了这个村子……全村的人都姓韩，说是韩信的后代，迁过来的。”

“有个叫韩兴旺的小伙子，到上海干大事去了……这个人是你们村的吗？”莫高接过他们的话茬儿，问道。他拧着水杯的盖子，从后面走了出来。

“你问他做什么？”老妇人又瘪了瘪没牙的嘴巴，反问道。

“哦，刚才听您老人家说，全村的人都姓韩……我就想起来了，有个朋友……读师范学校的时候，他有个同学叫韩兴旺……后来就没有联系了……好像是你们这一带的人，随便问问。老人家，这么说，您是知道这个人了？”莫高说。

“不知道……不认识。”老妇人低下头，继续织布。

梅一辰嫌弃地看了一眼莫高。

莫高没有理会，反而拿出了手机，俯下身子，让她看照片。放大了的照片上，是满墙花花绿绿的奖状，很是喜庆，上面都写着

“韩兴旺”这个名字。

梅一辰心领神会，走到织布机前，问老妇人：“老人家，您刚才说，年轻时织了很多布。现在还有吗？能不能卖给我一些？我有个朋友在上海开店，最喜欢手工织的布了……年代越早越好。”

老妇人的脸色缓和了一些。她停下了手中的梭子……梅一辰上去搀了一把，两个人一起去了后面的房间。

那个挂着胸牌的人十分不满地看着梅一辰的背影……

九

梅一辰拿过来了两样东西：韩兴旺的母亲早年织的一块布和姗姗给她的那半块绣有“白首不分离”五个字的布。把这两样东西和在五起案件的现场提取的那几缕少得可怜的纤维比对了一下，理化专家的回答是：完全一致。再加上DNA的比对结果，韩兴旺的嫌疑陡然增加了。

四条人命，外加一次杀人未遂，谁也不敢怠慢。虽说不像当年搜捕持枪抢劫银行的于双戈时那么声势浩大，但也是全城大搜捕，只不过弦都绷在了暗处。现代的刑侦手段，就像一条效率极高的流水线。在上海，发生了命案，基本上当天就能明确抓捕对象。两三天抓到人，那是必然的。超过一个星期都没有侦破的命案，已经不存在了……

就在这时，出了一点儿问题。我们已经知道了，韩兴旺两次入狱，提取的DNA和在郊区那个破败的工业园区的门卫室里提取的DNA完全一致。但是，他们三个人去他的老家时，莫高趁去后院往保温杯里加热水之机，“顺”走了老妇人的牙刷和头发。他们把老妇人的DNA和韩兴旺的DNA进行了比对，发现他们没有血缘关系。

怎么回事？难道那个曾经两次入狱的家伙和那个在民宿做过大厨的人，是另外一个韩兴旺？可能性不大！总之，在什么地方出了问题。

还得去一趟安徽！

莫高分不开身，吕小土主动要求陪着梅一辰去安徽。在高铁上，两个人的座位是挨着的，吕小土靠窗，梅一辰靠过道。

吕小土戴着老花镜，眉间的川字纹蹙在了一起。他手里握着一支铅笔，一直在画。当然，他还是在画那些破表格，包括案发时间、案发地点、被害人的姓名……目前已经掌握的线索。在“线索”一栏，前面四行都写着“微量纤维”，最后一行除了这个，还加上了“体重七十二公斤”。

梅一辰看着他手里的表格说：“当时，如果我能想到这块一直带在身边的布，你的眼睛就不会……”

梅一辰的意思是，吕小土的人生本来可以柴米油盐、江河湖海，不必如此郊寒岛瘦，但她一时不知道该如何表达。

吕小土摘下老花镜，夹着铅笔的手翘在半空中：“人生是没有‘如果’的……我们都太幼稚了。小梅，我也常常在想，如果十四岁那年，我没有放开弟弟的手……”

梅一辰发现，他那平平展展的袖口上，钻出了一根线头，在窗外阳光的照耀下，显得格外突兀。包里正好有把小剪刀，但是她没有动，继续听他说：“发生了，就发生了……该我们承受的就得承受。”

梅一辰说：“我同意。已经发生了的事情，再说也没有用。但是，说出来会好受些。所以，我还是想说，如果那天我没有一脚踩进水塘里，是不是你就不会……不会到老了还孤身一人……”

“我怎么会孤身一人呢？”说着，吕小土转过身来，“我这不是还在找弟弟嘛!”

听他说前半句话时，梅一辰的耳根子突然红了起来。但是，后面的半句话，又让她的耳根子变白了。

见她不再说话，吕小土笑着站起身来，从行李架上把双肩包拿了下来。他打开双肩包，拿出了一个长方形的保温袋。打开保温袋，里面是一个奶白色的保温壶和两个配套的咖啡杯。

梅一辰连忙扳下小桌板，接过了咖啡杯。咖啡从保温壶里倾泻而出，一闻便知，出自东风饭店。一口喝下去，温热的液体顺着口腔进了喉咙，滑滑的，醇醇的，再舒服不过了。

就在这时，火车一个“趔趄”，吕小土杯子里的咖啡洒了出来。表格上流淌着一条咖啡色的小河，梅一辰连忙拿出纸巾，吸了又吸。

接着，两个人继续一左一右，喝着咖啡。吕小土看着窗外，梅一辰看着手中的表格。

在火车单调的行进声中，她突然发现，那条咖啡色的小河正好从上到下流过“受害人姓名”一栏。再看看那一列字：白崇福、杨首、季伟分、王离、陈不凡。四加一——四个既遂，一个未遂。五个人，五个家庭，那伤痛该有多深啊！死的死了，不能瞑目。侥幸没死的……噩梦是必然的。

“白、首、分、离、不”。

稍微调整一下顺序，就是“白首不分离”。

不对，怎么恰好是“白首不分离”?

但是，确实是“白首不分离”。

难道这就是韩兴旺一定要杀死这五个人的原因吗?

她又想起了那块布。这次不是布的质地，而是绣在布上的那几个字！她想起了姗姗临终的托付；想起了采集笔迹时，韩兴旺的玩世不恭；想起了提起姗姗时，韩兴旺的冷漠；想起了他后来被判死缓时，那个多少有点儿让人难以启齿的罪名。按理说，这些迹象表明，他已经释然了。难道这只是表面现象？暗地里，他执念于此……

她碰了碰吕小土的胳膊，一个字一个字地指给他看。

吕小土连忙戴上老花镜，仔细地看了看。他摘下老花镜，没有说话，眉间的川字纹蹙得更紧了。

他看了看窗外，然后掏出手机，拨了一个号码。电话接通之后，他问对方："客人的姓名，你们这些工作人员都知道吗？"

梅一辰听得到听筒里的声音，是洋房民宿的那个"小巧而饱满"的值班经理。这个人说："知道！每一批客人来，我们都会做卡片，放在床头柜上，要求工作人员称呼客人的姓，以示尊重。比如，陈先生、陈太太、李小姐……"

吕小土又问："工作人员知道这些客人的名字在先，还是大厨提出要离开在先？"

值班经理说："这个……记不住了。怎么，有什么问题吗？"

吕小土说："没什么，只是了解一下。"

电话挂断之后，吕小土拿起杯子，喝了一大口咖啡，然后低声说道："'白首不分离'……没看出来，韩兴旺这家伙还真是个大情种啊！如果……如果杀不了陈不凡，他会不会去杀一个名字里有'不'字的人呢？"

吕小土的这句话，让"找到韩兴旺"这件事情变得紧迫起来。

梅一辰给莫高打了个电话，说了这件事。

莫高怪叫了一声："'白首不分离'……小梅同志，你没发烧吧？"

梅一辰说："可是，你一直教导我……大胆设想，小心求证。"

莫高说："有这么一出吗？看来，在抓到这个家伙之前，我们得把全国名字里有‘不’字的人全都保护起来。”

吕小土接过梅一辰手里的电话，对莫高说：“我看，没有这个必要。目前，在上海就可以了。这个韩兴旺啊，我敢断定，他有多爱上海，就有多恨上海……”

这一次，吕小土和梅一辰去的是当地派出所，把韩兴旺他们村的老书记也叫去了。

老书记的一席话，揭开了谜底。原来，韩兴旺是被这对老夫妻收养的。那个时候，没有现在这么规范，户口归公社管。农村人忌讳说谁家是绝后的，所以这对老夫妻坚决不让写“收养”两个字。所以，户籍底册上体现不出来他们收养了韩兴旺。有人说，韩兴旺是他们从人贩子手上买的，这对老夫妻坚决不承认。老头子说，赶集的时候，一个不认识的人把自己没有能力养活的孩子送给了他们。这个说法，没有办法考证。韩兴旺究竟是哪里人，他们不知道。但到底是没有血缘关系，“文革”结束后，他考到了上海的一所师范学校，就再也没有回来过。村里的会计说，刚开始那几年，他给这对老夫妻寄过钱。后来，就再也没有他的音信了。这个人是死是活，他们也不知道。近期，他肯定没有回来过。

梅一辰跟着派出所的民警到县公安局的档案室去查韩兴旺的原始户籍资料了，吕小土想再去韩兴旺家看一看。

路上，他买了一箱牛奶。想了想，又加上了一盒又软又甜的萨其马。

他进门的时候，老妇人还在织布。老妇人一抬头，认出了他，张开没牙的嘴巴，笑了笑，继续织布。这一次，景区的管理人员不在，也没人写生。

吕小土取出一盒牛奶，插好吸管，递给了老妇人。老妇人连忙摆手：“你自己喝吧！”吕小土说：“老人家，您先喝！”老妇人接过牛奶，吕小土发现她那满是皱纹和老年斑的右手腕上，有一只银镯子。镯子上挂着两个小铃铛，随着老妇人的动作叮当作响。

老妇人瘪着嘴，吸着牛奶。吕小土瞅着铃铛，问：“老人家，这个银镯子是老货吧！我看看，好吗？”

老妇人说：“有年头了。你看吧！”

说着，她放下牛奶盒子，把镯子退下来，递给了吕小土。

看着看着，吕小土脸色大变。他赶忙拿出手机，左拍右拍……

把镯子还回去的时候，他又问老妇人：“老人家，冒昧地问一下，这个镯子的来历，您能讲给我听吗？”

老妇人说：“家里的旧东西，没什么来历，也不值什么钱。”

吕小土接着问：“这个东西，您还记得是什么时候开始戴的吗？”

老妇人说：“老头子年轻的时候，从集市上买回了这个镯子……大概有五六十年了吧。”

吕小土心里一紧，又问：“当年老伯带回这个银镯子的时候，是不是还带回来一个小男孩儿？”

老妇人反问道：“你是谁？为什么要问这个？”

吕小土说：“随便问问，瞎猜的。您的这个镯子，能卖给我吗？”

老妇人说：“不卖，钱再多也不卖。这个镯子是要跟着我进棺材的！”

十

在韩兴旺这里，“现代的刑侦手段”这条流水线好像失灵了。

自从发现了郊区的那个门卫室，他们就在周围的所有路口都安排了人蹲守。全市所有的派出所都拿到了他的照片，民警们面对浩瀚的图像数据，在夜以继日地进行着比对。所有的“侦查作业”布置下去，都看不到效果。

“现在，已知的条件不算少。没有效果，说明我们还没有把这个人研究透。”吕小土皱着眉头说道。

前面那句话，局长听进去了。他想，“白首不分离”，既然陈不凡没有死，那么韩兴旺再杀一个人的可能性就非常大，而下一个受害者的名字里，得有一个“不”字。现在这个时代，在全市的范围内筛选出所有姓名里含有“不”字的人，并且向他们发出警示，是完全可以做到的。但是，这会引起恐慌，肯定不行。“旅馆系列电击杀人案，”局长敲着黑板，指着“旅馆”两个字说，“这个人既然这么有仪式感……那就重点在各种酒店、宾馆、旅馆、民宿、青年公寓、短租房和有过夜条件的洗浴中心布控。”

在梅雨季节发生的案子，已经快立秋了，还没有眉目。专案分析会结束后，从局里出来，夜已经很深了。南京路上，行人已渐寥落，灯火也让人感觉有些寂寞。

梅一辰走在吕小土旁边。空旷的马路上，两个人的脚步声清晰可闻。

吕小土不主动说话，梅一辰也保持着沉默。

从安徽回来之后，吕小土整个人都有点儿发闷，瘦了不少。

局长大概也看出来了。刚刚散会的时候，局长揽着他的肩膀说：“表师傅，我不是舍不得请您老人家吃夜宵……俗语说，少吃几次半夜饭，多吃几次年夜饭。我看，您老人家还是不要跟年轻人一起熬夜了，保重身体要紧！”

他单薄地笑了笑，没有说话。

走出去了好长一段路，吕小土才开口问梅一辰：“如果你是这个人……接下来，你会怎么做？”

一开始，梅一辰没有说话。走了一会儿之后，她才缓缓地说道：

“我莫名地热爱上海……高考报志愿的时候，我填报的全都是上海的学校。我努力学习上海话，要找一个上海姑娘做老婆，好让我的下一代成为真正的上海人。但是，可恶的丈母娘、可恶的白崇福、可恶的姗姗……‘白首不分离’——在那块布被分成两半的时候，就已经分离了。我把属于我的那一半，做成了手套。这副手套，竟然成了我的护身符。当年，它保佑着我，让我每个月都离自己的目标更近一步。杀白崇福的时候，我没有想到要凑齐五个人。但是，杀掉他之后，我突然找不到人生的方向了。工作没有了，爱人没有了，周遭的一切都变得那么狰狞……看着那副手套，看着那些支离破碎的字，我想，我是不是可以给自己定一个人生目标……‘白’已经实现了，还差‘首’、‘不’、‘分’和‘离’。我要用它们来祭奠我那可怜的、早逝的、再也回不来的爱情……黑灯瞎火地跳贴面舞，我不是想要流氓——我需要这样的舒缓和转移。宣判时，我只听到了‘死刑’两个字，没有听到后面的几个字。当时，我就崩溃了。我不能死，我的人生目标还没有完全实现。只要杀掉一个名字里有‘不’字的人，我就死而无憾了。二十八年过去了，我终于活着出来了。在里面，我学到了做奥灶面的手艺。这让我有了栖身之地，也让我更方便寻找猎物了。虽然我一直在锻炼，但是毕竟人已老迈，刚把电线贴在猎物的脖子上，就被打掉了……我不能罢休，这个‘人生理想’必须实现，不然我无法瞑目。”

“然后呢？”吕小土停下来问她。路灯下，他左边和右边的眼睛全都闪着光。

“我在找到目标之前，必须躲过警察的搜捕。我既然能把自己装在木条箱里，从容地从案发现场运出去，就能想办法从郊区的门卫室里走出去，到我想去的地方……”梅一辰说。

“用什么方法？想去哪里？”吕小土问。

“一个未知的方法……去能找到猎物的地方。”梅一辰答道。

“你怎么知道在什么地方能找到猎物？”吕小土问。

她没有回答，因为这个问题，她还没有想清楚。

两个人继续向前走着。

在离他们几步远的地方，绿化带旁边的长椅上，躺着一个醉汉。靠头那边的椅子腿，淹没在一摊污物里，散发出刺鼻的味道，是酒肉从肠胃里走过一遭又出来的那种味道。

梅一辰示意，让吕小土快走几步。谁知，这个醉汉突然吼出了一首老歌：

> 这样飘荡多少天，这样孤独多少年，终点又回到起点，到现在才发觉。哦……路过的人，我早已忘记。经过的事，已随风而去……

听上去，竟有几分“忧郁王子”的味道。于是，梅一辰停下了脚步。

当年，局团委在福州路一百八十五号那幢“租界时代”就造好了的大楼里开舞会时，经常放这首歌。那个时候，在铺着红木地板的地面上，她曾和吕小土共舞。于是，她跟着醉汉轻轻地哼起了这个旋律。

她一边哼歌，一边抬头看着吕小土——她仰慕了很多年的男人。她把左手搭在他的肩膀上，把右手放在他的左手里，自己先跳了起来。

他的手心依旧温暖而干燥，仿佛这几十年的光阴不曾溜走。南京路上，寂寞而璀璨的华灯之下，她蓓蕾初绽，他也正枝繁叶茂……

一曲罢了，要松开这只手时，梅一辰竟有些不舍。

他慢慢地老了，孤身一人。那些他爱了一生的表格，不能在他下台阶时搀他一把，也不能在他生病时给他倒杯水。她知道，像他这样的人，是不会接受怜悯的，即使这份怜悯来自曾经以命相救的她……

无语中，两个人朝地铁站走去。梅一辰故作轻松地哼起了刚才的那首歌："这样飘荡多少天，这样孤独多少年，终点又回到起点……"

吕小土突然停下了脚步，说："等等！终点又回到起点……那个韩兴旺会不会再回到东风饭店的地下室——他第一次获得成功的地方？"

"怎么会？那里已经是养水草、珊瑚的地方了，又没有住客……"梅一辰反驳道。

"但是，房子是那个老板租的。可以说，那是另外一种意义上的旅馆……"吕小土说。

"哦，就算是吧！"梅一辰接着说，"不过，那个门卫室在浦东，他怎么可能去东风饭店呢？戴着口罩或者面具？不可能。要是在冬天，倒是没那么突兀。现在这个季节，这么暖和，空气又好，谁要是戴了口罩，就等于告诉大家：我有问题，你们快来查我。地铁、公交和轮渡，他肯定不会选。过江隧道里只有机动车道，脑子有问题才会步行通过。出租车……过江的几座桥上都有'电子眼'。走小路到黄浦江边，游过去？要么，就通过污水管道，像'肖申克的救赎'那样……"

"是啊，即使过了黄浦江，在去东风饭店的路上，探头也越来越密集——他又不是傻子。"吕小土说，"有没有更安全、更便捷的办法？比如，重复第一次所用的办法，自己躲进快递的箱子里……"

“快递给谁呢？总得有个收货地址吧！或者……汽车的后备厢？不过，那也得找到合适的车啊！”梅一辰说。

“无论如何，我们都要去一趟东风饭店。”吕小土说。

“现在？”梅一辰讶异地问。

“就现在。”吕小土回答。

梅一辰拿出手机，给莫高打了个电话，说出了吕小土的想法。

莫高沉默了几秒钟，用打火机点燃了一支香烟，说：“马上去！必须去！”

十一

凌晨，警察包围了东风饭店。

莫高打扮成电工的样子，跟着饭店里真正的电工下到了地下室，叫醒了在里面值班的员工，说是饭店的一层跳闸了，有发生火灾的危险，要紧急检查。

进去以后才知道，水草养殖场的员工都住在里面，烧饭也在里面——典型的“三合一场所”，不符合消防规定。

他给上面的人打了个电话，让梅一辰有了下来的理由。她挂好饭店工作人员的胸牌，要求值班人员提供住在这里的所有人的名单和身份证号码。这里一共住了十二个人，一个一个地查了一下，没有人的名字里有“不”字。当然，也没有韩兴旺。

于是，她便走了上来。吕小土等在楼梯口……灯光下，他眉间的川字纹越来越深了。

梅一辰把名单递了过去。吕小土戴上老花镜，看了许久，发现上面确实没有“不”字，就连“不”字旁的字，比如“怀”字、“环”字、“杯”字、“还”字……都没有。

他摘下眼镜，叹了一口气，说："这么说，是我们的思路有问题。你去叫那个值班的员工上来，我有问题要问他！"

值班的员工来自安徽淮北。吕小土实话实说："我们是警察，要找一个人……住在下面的人里面，有没有小名里含'不'字的？"

这个淮北人说："有的。我表弟小名叫'孬子'……"

吕小土问："你表弟的小名，有多少人知道？"

淮北人回答："我们这里的人都知道，大家平时总是'孬子'来、'孬子'去……"

吕小土听他这么一说，便拿出手机，把里面的一张照片给这个人看："见没见过这个人？"

淮北人接过手机，看了看，说："没有啊！"

吕小土说："你确定？再看看！问题的严重性，我一会儿再跟你说。"

淮北人又看了看照片，说："我当然不敢骗警察了……这个人确实没来过。"

吕小土问："近几天，有没有其他的陌生人来过？"

淮北人说："有啊！一个脸上包着纱布的人来找过工作。我问他脸怎么了，他说他是厨师，烧菜的时候脸被热油烫伤了。东家给了他几千块钱，就把他打发了。他的脸化了脓，就只好包起来了。几千块钱花在了看病上，现在住没的住，吃没的吃……只求有个地方，不给钱都行。我问他会做什么，他说他会烧奥灶面。我说，我们这里都是淮北人，不爱吃奥灶面。他说：'爱吃"面叶"吗，爱吃"侉子馍"吗？这些，我都会做。'我让他试着做了一次，味道还真不错，就把他留下了。"

淮北人说到这个新来的人脸上包着纱布的时候，吕小土和梅一辰相互看了一眼。他说到这个人会做奥灶面的时候，他们又相互看了一眼，但是未动声色。

吕小土继续问："你们的员工名单上，怎么没有这个人？"

淮北人说："这个人不是我们的员工，是临时打杂的。"

吕小土问："他的身份证，你见过吗？"

淮北人说："没有。他说，身份证被以前的老板扣着，还没有还给他。"

吕小土问："现在，这个人在下面吗？"

淮北人回答："在下面。"

吕小土马上拿出一张纸，贴在墙壁上，三笔两笔地画出了地下室的格局，让淮北人指出这个人住在什么位置。

淮北人很奇怪地看着吕小土——这个老头子怎么对地下室的情况这么熟悉？听到吕小土问他，他立刻就用铅笔指明了位置。

他说："是集体宿舍……十二个人都睡在里面。"

吕小土把那张纸翻过来，问淮北人："房间有多大？床是怎么摆的？"

淮北人说："把两间客房打通了，左、中、右三排，各放了两张上下铺……新来的这个人在中间那一排最外侧的上铺。"

吕小土问："'孬子'呢？睡在哪个位置？"

淮北人说："也是上铺。和新来的这个人在一排，在里面的一个铺……"

吕小土三笔两笔地画好了位置。

问话的时候，旁边已经有警察调出了监控录像，里面有那个满脸包着纱布的人。在东风饭店的内部停车场门口，那个人从一辆轿车上下来，时间是五天前的一个傍晚。

局长悄悄地站在一旁，等淮北人把话说完，才说："这个人的作案手段是电击。先把电源切断，你们带着警用手电筒下去！"

淮北人说：“切断电源，肯定不行。下面本来就缺氧，靠电供氧……现在气温高，鱼的密度也大，超过半个小时，鱼肯定就翻肚皮了。不行，肯定不行！把电源切断了，老板只有两条路可走：要么跳黄浦江，要么跳楼。”

局长问：“里面的鱼值多少钱？”

淮北人说：“老板做了二十年，全部身家都在里面了……少说也有八九百万。”

局长低头不语，吕小土插话道：“这位梅警官和你一起下去。听她的指挥，配合我们抓到这个人，有重奖。找个理由，先把小名‘孬子’的那个人叫上来……其他的人也一个一个地叫上来。”

十二

再次下到地下室的时候，里面依旧灯火通明。那些水草缸、珊瑚缸、鱼缸，像绿色的梦幻世界……

莫高一身电工打扮，站在梯子上面。饭店的那个真的电工站在下面，仰头向上看着。

莫高看到梅一辰进来，问：“电路图要来了吗？”

梅一辰说：“不好意思，让你久等了。幸好值班的人有工程部办公室的钥匙……喏，拿来了。”

说着，她把吕小土画的那张图递了过去。莫高顿时就明白了，马上从梯子上下来，和饭店的电工一起拖着梯子，朝宿舍的方向走去。

宿舍的门虚掩着，里面黑着灯。值班的淮北人走了进去，借着走廊的微光，来到“孬子”的床前，准备用手摇醒他。谁知，床是空的。

他“咦”了一声。再看新来的那个人的床铺，也是空的。他赶紧把灯打开，才发现，另外十张床上都睡着人，唯独这两张床是空的。

房间里的灯开了，梅一辰和莫高知道情况有变，迅速地背靠背站在了一起。莫高面朝里，梅一辰面朝外。

值班的那个人紧张地对着莫高摊了摊手。

莫高低声说道：“先叫他们起来，不要出声！所有的人，马上撤到楼上去！厕所在什么位置？”

值班的那个人朝右前方指了指，莫高立刻就明白了。他和梅一辰分别站在走廊的两侧，相互掩护着朝厕所的方向走去。

厕所不分男女，一打开门，就闻到了一股大便的味道。再一看，里面有五个独立的单间。梅一辰守在门外，莫高略微蹲下身子，逐一观察着。有两个门里有阴影！非此即彼，先抓到哪个都行！

他一招手，梅一辰便走了进来。他用手势示意了一下，他自己去踢第一扇门，梅一辰只要守住第二扇门即可。

然后，他深吸了一口气，一脚踹了上去。门“哗啦”一下倒了进去，里面只有扫帚、水桶和拖把。

梅一辰赶紧踹第二扇门，发现里面依旧没有人——马桶盖上倒扣了一个垃圾桶。

人到哪儿去了呢？

这时，只听到厕所的门“吱呀”一响。他们快速转过身去，只见一个人拖着另一个人朝门外走去。主动的那一个，正是韩兴旺。被动的那一个，肯定是“孬子”。

韩兴旺用左胳膊勒着“孬子”的脖子，右手放在口袋里，用一样东西顶着“孬子”的后腰。此刻，包脸的白纱布已经塞在了“孬子”的嘴里。他手臂上的肌肉暴突，腿上的也是……

厕所的门外，站着愁眉紧锁的吕小土。

一切都以最坏的方式进行着……

韩兴旺说：“都走开，给我让出一条路！”

莫高说：“韩兴旺，你没死，真好！三十年来，我最担心的事情就是不能见到活着的你。弄死一个联防队员，算什么？有本事，你弄死我呀！”

韩兴旺说：“少废话！都走开！”

莫高说：“凭什么？你得给我们一个理由啊！”

韩兴旺说：“理由？顶在‘孬子’后腰上的家伙就是理由！”

莫高说：“很抱歉，你走不了了。外面都是警察……放了‘孬子’，乖乖地投降吧！”

韩兴旺说：“投降？我会的。你们让出一条路，让我回宿舍一趟！”

莫高说：“你回宿舍干什么？”

韩兴旺说：“这个，不用你管！叫外面的人都走开，让出路来！”

莫高说：“韩兴旺，我再次抱歉地告诉你，你要对自己的处境有个清醒的认识。你是犯罪嫌疑人，我是警察，你得听我的。你回宿舍，要拿什么东西？说出来……有可能的话，我们会帮你拿。”

韩兴旺说：“不用你提醒！三十年前，我就是犯罪嫌疑人了。以后，我可以听你的……但不是现在。”

莫高和站在门外的局长交换了一下眼色，局长点了点头。

莫高说：“那好，我们满足你的要求。但是，我们的要求，你也得满足——不能伤害‘孬子’。你保证！”

韩兴旺说：“我保证！”

此时，员工们已经全部撤离了，让出了一条通道。韩兴旺拖着“孬子”，往宿舍的方向走去。

见宿舍里黑着灯，莫高判断，应该是已经切断了电源。暗处的特警已经埋伏好了……不用担心，他们的枪口处都有夜视仪。

韩兴旺命令莫高去开灯，开完了灯就走出去，不准再进来。

判断归判断，莫高还是不能确定电源是不是真的已经切断了。怎么办？他低下头去，正好看到了T恤衫上的一颗摁扣儿。于是，他走上前去，在行走间悄悄地拉开了摁扣儿。走到开关旁边，他举起一只手，假装摁了一下开关，然后用另一只手“咔嗒”一声摁响了摁扣儿，自言自语道：“灯怎么坏了？”

走廊里的韩兴旺显然有些恼怒：“你走出来，和我保持五米以上的距离！”

莫高说：“我可以走出来……不过，你进宿舍之前，得放掉‘孬子’。”

韩兴旺说：“我只保证不伤害‘孬子’……什么时候放掉他，你说了不算，我说了才算。”

说着，他拖着“孬子”走了进去。门开着，门口的一段还算看得清楚。只见他右半边矮了下去，从枕头底下摸出了一样东西——像女人的头箍一样的东西，两头有黄铜色的金属片。

莫高心里一紧。这大概就是他想象了无数次的作案工具——那个臭名昭著的电击器。

“孬子”可能也感觉到了不祥，拼命地挣扎着。也许是因为单手用力，韩兴旺有些力不从心，让“孬子”挣脱了。

“孬子”扑到莫高身上，紧紧地抱住莫高，浑身发抖。

莫高暗暗地松了一口气。谁知，韩兴旺哈哈大笑起来。他没有半点儿犹豫，拿出一副手套，戴在了自己的手上……这正是梅一辰找了三十年的那副手套。然后，他把电击器戴在了自己的头上。

梅一辰和莫高耳语了一下：“没关系，没电。”

几步开外，韩兴旺仿佛听到了梅一辰的话，转过身来。所有人都看到了，电击器上连接着一个白色的东西，是充电宝。他把手搁在了开关键上……里面如果有电的话，足够电死一个人了。

梅一辰伸手推开莫高，从口袋里拿出一样东西，一抖，展开了……是另外一半“白首不分离”。她说：“韩兴旺，你想听也罢，不想听也罢，我得把姗姗的话给你带到。你误会她了！她和你离婚，和别人结婚，是想通过结婚来摆脱她妈妈。等你出狱了，她想再离婚，然后和你复婚。这并不是无情，也不是背叛。”

韩兴旺愣住了，狂躁地叫道：“你出去！让我走，让我到地下去找姗姗！”

梅一辰说：“如果你拿下头顶上的那个破玩意儿，乖乖地跟我们走，去承担自己应该承担的责任……就还是姗姗一心一意爱的那个完美的人。如果你自绝……那么即使你到了那个世界，姗姗也不会理你。”

韩兴旺犹豫了。就在这个时候，吕小土走了进来。他说：“你还记得自己叫吕不染吗？”

韩兴旺瞪大了眼睛，似乎忘掉了手上的动作，声音颤抖地问：“你是谁？”

吕小土说：“不染，我是你哥——不尘。不尘和不染，是父母对我们的期待。”

韩兴旺哈哈大笑起来：“果然……我没有猜错，就是这个意思。一开始，我只知道自己叫韩兴旺。可是，我识字了以后，发现毛衣上绣着这两个字。我一直觉得，我曾经在另外一个地方生活过……还有一重身份，还有一个世界。我一直在琢磨，‘不染’这两个字究竟是什么意思……会不会是通往那个世界的钥匙？”

吕小土说：“那天，我一松手，就找不到你了。你到哪里去了？”

韩兴旺没有理会他的话，继续说：“到上海读书以后，我恍然大悟——这应该就是我日里夜里都在想的那个地方，‘不染’应该就是我在这个地方的符号和代码。”

吕小土说：“你说的没错。弟弟，你不见了以后，我把名字都改了，把‘尘’字拆成了‘小’和‘土’。我想擦掉哪怕只是一点点能让爸妈联想到你的痕迹！可是，怎么擦得掉呢？我们找了你五十几年……无数次梦到你。每到你的生日，妈妈都会盛一碗长寿面，放到你吃饭的位置上，直到它变冷、变馊。妈妈说，你肯定在这个世界的某个地方……”

韩兴旺说：“他们……还好吗？”

吕小土说：“不好。没有你，他们怎么会好？”

韩兴旺突然放声大哭了起来。

吕小土说：“刚才这位妹妹说的对，你应该把手上的东西放下，跟我们走，去承担自己应该承担的责任，轻轻松松地上路。那边，姗姗、老爸、老妈都在等着你。不久的将来，我也会去的。到了那边，我们一家人就团聚了。”

韩兴旺大喊：“不，他们一定不会认出我来！我已经不是那个听话的孩子了！”

吕小土一步一步地向他走去，声音颤抖地说：“会的。如果你说出那串铃铛上刻的字，说出那件毛衣上绣的字……他们一定会认得，你是他们的宝贝。”

韩兴旺犹豫着。吕小土继续向前走：“弟弟，这些年，你受委屈了。最后这段时间，让哥好好陪陪你吧。我会给你做好吃的，送进去。咱们好好叙叙旧……把你的委屈都说出来。你知道，我是警察。虽然我退休了，但是局长会给我这个面子的，办案的弟兄们也不会为难你。听话，弟弟！”

就在两个人之间的距离只剩下一只手臂那么长的时候，韩兴旺摁下了开关。吕小土要冲过去抱他，梅一辰用力扯住了他的衣襟。

韩兴旺挣扎了几下，便倒了下去，吕小土也被梅一辰扯得倒下了。此刻，失散了五十多年的两兄弟，手和手之间还有最后的一点点距离。

十三

一夜之间，吕小土的最后一点儿黑发也变白了。

梅一辰守在床边，看着他那无光的双眼和眉间越来越深的川字纹，握着他的手。此刻，这双手已经不再温暖，但是手指依旧结实有力。

吕小土说：“小梅，还记得我退休时许的愿吗？”

梅一辰握紧了他的手，说：“别说了，每个人都有自已的生活。”

吕小土说：“当时，在门外，我突然想到……原来，他只要杀死自已就可以了。”

梅一辰说：“即使亲如兄弟……我们做了自已想做的就好。”

吕小土说：“这个我明白。小梅，你再陪我去一次安徽好吗？”

他们走进韩家的门，满头白发、穿着蓝花布衣服的老妇人还在织布。

吕小土走过去，把老妇人织布的腰带解了下来。他扶着她下来，坐在堂屋的靠背椅上，然后趔趄了几下，好不容易才跪了下来，双手合十，叫了声“妈”。

在这个过程中，老妇人一直张着没牙的嘴巴，不解地看着他。

只见他头上的白发随着身体三上三下，郑重而虔敬。

磕完了三个头以后，他双手搂住老妇人的双膝，仰起头来，说："妈，我是兴旺的亲哥。感谢您和老伯对他的抚养！他不懂事，不能在您的膝下尽孝了。您的余生，我来陪伴……"

梅一辰一阵心酸。她觉得，最后这句话，也是她想对他说的。

关键看这个愿望够不够强烈（代后记）

写作的时候，我常常问自己：书海茫茫，凭什么能让读者把你写的书拿起来？

当警察，能看到很多平常人看不到的东西。有的人为了挤进富人圈儿，用尽了手段，拼尽了力气，最后却折戟沉沙。有的人处心积虑，想除掉仇敌，却怎么也掩盖不了阿克琉斯脚后跟上的那个致命之处。有的人本来可以避免杀戮，却因为一个念头、一句话甚至仅仅是公交车坐过了头，就铸成了大错。有的人想私吞巨额财产，来报假案，幼稚到模仿电视剧里的镜头，编造出劫匪是怎样拿刀砍的、自己是怎样受伤的情节，告诉了警察。没想到，“编剧”骗得了观众，却骗不了警察……当然，还有很多“闷骚”同事，能根据现场的自行车是不是撑住了“脚撑”，判断出凶手和被害人之间的关系；能研究出垃圾袋也有南派与北派，从而判断出凶手从哪里来；能根据窗边飘过的一句话，判断出凶手是不是熟人，是不是来踩过点；能根据一滴血的大小和喷溅的方向，判断出凶手的身高和职业……作为警察，身边到处都是别人想也想不到、编也编不出的好故事。不把它们写出来，真是暴殄天物啊！

当代作家王安忆曾经说过，现实结束的地方，就是小说开始的地方。如果把小说比作一座作者想要建造的大厦，那么这座大厦完全是虚构的。但是，建筑材料必须来自现实，砖、瓦、水泥、黄沙、木材……绝不能照搬照抄，得有自己的取舍、自己的设计思路、自己的建造方式和装修风格，甚至独特的气息……

如今，砖、瓦、水泥、黄沙和木材都有了，可是真正建造的时候，却没那么简单。想好了人物的行动线、情节的发展线，却怎么搭都感觉逻辑上有问题。想要草蛇灰线、伏笔千里，却怎么看蛇和笔都像是晃在那里，保管被你一眼识破。更让人绝望的是，已经有那么多人写得那么好了，多我一个不多，少我一个不少。算了，索性不写了。可是，停下来之后，那些好故事又不住地在眼前晃，好像在嘲笑我临阵脱逃。

选择写侦探推理小说，是着迷于它的魅力。这个“魅力”就是悬念：接下来发生了什么、是谁、是怎么做到的，等等。就像我们小时候做过的数学题一样，给出的条件没有一个是多余的。契诃夫曾经说过，如果在前面写了“客厅的墙上挂着一支来复枪”，那么最后它一定要射出子弹。在东野圭吾的《嫌疑人 X 的献身》中，一开始讲的那些在桥洞下面生活的流浪汉，就像是这样的一支枪。不过，我们会认为，这只不过是主人公在上班的途中看到的风景而已。但是，正是其中的一个流浪汉，在最后的时刻射出了那颗最关键的子弹。我在建造自己的侦探推理小说大厦时，总会在不经意间“在某个客厅的墙上挂上一支来复枪”。如果你感兴趣，可以猜一猜，在这本书里，有哪些东西可以去充当它，它又会在什么时候被击发。

不过，如果是纯粹的悬念，那么侦探推理小说就会沦为纸上的智力游戏。只有将关切的目光投注到社会，投注到生活，作品才会有强大的生命力。于是，房价飞涨、民间借贷、信任危机、底层的挣扎和向上的渴望，还有一个人如何在金钱、名利和爱情之间以及在亲情、正义和法律之间做出取舍等问题，就成了我的“小说之树”必须扎根的土壤。它们必须揭示接下来发生了什么、是谁、是怎么做到的，同时让读者有那么一点点回味，或者一点点“心有戚戚”。

如果我都这样了，你还没有选择拿起我写的书，那么我就明白了，这仅仅是因为我想要让它被你拿起来的愿望还不够强烈，我得想办法让它更强烈一些。

白居易的那个众所周知的故事启发了我。不过，我没有到街头巷尾去找满头白发的老太太，而是每写完一篇，就去“腻”我那些信任的朋友，请他们看一看人物是否站得起来、情节有没有破绽、故事成不成立。那些朋友，有文学上的前辈和同侪，有生活上的朋友，也有刑警队的那些“闷骚”同事……他们都提出过许多很好的建议。有一个阶段，同一个问题被好几个朋友用不同的方式提出来了。这个问题是：你的叙述太紧了，能不能让人松口气？一开始，我把这话当成好话听了。说的人多了，我才开始警觉：“太紧了”是什么意思？

直到有一天，我重读了《古诗十九首》。其中的一首《行行重行行》，诉说了各种离别之苦之后，突然来了一句“胡马依北风，越鸟巢南枝”。想想看，胡马已经在北风中嘶鸣了，越鸟已经在朝南的枝头上筑巢了，我思念的人啊，难道你还不想家？没有这两句，全诗也是完全成立的。但是，有了这两句，情绪一下子就“发酵”了！对啊，在我以往的小说里，缺的应该就是这么两句。这是一种“松了口气”的感觉——留白的感觉。

站在2020年的门槛上，我有了一个野心，想让自己笔下的侦探莫高，能够跟在波洛、福尔摩斯、明智小五郎、霍桑、汤川学等人的后面，成为读者念念不忘的大侦探。所以，我得再努力，让自己的才能配得上这份野心，让偶尔拿起我的书的你至少不会因浪费时间而后悔。至于能不能实现，那就要看这个愿望够不够强烈了。你说是吗？

要表达的感谢很多……

在我困顿时，感谢向我伸出手来的你！在我迷惑时，感谢给我指路的你！在我陷入低谷时，感谢不离不弃的你！

当然，也感谢正在阅读这些文字的你！